NARRATORI MODERNI

BARBARA BELLOMO

LA BIBLIOTECA DEI FISICI SCOMPARSI

Garzanti

Prima edizione: agosto 2024

ISBN 978-88-11-01249-8

Printed in Italy

www.garzanti.it

LA BIBLIOTECA DEI FISICI SCOMPARSI

Ai miei genitori
che mi hanno trasmesso l'amore per la Storia e le storie
e mi hanno insegnato il valore della libertà.

«...Imparavo finalmente, nel cuore dell'inverno,
che c'era in me un'invincibile estate.»
ALBERT CAMUS, *L'estate*

Molti dei personaggi del romanzo sono opera di pura fantasia. Così Ida Clementi, l'avvocato Clementi, Alberto Guarneri, Raffaele Braschi, Giulia Berni, Mara, Fabrizio, Flora, Dora, don Paolo, Lucia e altri secondari che fungono da apparizioni, come la baronessa Masini, la governante di casa Majorana, il bibliotecario di via Panisperna e Alfio, lo spicciafaccende di casa Clementi.

Crearli dal nulla ha reso possibile, quando necessario, camminare dentro la storia senza stravolgere pensieri e parole di chi ha invece realmente vissuto in quegli anni, come i fisici di via Panisperna: Orso Mario Corbino, Enrico Fermi, Ettore Majorana, Edoardo Amaldi, Emilio Segrè, Bruno Pontecorvo, il chimico Oscar D'Agostino, e tutti i fisici stranieri da me citati.

Oltre ovviamente a Leonardo Sciascia, inserito per lasciare a lui la paternità della sua ricostruzione su Majorana, presente nel bel volume *La scomparsa di Majorana* (1975).

1.

Roma, 31 marzo 1938

Gli ultimi indumenti nella grande valigia di cartone. Chiude le fibbie di cuoio e tira con forza. Poi con fatica spinge il bagaglio fino all'ingresso. Lì, controlla di non avere scordato nulla. Il soprabito grigio, il cappello bombato, i guanti, il giornale e soprattutto il biglietto del treno.

Un lungo sospiro.

Ida si volta e lascia correre lo sguardo per la stanza vuota che odora di cera per pavimenti. Raffaele è a Torino da alcune settimane e lei ha svuotato l'appartamento prima del previsto. A ventotto anni, pensa, è la quarta volta che cambia casa. È dispiaciuta di dover lasciare la biblioteca, ma sente che quel cambiamento l'aiuterà a dimenticare.

Osserva l'orologio con la piccola cassa dorata e il cinturino di pelle. Ancora è presto. L'autista la verrà a prendere solo fra un'ora.

Raggiunge la cucina, dove ormai sono rimasti solo i pensili di formica verde chiaro. Ne apre uno e prende un bicchiere lasciato fuori dai cartoni, volutamente, perché sbeccato. Fa scorrere l'acqua dal rubinetto e, quando è fredda, lo riempie fino al bordo e beve tutto d'un fiato. Poi torna a recuperare il quotidiano e si siede sullo scalino sotto la finestra.

È allora che lo vede.

Un titolo a tutta pagina.

Sbatte le lunghe ciglia e spalanca gli occhi neri come la pece.

"Non può essere", si dice.

Rilegge.

IL PROFESSORE MAJORANA, ORDINARIO DI FISICA TEORICA ALL'UNIVERSITÀ DI NAPOLI, È MISTERIOSAMENTE SCOMPARSO. SI VALUTA L'IPOTESI DEL SUICIDIO.

Un lungo brivido le corre lungo la schiena e intanto legge, avidamente, ogni notizia riportata nell'articolo: la partenza da Palermo, il mancato arrivo a Napoli, lo sbigottimento dei familiari, una lettera al collega universitario in cui annunciava la volontà di togliersi la vita.

Il cuore le batte veloce. «Ettore, ma che mi combini?» mormora, mentre davanti a lei, come in un film, scorrono le immagini del giovane fisico in biblioteca, nel suo periodo migliore, con il pantalone grigio, la camicia bianca con le maniche rimboccate e i capelli impomatati con la riga leggermente a destra, curvo sui fogli, per ore.

Respira a fondo e riprende la lettura del giornale. Con più avidità di prima. In cerca di un particolare che la illumini.

«Ma perché ti sei tolto la vita?»

La domanda ritorna ossessiva senza darle tregua e il dolore diventa tangibile. I ricordi riaffiorano dal pozzo della memoria e la riportano di nuovo nell'istituto di fisica, quando i professori venivano a cercarlo nell'aula studio per mostrargli dei calcoli e lui veloce correggeva le formule, quasi fosse un gioco, per poi tornare a chiudersi nel suo mondo, pieno di silenzi.

«Eri un genio. Potevi tutto e ci fai questo?» Ida pensa ai suoi più recenti studi. Alla teoria di una nuova particella che è antiparticella di sé stessa. Quanto era rimasta confusa nell'ascoltarlo e quanto lui era stato deluso che lei non comprendesse con facilità il suo ragionamento.

Cosa può fare?

Andare da Enrico Fermi per chiedere particolari che non sono scritti sul giornale? Nell'indecisione esita. Rimane immobile. Incapace di compiere una scelta.

La campana del palazzo batte dei lunghi colpi.

Guarda l'orologio.

Deve essere l'autista.

Senza pensare ulteriormente, indossa il soprabito stretto

in vita e, dopo avere afferrato la borsa, lascia l'appartamento e scende di corsa per le scale seguita dall'eco sinistra dei tacchi sul marmo.

Un uomo in livrea l'aspetta. «Il suo bagaglio?» le chiede, mentre apre la portiera della Balilla nera e lucida dalle forme arrotondate.

«Per ora nessun bagaglio. Non andiamo più in stazione.»

Un'ombra di meraviglia sul volto del conducente. Lei, incurante, sale sulla vettura. «Mi porti in via Flaminia.»

Deve raggiungere Alberto. Lo deve rivedere per un'ultima volta per sapere perché è successo. Chi meglio di lui?

La Fiat sfreccia via e sobbalza scoppiettando sui sampietrini delle vie strette delimitate dagli alti palazzi color cipria. L'auto raggiunge piazza Venezia e lei osserva smarrita la sagoma del Colosseo, in lontananza, che ora, dopo l'apertura di via dell'Impero, è facilmente visibile.

Quando la macchina si ferma davanti al palazzo ottocentesco, scende con un salto, si dirige verso l'alto portone marrone e nella foga si attacca al battente.

Nessuno.

Riprova.

La porta si apre. Davanti a lei una donna pallida. Le sembianze le ricordano l'uomo che cerca.

«È la madre di Alberto Guarneri?» chiede di getto.

La donna annuisce.

«Devo parlare con suo figlio. Subito. È urgente. Sono Ida Clementi, la bibliotecaria di via Panisperna.»

L'altra serra le labbra incerta davanti alla giovane sconosciuta esile e mora, poi gli occhi infossati le si riempiono di lacrime. «Alberto... Alberto è partito. Ieri all'improvviso.»

«Partito? Per dove?»

La signora allarga le braccia. «Non mi ha voluto dire nulla. So solo che è andato via per non tornare.»

Una domanda le muore in bocca: "Giulia è con lui?". Ma si trattiene. Lei ora è sposata con Raffaele e deve avere il coraggio di lasciare andare Alberto, l'amore che ancora prova forte per lui. Deve avere la forza di seppellire il segreto che sempre li accompagnerà.

2.

Torino, aprile 1954

Ida varca l'ingresso del centro di assistenza, a quell'ora semideserto, e poggia le pesanti buste sulla panca di legno. Don Paolo accorre ad aiutarla. «È tornata», le dice lapidario. Lei sa a chi si riferisce il prete. Accade da alcune settimane. Ogni volta che la notte è particolarmente umida, Lucia arriva a tarda sera e chiede alloggio.

«Dov'è?»

«Ancora nel dormitorio. Sta rammendando la manica della camicetta. Afferma che scendendo per le scale le si è strappata.» Don Paolo sospira: «Non so cosa dirle. Lo sai che non sono bravo in queste cose».

Ida annuisce. È consapevole degli sforzi fatti dal prete per soccorrere quelle donne che arrivano da tutto il Piemonte a chiedere aiuto. Spesso hanno bisogno solo di un pasto caldo, di un letto o di un dottore, ma sa anche che loro si confideranno, e non sempre, solo con altre donne. Così toglie il cappotto e si inoltra per il lungo corridoio che immette nel dormitorio. Le pareti chiare e spoglie. A riempirle solo una bacheca di legno, su cui lei di tanto in tanto attacca con gli spilli colorati messaggi ottimisti, spesso citazioni di libri, per rassicurare le ospiti e dare a loro e a sé stessa speranza e forza.

Supera la biblioteca e come sempre si ferma a guardarla. È orgogliosa di quello spazio allestito e riempito interamente di suoi libri. Vede che dentro c'è una madre con un bambino. I due sono seduti al tavolo a sfogliare e a leggere un volumetto di favole. Lei saluta da lontano e continua verso la parte più buia del corridoio. Ha fretta di rivedere Lucia. La sua storia la tocca profondamente.

Quando entra nello stanzone la vede seduta sul letto. Ha i capelli castani raccolti in una semplice coda, le guance paffute costellate di lentiggini, due occhi che la guardano tristi. Indossa una maglietta rossa, tirata fuori dalla cesta dei ricambi che il centro mette a disposizione di chi ne ha bisogno.

La ragazza poggia la camicia celeste con l'ago e il filo sulle ginocchia e alza le spalle.

«Di nuovo?» domanda Ida.

«Sì. Non so se ho fatto bene a venire qui, ma ho aspettato per ore che mi riaprisse la porta di casa. Niente. Il tempo trascorreva lento e dall'altra parte c'era solo silenzio. Avevo freddo e c'era buio. Quando poi sono passati accanto a me degli ubriachi e uno mi ha guardata, ho avuto paura.»

«Certo che hai fatto bene a venire. Ci siamo per questo. Per sostenerti.»

«Dopo, ogni volta che ritorno a casa, è peggio. Forse ha ragione lui, così facendo lo metto a disagio. Dovrei essere più paziente. Aspettare.»

Ida le prende la mano e Lucia continua: «Dice che me lo merito».

«Cosa avresti fatto di tanto grave questa volta?» La voce di Ida è pacata.

«Dice che sono un'ingrata. Lui lavora tutto il giorno e io neanche pulisco bene la casa. Ha trovato delle briciole in cucina. Ma io avevo pulito! Davvero! Tutto il giorno. Però lui è tornato, ha mangiato i biscotti e sono cadute altre briciole. Avrei spazzato, ma non mi ha dato tempo.»

Ida annuisce senza dire nulla. Sa bene che non si può aiutare nessuno che non voglia essere aiutato. E l'ascolto talvolta è l'unica via possibile. L'unica mano che lei possa tendere a chi ne ha bisogno.

Dopo il lungo silenzio, Lucia riprende: «Mi critica sempre, dice che non so cosa significa mandare avanti una casa. Mi accusa che con il mio comportamento scostante lo sto facendo ammalare. Lo racconta anche a sua madre. Ogni volta che la vede. Io...».

«Tu?»

«Io mi sento in colpa. Non faccio nulla, almeno credo. Se lo accontento in una cosa, lui ne tira fuori un'altra, una nuova.» Alza gli occhi verso di lei: «Dentro di me sento che le sue accuse non sono vere, eppure finisco per crederci. È come se controllasse la mia volontà. Sono molto confusa».

«So bene di cosa parli.»

Il volto di Lucia all'improvviso si colora. «Lei? Anche suo marito?»

«Oh no! Lui è un uomo premuroso e gentile. Mi sostiene sempre. Quando ho avuto l'idea di venire a fare volontariato qui, mi ha pure appoggiata.»

«Che donna fortunata.» La ragazza sembra in imbarazzo. «Perché lo fa?»

«Cosa?»

«Venire qui ad ascoltare i nostri problemi. Tante ore fuori casa, invece di pensare alla famiglia.» Lucia si morde il labbro.

Ida le sorride: «Perché non sopporto la violenza».

«Mio marito non mi picchia mai.» Si difende. «Neanche un capello mi ha mai tirato» e senza accorgersene stringe forte la camicetta azzurra.

«Spesso non serve farlo. Ci sono molti modi per fare male.»

Lucia abbassa lo sguardo: «Io sento che lei sa cosa provo. Per me è importante. Mi fa sentire un po' meno sola». Riprende il cucito e si mette di nuovo a rammendare. «Penso che quando finalmente riuscirò a dargli un figlio si calmerà.»

Ida si sente di colpo inquieta. C'è qualcosa in Lucia che le fa riaffiorare un ricordo dal pozzo della memoria. Tenta di scacciarlo, ma quello riappare prepotente. Innervosita torna nella sala comune, che ora lentamente si è popolata, e raggiunge di nuovo don Paolo.

«Lucia come sta?» chiede il prete.

«Non è ancora pronta.» Ida intanto rovista nelle buste: «Ho dimenticato di prendere lo zucchero». Indossa di nuovo il cappotto e si dirige verso la porta: «Torno fra poco».

Sa bene che lo zucchero è solo una scusa. La verità è che per la prima volta da quando lavora al centro di assistenza ha bisogno di allontanarsi da lì. Di lasciarsi alle spalle le tante storie difficili di prevaricazioni domestiche alle quali assiste di continuo.

Quando è fuori guarda il cielo azzurro velato di nuvole e respira a pieni polmoni.

A ogni passo si sente più forte.

E intanto pensa a Raffaele. In quella valle di lacrime sente di essere fortunata.

Davanti a un negozio di alta moda in via Cernaia si blocca. Il vestito di chiffon e pizzo in vetrina le ricorda che sabato lei e il marito andranno alla cena dell'ambasciatore del Cile. Così senza rimuginarci su entra decisa ad acquistare l'abito. Desidera che tutto quella sera sia perfetto. Per ritrovarsi.

3.

Torino, aprile 1954

Si osserva allo specchio. L'abito lungo di pizzo nero senza maniche le cade bene, mettendo in risalto il fisico esile e il collo sottile. Soddisfatta, si spruzza un poco di profumo all'ambra, dà un ultimo colpo di spazzola ai lunghi boccoli neri che le ricadono morbidi sulle spalle e infila i guanti di seta nella borsetta.

Guarda l'orologio. Come mai Raffaele non è ancora rientrato?

Nell'ultimo mese è già capitato altre volte e questo la agita.

Dopo una breve esitazione va in salotto. Gira la valvola di ceramica e lascia che il fascio di luce centrale illumini l'ampio vano con le alte librerie ricolme di volumi. Si dirige verso la scrivania di mogano, alza la pesante cornetta scura e gira il disco dei numeri. A quest'ora non ci sarà più nessuno in studio, ma tanto vale provare.

Con sua sorpresa il marito le risponde.

«Ida.» Sembra frastornato.

«Caro, oggi abbiamo la cena all'ambasciata del Cile. Non lo ricordi?»

«Sì, scusa, è stata una giornata difficile. Temo di non poter venire.»

«Ma non posso andare sola.» La voce si abbassa fino a diventare un sibilo. La delusione prende il sopravvento.

«Perché no? Vai. Ti farà bene distrarti.»

«Distrarmi? C'è qualcosa che mi vuoi dire?»

«Niente. Proprio niente.»

Lei riaggancia, profondamente contrariata. Un dubbio si insinua, tenue e fastidioso.

Torna alla toletta e nel vedere la sua immagine riflessa va indietro nel tempo. A qualche anno prima della guerra e alla donna bionda frequentata in quel periodo da Raffaele per qualche mese. Ricorda ancora come lo aveva scoperto. Il sospetto, le attese, le frasi spezzate, i ritardi, la conferma quando li aveva visti davanti allo studio, mano nella mano, scambiarsi un sorriso complice. E dopo la sorpresa e l'umiliazione, la rabbia che l'aveva spinta a chiedergli una spiegazione. Per qualche giorno aveva pensato di andare via, aveva fatto e disfatto la valigia di continuo, ma ogni volta l'aveva riempita con meno convinzione. Poi lentamente, con non poca difficoltà, afflitta dal dispiacere, lo aveva accettato, perché lui si era detto pentito e perché aveva letto sul suo volto il senso di colpa. Eppure mesi dopo la fine del conflitto mondiale era riaccaduto. La seconda scoperta era stata stranamente meno dolorosa della prima. La terza ancor meno, tanto che il silenzio era stato la sua cura. Da allora Ida si era convinta che per lui si trattasse solo di un diversivo. Aveva anzi sviluppato la consapevolezza che l'intrusa di turno fosse funzionale per fare andare avanti il loro legame. Era arrivata a volersi convincere che in fondo c'era un lato positivo anche in questo: le evitava l'obbligo di soddisfare il piacere fisico di un uomo che a letto non riusciva a farla sentire mai a suo completo agio. Ma c'era di più. Finalmente anche suo marito aveva qualcosa da farsi perdonare e ora poteva guardarlo in faccia senza sentirsi sbagliata.

Così l'iniziale risentimento era scemato e, meravigliandosene lei stessa, aveva cominciato ad accettare e a giustificare.

E dopo la comprensione era subentrata l'abitudine.

Negli ultimi due anni però Raffaele si era mostrato di nuovo intenzionato a salvare il loro matrimonio. Si erano riavvicinati e, pur continuando per abitudine a dormire in stanze separate, avevano ritrovato una loro tiepida intimità.

Ma ora cosa accade? Per quanto la vita di un primario abbia sempre degli imprevisti e lei tante volte, troppe, sia rimasta a casa ad attendere, non è da lui piantarla all'ultimo momento senza neanche avvisare. O lasciare che vada alla cena da sola. In tanti anni è la prima volta.

Sospira.

Forse sbaglia a dubitare. Davvero il marito è oberato di lavoro.

Sta già per togliere le scarpe con il tacco alto e sottile, ma poi ci ripensa. Su una cosa Raffaele ha ragione. Quella sera lei ha bisogno di distrarsi e l'autista sarà già sotto ad attendere. Così si affretta a passare ancora un po' di rossetto sulle labbra. Poi prende il soprabito con il collo di velluto scuro, sistema il cappellino con la veletta chiara e si chiude la porta alle spalle.

Attraversa il lungo corridoio di marmo bianco, coperto da spessi tappeti, e osserva gli stucchi alle volte, le grandi tele a olio che decorano le pareti e i vasi ricolmi di ortensie bianche.

Una donna mora con un abito bordeaux che scende morbido sotto al ginocchio e una grande piuma di struzzo tra i capelli le va incontro. Lei è imbarazzata. Sa di essere stata invitata per via di Raffaele che, come rinomato chirurgo, è conteso da tutti.

«Carissima signora Braschi», esordisce la padrona di casa per salutarla. «Che piacere avervi qui.» Si guarda intorno. «Suo marito?»

«È stato trattenuto in clinica.» Mente. Lo sguardo sicuro e un grande sorriso.

«Mi spiace molto.» La donna è visibilmente delusa. «Capisco», dice poi. «Il lavoro spesso per noi mogli è peggio di un'amante.»

Ida deglutisce. Il dubbio torna ad assillarla e, lei che non beve mai, istintivamente allunga la mano verso il vassoio con delle coppe di champagne che le porge il cameriere alla sua sinistra. Mentre sente il cuore accelerare il ritmo, manda giù un lungo sorso, decisa a battere in ritirata. Si volta così verso la signora alla sua destra. È più alta di lei, bionda, con un accento emiliano che a lei sembra familiare.

Quando alza gli occhi e incrocia il suo sguardo ha la sensazione di uscire da un lungo sonno.

L'altra l'osserva incredula.

L'imbarazzo ha la durata di un respiro.

«Giulia! Giulia Berni», ripete. Le sembra di essere trascinata indietro, nel tempo. Si sforza di rimanere impassibile e intanto beve meccanicamente un altro sorso.

Se pure sono trascorsi sedici anni, ha impiegato pochi secondi per riconoscerla. La sua rivale, la donna che le ha tolto ore di sonno, che le ha cambiato il corso della vita, portandole via il suo più grande amore, è ora davanti a lei. Il sorriso aperto come un tempo e solo qualche ruga intorno agli occhi a ricordare lo scorrere inesorabile delle stagioni.

Ida è certa di scorgere un lampo di luce negli occhi azzurri di Giulia e istintivamente passa il palmo della mano a sistemare il vestito che mostra il suo corpo minuto. A essere imbarazzata sembra solo lei. In Giulia non c'è traccia di disagio o dell'antica gelosia che le aveva allontanate, tanto che con disinvoltura le va incontro. «Ida! Ida Clementi! Non posso credere ai miei occhi. Raccontami! Come mai qui?»

«Vivo a Torino. Ho seguito Raffaele qui.»

«Il dottor Braschi! Ricordo bene quando veniva a prenderti a Roma in via Panisperna con la sua bella auto nera. Lui dov'è?» Gira lo sguardo intorno.

«Purtroppo oggi non è potuto venire. Lavora molto. Un'urgenza in clinica», mente di nuovo.

«Peccato, mi avrebbe fatto piacere rivederlo» dice. «E dimmi, sei mai tornata in biblioteca?»

«Purtroppo no e in verità ho abbandonato quel lavoro. Dopo la guerra ho provato a riprendere qui a Torino in una biblioteca comunale. È durato solo pochi mesi. C'erano i libri, c'era il profumo delle vecchie carte, ma mi mancava tutto il resto. Il gruppo, la brama del sapere, l'emozione delle scoperte, le persone che rendevano via Panisperna unica.»

«Impossibile dimenticare quegli anni.» Una pausa leggera. «Ricordo che avevi sempre un romanzo in borsa, con un tagliacarte dorato.»

«Per i libri ho ancora spazio. Non c'è giorno che non legga o che non ne compri uno. A casa non so più dove metterli e spesso li regalo.» Un sospiro che dura un battito di ciglia, e la voglia di non mostrarsi solo come una signora benestante che trascorre le sue giornate nell'ozio la spinge a continuare: «Durante la guerra ho dato il mio contributo arruolandomi nella Croce Rossa. Guidavo un'autoambulanza e ora faccio volontariato in un'associazione di mutuo soccorso femminile. Mi fa stare bene». E senza sapere neanche lei perché aggiunge: «Ma nel mio cuore sono rimasta la bibliotecaria di via Panisperna. Sospesa tra passato e presente». La ragione le suggerisce di non dire altro, di andare via. Ha paura. Paura di sapere di Alberto, di rivederlo. Soprattutto di rivederlo ancora accanto a Giulia. Ma poi la curiosità ha la meglio, così butta fuori l'aria e domanda veloce: «E tu?».

«Vivo ad Atene. Sono qui di passaggio, appena rientrata da un viaggio in Perù e in Argentina. Seguo mio marito.»

Mio marito? Perché con me non lo chiama semplicemente Alberto?

«Vivete ad Atene?» Ida non nasconde la sua meraviglia. «Non ti occupi più di fisica nucleare?»

«Come si fa con una famiglia? Escluso.» E addolcendo il tono, cauta aggiunge: «Ho pure due figli da seguire».

«Peccato. Dopo tanto studio.» Ida abbassa lo sguardo, ma Giulia non sembra accorgersi di nulla e continua: «Evito di pensarci. Lo sappiamo bene, dopo che ti sposi cambia tutto. Ci sono degli obblighi. Sai, un ambasciatore è sempre in giro per il mondo».

Ida questa volta trattiene il respiro.

Un ambasciatore?

Il cuore inizia a pulsare veloce mentre ascolta la donna davanti a lei affermare: «Arturo è un uomo incredibile». Un luccichio di orgoglio negli occhi.

«Ar-tu-ro?» Dalle labbra le sillabe escono lente.

Giulia sembra perplessa: «Sì. Arturo Degatti». Si ferma e

stringe leggermente le palpebre: «Ho l'impressione che qualcosa non vada». Spalanca gli occhi. «Non crederai...»

Lei annuisce, la testa tra le scapole.

«Credevi davvero avessi sposato Alberto? Oh, no!» Poi le confida: «Ida, dopo tanto tempo preferisco essere sincera. All'inizio ero molto innamorata di Alberto e credevo che andasse tutto bene, ma quando sono rientrata da Parigi ho trovato un altro uomo. La sua mente era sempre altrove. Sai perché? Perché nella sua testa c'eri tu e l'idea del vostro passato. Non importava che tu nel mentre ti fossi sposata. Mi sembrava di competere con un fantasma».

Nel sentire queste parole, Ida ha l'impressione che le giri la testa. Non capisce il senso di quelle affermazioni. Lei sa bene che Alberto l'aveva dimenticata. Aveva fatto di più. L'aveva abbandonata nel momento in cui lei ne aveva più bisogno. Quelle inutili parole rischiano di riportare a galla un dolore sotterrato con tanta fatica. Una parte di lei vorrebbe non averla incontrata, ma non ha neanche il tempo di dire o di fare nulla perché Giulia continua: «Cioè, non che me lo abbia detto. Di te non voleva parlare, ma certe cose si avvertono. Per questo ero diventata terribilmente gelosa. E quando, qualche giorno dopo la scomparsa di Majorana, Alberto ha deciso all'improvviso di partire, mi ha chiesto di non seguirlo. Insomma mi ha lasciata. Ho sofferto molto». Le strizza l'occhio: «Ma quello che ti sto raccontando è preferibile che Arturo non lo sappia mai». Poi torna seria: «Alla fine è stato meglio così. Per tutti. Era una storia che non portava da nessuna parte. Insieme avremmo vissuto entrambi male». Una pausa di pochi secondi: «Il '38 non è un anno da ricordare. Fortuna che Segrè e Pontecorvo sono andati all'estero prima delle leggi razziali. Anche il professor Fermi e la moglie sono partiti per tempo».

Ida fa un lungo respiro: «Solo Ettore di tutto il gruppo non si è salvato». Un velo di tristezza le copre il volto.

«Ettore Majorana? Ma perché qui in Italia temete tutti che sia morto?»

«Cosa intendi dire?»

Giulia la prende sottobraccio e allontanandosi dagli altri

ospiti riprende a bassa voce: «A Buenos Aires ho conosciuto una signora, sposata con un celebre scrittore guatemalteco».[1] Si porta la mano alla tempia. «Ora non mi viene il nome. Ma quando ha saputo che da studentessa frequentavo i corsi di fisica in via Panisperna e che ero stata a studiare a Parigi dai coniugi Joliot-Curie, mi ha detto di avere visto Majorana più volte a casa delle sorelle Cometta Manzoni.»

«E chi sono?»

«Due sorelle, credo discendenti dello scrittore, che tengono delle riunioni culturali periodiche in un bel salotto di Buenos Aires.»

«Ed Ettore cosa c'entra?»

«Una delle due è una matematica. Sembra sia sua amica.»

«Lo hai visto? Le hai conosciute?»

«Visto? Ettore? No. E le sorelle... Be', se devo essere sincera non ho avuto tempo di indagare. Mi sono imbarcata per l'Europa il giorno dopo avere appreso la notizia.»

«Giulia, Ettore non può essere vivo!»

«Perché no? Sai meglio di me che non hanno mai trovato il corpo.»

«Certo. Anche io ho sperato a lungo che si fosse solo allontanato. Ne ero quasi certa, ma poi...» Tutta Italia lo aveva cercato, anche lei. Aveva raccolto un faldone pieno zeppo di articoli di giornale e aveva scritto a tutti quelli che lo conoscevano: Amaldi, Fermi, e anche a Luciano, il fratello di Ettore. Ma niente. Da quando Majorana era salpato con la nave della Tirrenia diretta da Palermo a Napoli, se ne erano perdute le tracce. «Nessuno ha mai più ricevuto sue notizie», considera mogia.

«Comprendo il tuo dispiacere. So quanto eravate amici. Alberto questo me lo diceva.»

Le labbra di Ida si sollevano aprendosi in un fugace sorriso: «Per quanto si potesse essere amici di un uomo introverso come Ettore». Si ferma, combattuta da emozioni contrastanti: speranza e scetticismo. Cerca di ordinare le informa-

[1] E. Recami, *Il caso Majorana*, p. 118. La notizia è riferita al luglio del 1974, a Taormina, e non all'aprile 1954. Qui è liberamente romanzata.

zioni ricevute. Per qualche secondo si chiede se Giulia non si stia prendendo gioco di lei per vendicarsi del passato. Ma quando alza lo sguardo e la guarda dritta negli occhi, avverte che è sincera. Così insiste: «Ma allora perché non si è mai fatto vivo? Sua madre ancora lo aspetta».

«Ti dico solo quello che ho saputo. La signora che me lo ha detto era sicura. Lo sai anche tu come era Ettore. Un po' strano. Come tutti i veri geni.»

Ida annuisce. Sta per salutarla, ma qualcosa la trattiene ancora.

Chiedere o non chiedere?

Alla fine non resiste. «E Alberto? Hai mai più saputo nulla?»

Giulia abbassa il tono di un'ottava e la scruta con intensità: «Anche tu hai pensato che la sua partenza, proprio in quel momento, non sia stata casuale, vero? Quando mi ha parlato non avevo capito. Non sapevo ancora di Majorana. Dopo però...». Riprende: «Una coincidenza che non mi ha mai convinta, così quando la signora mi ha confidato di Ettore, ho chiesto se per caso avesse mai sentito parlare di Alberto Guarneri. Una sua amica che ascoltava ha risposto che lei un ingegnere con quel nome lo aveva conosciuto. Nello stesso salotto».

Ida trattiene il respiro. «Erano insieme?»

«Erano nello stesso posto.»

Dopo un lungo silenzio Giulia le chiede: «Sicura di stare bene? Sei diventata tanto pallida. Ho detto qualcosa che non dovevo?». La guarda ancora. Poi infila la mano nella borsetta e tira fuori un biglietto da visita: «Questo è il mio numero. La prossima settimana sarò di nuovo ad Atene».

Ida annuisce poco convinta e si allontana, promettendo a sé stessa che non l'avrebbe mai chiamata.

Mai.

Non lei.

4.

Torino, aprile 1954

Quando rientra è quasi mezzanotte. La testa piena di pensieri e il cuore ricolmo di emozioni. *Ettore. Alberto.* Non fa che pensare a loro. E a lei, giovane e felice.

Posa il cappello con la veletta e i guanti all'ingresso. Fa piano. Non vuole svegliare Raffaele.

Prima l'incontro in comunità con Lucia, poi quello con Giulia. Ha l'impressione che l'equilibrio costruito con tanta fatica negli anni cominci a sgretolarsi, scosso dalle fondamenta, e che la cicatrice che le ha lasciato il passato, mai veramente rimarginata, torni a bruciare.

A passi felpati, con le scarpe in mano, va in cucina per bere un lungo sorso d'acqua. Poi si dirige verso la sua stanza. Conosce bene le abitudini del marito e sa che la mattina dopo si alzerà molto prima di lei. Se anche lui fosse stato alla cena dall'ambasciatore, sarebbero entrambi già a letto da tempo.

Si ferma di colpo.

La porta della stanza di Raffaele è aperta, come l'aveva lasciata lei prima di uscire, e con sua immensa sorpresa il letto è vuoto e intatto. Suo marito non è rientrato.

Si porta le mani al volto.

Che gli sia accaduto qualcosa?

Accende la luce, va in bagno, poi in salotto, a seguire nello studio in cerca di segnali di un suo passaggio.

Alla fine, rassegnata, raggiunge la camera da letto, indossa la camicia da notte color crema e la vestaglia di seta, e si reca nello studio ad aspettare.

Cammina.
Su e giù.
Le sembra che il tempo non passi mai.
Che le stia ricapitando di nuovo? Che lui la tradisca?
Non sapere la irrita e per placare l'agitazione si siede alla scrivania. Accende la luce da tavolo e lascia che le dita scivolino sopra la copertina di pelle del libro di Flaubert, *Madame Bovary*. Ha preso quell'edizione pochi giorni prima da un antiquario. Quel romanzo le è sempre piaciuto e in altri momenti l'ha aiutata a considerare come talvolta saper rinunciare alle proprie fantasie e guardare in faccia la realtà sia l'unica salvezza possibile. Lo apre e legge qualche pagina. Ma subito lo richiude come chi abbia preso la scossa.
È strano come letture che solitamente ci distraggono e ci danno gioia, in alcuni momenti risultino detestabili. Ora quella stessa storia si colora di un triste presagio, o forse a innervosirla davvero è solo il personaggio di Charles, cieco e passivo di fronte alla vita, per indole e per educazione.
I minuti scorrono lenti, fino a che, appoggiata sul piano della scrivania e con la testa fra le braccia, scivola in un sonno leggero e disturbato.
A risvegliarla un rumore.
Qualcuno gira la chiave nella toppa. Si alza e raggiunge di corsa l'ingresso. A piedi nudi.
Quando Raffaele la vede, apre e chiude la bocca, come stupito: «Non credevo fossi ancora sveglia».
«Non credevi? Ho temuto ti fosse accaduto un incidente o che so io. Ti sembra ora di tornare?» Cerca di mantenere la calma e intanto stringe la cintura della vestaglia in vita. Il tono remissivo. Sa bene che attaccarlo non porterà a nulla di buono.
«No.»
«Solo un "no"?» La voce si abbassa ancora per l'incredulità.
«Pensavo dormissi, non ti ho avvisata per questo. Perdonami, se puoi.»
Lei lo guarda. Detesta ammetterlo a sé stessa, ma gli sente ancora l'odore dell'altra addosso.

Il suo atteggiamento la turba profondamente. Non sembra dispiaciuto né i modi sono quelli di un uomo che si sente in colpa. Nello sguardo nasconde anzi uno scintillio di felicità nuova.

«Domani devo essere in clinica molto presto. Fammi andare a letto. Cortesemente.»

Ida esita. Sente la stanchezza sopraffarla. Una parte di lei è stufa di continuare a fingere che vada tutto bene, ma ha paura di reagire. Così, anche questa volta, arretra.

Di un passo.

Di un altro.

È meglio non sapere, per illudersi che non sia come crede, per prolungare la speranza.

Lei ha già quarantaquattro anni. Non riesce a immaginarsi una vita senza il sostegno del marito. In quel mondo di convenzioni e in una società che considera le donne esseri marginali, non saprebbe da dove iniziare.

Da giovane aveva provato a essere diversa, a impegnarsi e a fare la differenza. Ma si era macchiata solo di peccato.

Ora ha paura di cadere di nuovo nella stessa trappola. Di sentirsi ancora una volta un'emarginata, priva degli strumenti con i quali lottare.

Si volta di spalle e, dopo avere attraversato l'ampio corridoio con la carta da parati verde e con il soffitto decorato di stucchi bianchi, torna verso la sua stanza, dove dormirà ancora una volta da sola. Ma nell'attimo in cui chiude la porta riaffiora, a irritarla, l'immagine di Charles Bovary.

5.

Torino, aprile 1954

Non riesce a chiudere occhio e solo quando sente sbattere la porta di casa esce dalla stanza a passi felpati.

Va in cucina e prepara un caffè nella speranza di sciogliere il cerchio alla testa che l'accompagna dalla sera precedente. Mentre vede il liquido scuro uscire dalla caffettiera e respira il profumo tostato che riempie la stanza, sente solo di essere incredula e triste. Una tristezza profonda come un pozzo nero.

Si guarda intorno. Oltre la finestra scorge il cielo azzurro senza nuvole e le facciate dei palazzi eleganti di via Garibaldi. Il panorama è quello di sempre, ma in lei è mutato qualcosa. Ha l'impressione che una scossa di terremoto abbia crepato le mura della sua anima.

Cerca qualcosa che la distragga e il pensiero corre alla sera precedente, a Giulia. Anche lei, una giovane determinata e una promettente fisica nucleare, si è piegata al meccanismo che lega tutte le donne, che le vuole mogli pronte a seguire e ad assecondare i mariti e ad accudire i figli. Cosa avrebbe fatto se fosse capitato a lei? Ci mette poco a darsi una risposta.

Avrei fatto la stessa cosa e in parte l'ho fatto.

«Già. Giulia», mormora. Parlare con lei la sera prima le ha fatto ricordare la Ida che era stata, la giovane allegra e piena di passioni. Così spegne meccanicamente il fornello e senza neanche bere il caffè ritorna nella sua stanza.

Afferra la sedia dello scrittoio e la affianca alla libreria. Ci sale e tira giù una scatola di stoffa color ocra. La apre.

Dentro, una fotografia che ritrae tutto il gruppo degli studiosi di via Panisperna. A destra Enrico Fermi, con il volto rotondo, la fronte stempiata e le braccia incrociate. Accanto Rasetti, alto e magro. Al centro Segrè con i capelli crespi e gli occhiali con la montatura scura e spessa. A sinistra, stretti gli uni agli altri, i più giovani del gruppo: Majorana, Amaldi e Pontecorvo. Un poco discosto D'Agostino. E poi, accanto a quegli uomini che hanno cambiato il corso della storia, c'è Giulia, con una gonna larga che scende fin sotto il ginocchio e l'espressione carica di soddisfazione.

Non sapevano allora come la Storia con la S maiuscola sarebbe entrata prepotentemente nelle loro vite disperdendoli per sempre, né forse immaginavano che i loro studi avrebbero rivoluzionato la fisica nucleare e i futuri equilibri mondiali, né che negli anni seguenti a quella foto tutti loro avrebbero ricoperto incarichi prestigiosi, in Italia o all'estero. Tutti tranne Giulia, per avere preferito diventare moglie, ed Ettore, per essere scomparso.

Era stato quello il periodo più bello della sua vita. Era iniziato tutto per caso nel lontano 1927, quando a Roma, contro la volontà del padre, la perplessità della madre e lo scetticismo del fratello aveva trovato lavoro, dopo gli studi classici, come bibliotecaria nell'istituto di fisica di via Panisperna. Mentre la sua amica Dora, come tutte le sue coetanee, sognava di vivere fra le mura domestiche, lei era attorniata da geni e da futuri Nobel e a sua insaputa aveva assistito alla fissione nucleare. Questo a distanza di anni la riempie ancora di orgoglio.

Siede sul letto, con la scatola sulle gambe, la foto tra le dita e le spalle curve.

Torna al presente.

Dentro il cartone c'è la copia della prima edizione del *Fu Mattia Pascal*. La tira fuori e la sfoglia fino a che gli occhi non le cadono su un'altra immagine in bianco e nero. Raffigura Majorana, con i suoi grandi occhi lucidi e la bocca serrata, e Alberto Guarneri, con il ciuffo scuro aperto sulla fronte e il sorriso sornione.

Passa le lunghe dita sottili e ben curate sulla copertina del romanzo, poi lo riapre e cerca quelle parole sottolineate che tante volte, dopo la scomparsa di Ettore, ha letto e riletto: *Chissà quanti sono come me, nelle mie stesse condizioni, fratelli miei. Si lascia il cappello e la giacca, con una lettera in tasca, sul parapetto di un ponte, su un fiume; e poi, invece di buttarsi giù, si va via tranquillamente: in America o altrove.*

Aveva sottolineato quelle parole quando ancora sperava che lui tornasse.

Un brivido lungo la schiena.

Giulia potrebbe avere ragione.

Come se la memoria si fosse risvegliata improvvisamente da un lungo letargo, rovista ancora tra le vecchie cose alla ricerca del portagioie rosso. Quando lo trova fa scattare la serratura e vede l'anello con le tre fedi intrecciate.

Lentamente lo infila all'anulare, accanto alla fede.

Quel piccolo gesto la rassicura.

Aveva dimenticato di averlo. Aveva dimenticato quanto per lei quel gioiello fosse stato importante. Mentre lo osserva nel suo animo qualcosa si muove e un'immagine riaffiora a strapparle un sorriso.

Rincuorata indossa un vestito bianco a manica corta, segnato in vita, lega i capelli con la larga fascia elastica verde e senza curarsi di rifare il letto lascia l'appartamento.

Ha bisogno di camminare.

Ha bisogno di ricordare.

6.

Roma, dicembre 1927

Il suono del campanello, lungo e deciso. La madre Mara si sistema i capelli raccolti in un rigido chignon scuro, venato da una lunga ciocca bianca, e raggiunge il marito già alla porta, rimanendo con aria dimessa un passo indietro.

È da una settimana che in casa Clementi non si parla d'altro. Della visita natalizia di Orso Mario Corbino, professore di fisica, ex ministro e attuale senatore del Regno.

Il padre, solitamente sedentario, negli ultimi giorni è sempre in movimento e appare in fibrillazione. Dispensa ordini alla moglie e ai figli, esortandoli a non fargli fare una cattiva figura con l'amico che tanto stima. A essere maggiormente investita dalla sua svolta autoritaria è stata Mara, incaricata di pulire la casa da cima a fondo e di lucidare l'argenteria fino a renderla splendente. Ida e il fratello Fabrizio, cauti, hanno percorso la strada del consenso, fingendo interesse a ogni racconto sul compagno di classe, sull'amicizia adolescenziale negli anni di liceo a Catania, sui due ragazzi – uno figlio di umili contadini, l'altro di pastai – che con il loro ingegno hanno fatto strada per ritrovarsi ora a Roma.

Ida quel pomeriggio è stata incaricata di prendere il cappotto e il cappello dell'ospite e portarli nella stanza da letto, per poi tornare con il caffè e con la torta. Nascondendo il suo disappunto misto a noia, si ritrova lì ferma a salutare e a portare a termine i compiti che le sono stati affidati, chiedendosi perché suo fratello, dopo avere salutato, sia potuto tornare nella sua stanza a leggere e sia stato risparmiato dallo stesso supplizio.

Quando entra in salotto con il vassoio d'argento, le tazzine e la torta, sono tutti già seduti a conversare.

Nessuno si occupa di lei che versa il liquido caldo. Lo offre prima al senatore, poi alla madre e infine al padre. Come le hanno raccomandato. Su ogni piattino, già disposto sul tavolo, adagia una fetta di crostata di pere e dei cubetti di marmellata di cotogne.

«Vossignoria, questa l'ho fatta io.» Mara si sposta nervosa sulla sedia.

Ida non ha mai visto, fino ad allora, i suoi genitori tanto ossequiosi e gentili nei confronti di qualcuno.

«E quindi mi dicevi?» la interrompe il padre, dopo aver assaporato un poco di cotognata.

«Per me è stato un onore ricoprire il ruolo di ministro dell'Istruzione sotto Bonomi. Bei tempi quelli...» Corbino storce la bocca e Ida ha la sensazione che i tempi attuali gli piacciano meno e che proprio lui, pochi anni prima ministro dell'Economia sotto Mussolini, sia ora scettico verso il governo. La noia sparisce di colpo. Quell'uomo bassino, stempiato e chiacchierone comincia inaspettatamente a farle simpatia: «Sono anni che sento la necessità di una ventata d'aria nella ricerca. Come avviene all'estero. Si deve investire sullo studio del nucleo atomico, della fisica quantistica. Ora con l'arrivo del giovane professore Enrico Fermi e l'istituzione della cattedra di fisica teorica mi trovo finalmente sulla buona strada». Il senatore addenta la crostata: «Roma è bella, ma quanto mi mancano i dolci siciliani, signora Mara».

Intanto l'avvocato Clementi accende la pipa e aspira profondamente, e Corbino riprende: «E non solo Fermi, ci sono tanti giovani talentuosi con lui, come il suo amico e collega di corso a Pisa, Franco Rasetti. Un ottimo fisico sperimentale. Da poco sono arrivati altri due studenti bravissimi, Edoardo Amaldi ed Emilio Segrè».

«Segrè?» domanda il padre.

«Sì, lo conosci?»

«No, scusa, ma non avevo sentito bene il nome.»

Ida sorride. Suo padre davanti all'ex compagno di classe

sembra essersi trasformato in un agnellino accondiscendente.

«Segrè e Amaldi sono due promettenti studiosi che hanno lasciato ingegneria per convertirsi, dietro mio suggerimento, alla fisica. Uno ha ventidue anni, l'altro appena diciannove. Insomma, c'è un gruppo di giovani pieni di risorse e di passione. Da soli smontano stanze e spostano vetrinette e armadi per avere più spazio per i loro esperimenti. Hanno pure allestito un laboratorio e recuperato una gran quantità di pubblicazioni.» Si volta verso l'amico: «Ma dimmi, tuo figlio? Ha l'aria sveglia. Non gli piacerebbe...?».

«Fabrizio farà l'avvocato, come suo padre.»

«Giusto», si affretta ad assecondarlo Corbino. «Insomma, per concludere il discorso, sento di avere creato un centro che segnerà il futuro. C'è davvero un bel clima e tanta voglia di fare. Pensa che questi ragazzi lavorano mattina e pomeriggio. Ci manca ora solo un bravo bibliotecario che aiuti l'attuale per garantire un doppio turno, e posso considerarmi un uomo soddisfatto.»

«Ha mai pensato a una donna per il posto?» domanda Ida di getto.

Corbino socchiude gli occhi e la guarda con interesse come se si accorgesse solo allora della sua presenza. E rivolto all'amico di infanzia: «Ma che bella figlia che hai. Due occhi che sembrano grosse castagne. Già fidanzata?».

Lei nega con la testa, imbarazzata, mentre il padre interviene prontamente: «Ancora non ho trovato il giusto pretendente. Ma è solo questione di tempo».

«Non ne dubito», afferma il professore, e rivolto di nuovo a Ida: «Perché mi chiede se il posto potrebbe andare bene per una donna?».

«Sono molto interessata a quanto ha raccontato e purtroppo non posso seguire il mio sogno di diventare docente di italiano e latino. Sa... amo molto la letteratura, ma con la riforma...»

Corbino sbuffa. Un pensiero fastidioso sembra dipinto sul suo volto. La stima di Ida per quell'uomo aumenta a dismisura. Così dopo avere respirato a fondo va dritta al punto. «Insomma, crede che potrei propormi per il ruolo?»

Un colpo di tosse. L'avvocato Clementi sembra essersi strozzato. Il fumo della pipa gli va di traverso e fatica a recuperare il respiro. La madre al contempo la fulmina con gli occhi.

Ma vedendo che Corbino riprende la parola, nessuno osa intervenire: «Sarebbe meraviglioso. Una siciliana come lo sono io nell'istituto. Un'altra ventata di novità. Però...».

«Però?»

«Suo padre è d'accordo?» Corbino aspetta che l'amico si riprenda.

Ida rimane con le mani unite sulle ginocchia. Sa bene che il padre non vuole che lei lavori. L'avvocato, come la maggior parte degli uomini, è convinto che una ragazza a diciotto anni debba pensare a mettere su famiglia, non a uscire di casa. Ricorda ancora la sua faccia quando un anno prima era rincasato con un'aria particolarmente soddisfatta. Con un gran sorriso le aveva messo fra le mani il giornale fresco di stampa, piegato in due. Davanti ai suoi occhi la notizia che il ministro dell'Istruzione Fedele, con regio decreto, aveva proibito alle donne di insegnare materie umanistiche nei licei. La delusione per lei era stata tanta. Cocente. Ma ancora più cocente era stato vedere che il suo amato fratellino, di due anni più piccolo, annuiva alle parole del padre, come per condividerle.

La presenza di Corbino ha riaperto una nuova possibilità. Eppure quel pomeriggio ha la terribile sensazione che appena il politico lascerà la casa, si scatenerà l'inferno. Un inferno che come sempre inizierà con un lungo silenzio e con la mancata risposta alle sue domande, per essere seguito da occhiatacce e trovare infine sbocco in battute sulla sua incapacità di sapersi comportare, a differenza della sua amica Dora, e in accuse per avere insinuato nella mente di un uomo del livello di Corbino che l'avvocato Clementi non sia in grado di mantenere da solo la famiglia. Così prontamente aggiunge: «Certo, solo se mio padre acconsentirà». Il sorriso docile.

«Ma veramente... Con tanti giovani uomini che ci sono in questo istituto, non mi sembra il caso.»

Corbino spalanca gli occhi. La battuta lo ha punto nel vivo: «Ma cosa pensi dei miei allievi? Sono persone per bene. Non manderei mai tua figlia in un covo di lupi. Bravi *carusi* che pensano solo alla fisica, allo sport, alle gite in bicicletta e agli scacchi. Fermi a breve si sposerà pure».

Ida si domanda se l'uomo abbia compreso quanto forte sia il suo desiderio di uscire di casa e di sentirsi autonoma, anche se per poche ore. E cosa le bruci dentro ogni volta che pensa che le donne sono considerate solo una costola dell'uomo.

«Mi faresti una grande cortesia. Un impiccio in meno», conclude Corbino.

Lei allora abbassa lo sguardo e scruta il volto del padre che si liscia il mento con l'indice. Dirà di no a un ex ministro? Il dubbio.

«Orso, solo perché lo chiedi tu», sentenzia alla fine.

Ida ha l'impressione che il cuore stia per esploderle dalla gioia e appena Corbino va via corre verso la stanza di Fabrizio per dargli la bella notizia. Solo quando mette la mano sul pomello della porta si chiede: "Ma cosa sarà mai la fisica quantistica?".

7.

Torino, aprile 1954

È seduta sulla poltrona di velluto giallo ad aspettarlo e gioca con i due lunghi fili di perle che le ricadono sulla camicetta di seta.

Sono trascorsi diversi giorni dalla sera della cena dall'ambasciatore. Giorni durante i quali Ida non ha fatto che pensare a Ettore, ad Alberto e soprattutto al suo matrimonio, alla sua vita apparentemente perfetta, in verità silenziosa e sempre uguale a sé stessa.

E se per le parole confidatele da Giulia non può fare molto, se non prenderne atto, per la sua vita con Raffaele ha il dovere di salvare il salvabile.

Ha osservato suo marito con attenzione e il dubbio è diventato quasi certezza. I ritardi, le bugie, i silenzi, gli sguardi di assenza, la camicia che al rientro dalla clinica odora di mughetto.

Le altre volte in cui è stata tradita, il rimedio migliore era stato il silenzio. Fare finta di nulla. Lasciare che la nuvola scura passasse sopra la sua testa e sperare che non si trasformasse in un diluvio. Fino a ora, a dire il vero, era sempre tornato un pallido sole.

Anche se le pesa molto, deve trovare la forza di recitare. Sa già che non sarà facile e che sarà per lei doloroso e snervante, ma non vede altra strada.

Ha trascorso tutta la mattinata da don Paolo ad attendere invano Lucia, smistando vestiti usati e ascoltando altre tristi storie di donne prive di un sostegno. Questo le ha fatto pensare a lungo alla fortuna che ha lei di avere una famiglia: la madre, il fratello, la cognata. Anche se ormai tutti vivono in Sicilia e il padre è morto da anni, sapere di avere sempre un porto sicuro lenisce il suo dolore. Almeno lei, se tutto andasse male, avrebbe sempre un guscio a proteggerla.

Proteggermi?

Scaccia subito il pensiero. La sua famiglia è Raffaele. Non le accadrà nulla di irreparabile. Deve solo vestire i panni della moglie premurosa e fare capire al marito quanto sia fortunato ad averla al suo fianco.

Ha deciso di non litigare apertamente, perché nonostante tutto sente ancora che lui le vuole bene e più volte in quei giorni le è tornato in mente un proverbio che le ripeteva la madre quando era piccola: "In un mondo di ciechi, beato chi ha un occhio".

Raffaele era ed è questo per lei.

Un legame non perfetto, ma speciale.

È risoluta però a porre dei paletti. Deve evitare che episodi come quelli a casa dell'ambasciatore si ripetano. Non può umiliarla in società. Quello, crede, Raffaele glielo debba.

Nervosa allunga una mano verso i libri che sono sul tavolino accanto alla poltrona e prende *La casa in collina* di Cesare Pavese. Lo apre nel punto in cui ha interrotto la lettura. Sfila il tagliacarte dorato che adopera per aprire le pagine e che usa anche come segnalibro e si immerge tra le parole e le immagini del romanzo. Si ferma e sottolinea una frase: *In sostanza chiedevo un letargo, un anestetico, una certezza di essere ben nascosto. Non chiedevo la pace del mondo, chiedevo la mia.*

«Ti piace?» Raffaele entra in salotto facendola sobbalzare.

«Di già qui?» e intanto lo osserva. Come sempre è vestito con molta cura. La camicia inamidata e ben stirata, i gemelli d'oro, la barba perfettamente rasata. E ora che i capelli cominciano a mostrare qualche filo bianco, ha uno charme che pochi anni prima gli era sconosciuto. Chiunque lo avesse incontrato lo avrebbe definito un bell'uomo o almeno affascinante, come capita a chi ha la sicurezza dei gesti e la gentilezza dei modi. Nelle ultime settimane sembra pure brillare di felicità e ora che lei ne immagina il motivo, questo la ferisce profondamente.

Recitare. Recitare bene.

Si riprende e indica il libro: «Grazie per avermelo regalato. Questo romanzo ha il potere di riportarmi indietro. Sembra sia passato così tanto tempo dalla guerra e dalla Resistenza, e invece...».

«Già.»

Un lungo silenzio li avvolge, interrotto solo dal *tic tac* dell'orologio da polso di Ida.

«In questi giorni abbiamo parlato poco, sono stato distratto. Ho addirittura dimenticato di chiederti come è andata la cena dall'ambasciatore.» Raffaele chiede informazioni con circospezione.

«Al solito. Tutto molto curato. La moglie era dispiaciuta della tua assenza.» Ida si morde la lingua. Deve stare più attenta. Dare meno peso all'accaduto. Così inizia a raccontare del suo incontro con Giulia Berni. «Ha lasciato tutto! Che dispiacere. Era un fisico brillante. L'unica donna che io abbia mai conosciuto di persona a occuparsi di fisica del nucleo.»

Lui le sorride. «Se non ricordo male a Roma non ti faceva tutta questa simpatia.»

Ida fa un gesto con la mano come a scacciare una fastidiosa mosca che le ronzi intorno. «Una vita fa.»

«Prima della guerra.» Raffaele si morde il labbro. «Non immaginavamo allora che ci sarebbe toccato vivere un secondo conflitto mondiale. Ma a proposito della dottoressa Berni e dei suoi studi, ricordi quando temevamo che i tedeschi avrebbero realizzato loro la bomba atomica?»

La guerra!

Lei strizza gli occhi. Non comprende cosa c'entri ora la guerra. Perché il marito non parla di loro? Forse dovrebbe chiedergli spiegazioni e invece si limita a rispondere con garbo: «Certo. Sei entrato in questo stesso salotto con il volto scuro e il giornale in mano. Era il primo settembre del 1939. Certe date non si scordano mai».

«Avevo appena letto le dichiarazioni di Churchill. L'Inghilterra portava l'Europa verso la guerra.»

«Churchill? A me sembrava fossero anni che si temeva qualcosa del genere. Prima c'era stato l'*Anschluss* di Hitler, poi l'occupazione del territorio dei Sudeti, infine la Polonia.» Ida posa il libro sul tavolino vicino. Fa attenzione a non lasciare trasparire il tumulto che l'attraversa. È davvero incredula che stiano lì a rivangare il loro passato, invece di affrontare quello che accade realmente nelle loro vite. Ma decide di stare al gioco. Forse ricordare quando erano stati vicini può fare del bene.

«Lo so», continua lui. «Ma prima non avevo mai creduto che saremmo arrivati davvero a tanto. Fino a quel momento c'era la speranza a proteggerci. La speranza che non accadesse.»

«L'illusione dona sicurezza.» La frase sembra buttata lì per caso. Ma è densa di significato. Entrambi sanno a cosa alluda Ida. Così Raffaele riprende veloce per portare il discorso ancora più lontano. In un terreno senza mine: «E poi ti feci quella rivelazione. A dire il vero non avrei dovuto confidartelo. Apparteneva al segreto professionale», le sorride.

«Ti fidavi di me.»

Una luce di affetto attraversa il volto di Raffaele, che le si avvicina. «Mi sono sempre fidato di te.» Il tono è caldo. Intanto versa del brandy in un bicchiere di cristallo e si siede nella poltrona di fronte. «Sei l'unica a cui posso raccontare tutto, certo che terrai le mie confidenze sempre per te.»

«Da buona siciliana quale sono.»

La speranza si riaccende.

«Credo che sia stato allora che mi è venuta l'idea di seguire la chirurgia.»

Entrambi rimangono in silenzio a ricordare. Raffaele le aveva confidato che un chirurgo suo amico aveva eseguito un'operazione difficilissima: un'embolectomia polmonare. Intervento per quei tempi davvero all'avanguardia. Il paziente era una persona molto vicina al presidente degli Stati Uniti, Roosevelt. Dopo qualche giorno dall'intervento il medico era andato a parlarci. Era rimasto a lungo, aveva spiegato quello che aveva fatto e gli aveva cambiato piano terapeutico. I due avevano poi iniziato a parlare dei progressi della scienza e del fatto che fino a pochi anni prima un'operazione del genere sarebbe stata impensabile. Erano così passati a discutere delle applicazioni della scienza che potevano davvero essere infinite, nel bene e nel male. Era allora che il paziente gli aveva confidato di una lettera inviata da Einstein a Roosevelt qualche giorno prima che lui entrasse in ospedale. Einstein sosteneva che grazie all'energia che si sprigionava dalla scissione dell'uranio si poteva ipotizzare la costruzione di bombe estremamente potenti, capaci non solo di polverizzare il bersaglio, ma tutto il territorio circostante.

«Mi ero così meravigliata che un uomo raccontasse una cosa del genere, un importante segreto di lavoro, a un dottore.»

Lui sorride: «Non conoscevi ancora l'affezione dei pazienti verso il chirurgo che ti ha salvato da morte certa».

«Oh, vivendo con te mi è chiaro. A proposito, oggi un paziente ti ha portato sei casse di ciliegie. Ne ho regalate alla portinaia e alle donne della comunità. Domani chiederò alla signora di servizio di fare una marmellata con le due cassette rimaste.»

«Come farei senza di te.»

Ida deglutisce. Quelle parole la rincuorano. Confida che non tutto sia ancora perduto. La guerra glielo ha insegnato. Nella vita spesso basta resistere, aggrapparsi al poco che si ha, fino a che lo si ha, e aspettare che il peggio passi.

«A cosa pensi?» domanda Raffaele nel vederla assorta e subito si drizza come chi abbia preso la scossa.

Ida scuote la testa. Quella domanda potrebbe innescare la miccia. Lei lo sa, lui lo sa. Ma svicola. Non ha alcuna voglia di creare tensione: «Penso a Roma. Al fatto che Ettore mi aveva confidato le sue perplessità in merito alle strade che stava per percorrere la fisica nucleare».

«Pensi lo avesse capito prima di Einstein?»

«Ormai cosa importa.»

«Se non è morto gettandosi dal piroscafo come abbiamo sempre creduto, forse era andato in Germania ad aiutare i tedeschi e per questo ora è in Argentina.»

«Ma dai! Lo escludo, non era quel tipo di persona.»

Raffaele intanto beve un lungo sorso di brandy, si sfila la cravatta e la lascia sul bracciolo della poltrona.

«E quell'anello? Non ricordo di avertelo mai visto.»

«Lo conservavo da anni. È un ricordo di quando ero ragazza», risponde Ida e ci passa l'indice sopra.

«Molto bello», e rimane in silenzio a osservare il bicchiere che riflette la luce nel vetro.

I minuti scorrono rotti solo dal loro respiro. Sembra che il tempo si dilati, carico di parole mai dette e di verità nascoste.

Alla fine Raffaele guarda l'orologio. «Ida, purtroppo ora devo andare.»

«Ora? Ma se sei appena rientrato», la voce non nasconde tutta la sua sorpresa.

«Sai bene che il mio lavoro non ha orari.»

Lei arriccia il naso. «Ma sono anni che non fai le notti in clinica. Da quando sei primario.»

«Si tratta di un'emergenza e proprio perché sono primario devo andare.»

«Capisco», mente, perché in verità non capisce affatto quale possa essere l'emergenza che lo ha trattenuto fino a ora in poltrona a bere tranquillamente un brandy e a rivangare il loro passato.

«Non mi aspettare per cena. Farò davvero tardi.» Si alza, le dà un bacio in fronte e passa le dita fra i lunghi capelli scuri all'altezza della nuca.

Mentre lo osserva andare via, Ida sente una fitta al cuore. In fondo, anche se da tempo sa che il suo non è un gran matrimonio, credeva almeno che dopo la guerra avessero fatto un patto. Il patto di essere coniugi e di portarsi rispetto. E lui per due sere nella stessa settimana ha rotto il loro patto.

Dopo un poco si alza e si affaccia alla finestra. Vede che lui è ancora sul marciapiede, accanto alla macchina. Fermo.

Per un attimo spera che ci ripensi e torni sui suoi passi.

Per un attimo pensa di corrergli incontro e pregarlo di non andare.

Ma è impietrita.

Perché non riesce a reagire? Perché cerca continui segnali di gratificazione da chi la tradisce ripetutamente?

Per la prima volta realizza che Raffaele con i suoi modi gentili, e facendola sentire comunque sempre la più importante fra le tante, è riuscito negli anni a imporle la sua volontà e le sue esigenze oltre il normale buon senso. Calmo e sorridente le parla del loro tempo passato e della fiducia che ha in lei. Fa risorgere la speranza, per poi andarsene come se nulla fosse.

Quando vede che lui mette in moto la macchina e sfreccia via, per calmarsi va nella sua stanza e recupera la foto con il gruppo di fisici di via Panisperna.

Il passato ritorna presente. Era il tempo in cui sognava un futuro radioso e in cui era stata capace, per l'unica volta in vita sua, di tenere testa al padre.

Per qualche attimo le sembra che il tempo non sia mai trascorso e che lei sia ancora la ragazza allegra al suo primo giorno di lavoro. Era inverno e i ciottoli erano ricoperti dalle foglie imbrunite. Per l'occasione indossava un cappotto grigio, scelto dal padre per non dare nell'occhio, e i capelli color caffè corti e ondulati erano raccolti sotto un baschetto insignificante, ben diverso dai copricapi che usa ora. Eppure nascosto dal cappotto, senza che il padre se ne fosse avveduto, lei aveva messo il vestito color carta da zucchero a vita bassa che tanto amava.

E ora?

Ora le sembra di essere diventata solo una pallida ombra di sé stessa.

8.

Roma, gennaio 1928

La pioggia leggera, le mani sudate dall'emozione e il timore di non essere all'altezza. Ha paura che abbia ragione suo padre. Per quanto si sia documentata su come funzioni una biblioteca, sui sistemi di catalogazione e sulla fisica quantistica, sa bene di essere ancora impreparata su molto.

Serra i pugni e respira a fondo.

All'ingresso vede due uomini intenti a fumare e chiacchierare, con la familiarità che lega due amici. Uno alto, con il camice grigio, le sembra molto distinto ed elegante. Forse per via degli occhiali rotondi con la montatura di metallo, del volto ovale e del mento sporgente o forse per come gesticola. Lei, imbarazzata, si limita a fare un cenno con la testa e loro ricambiano, con sua sorpresa, con un sorriso. Ripassa, come una studentessa al primo giorno di scuola, le spiegazioni di Orso Mario Corbino e intuisce di avere davanti Franco Rasetti, il fisico sperimentale, amico e collega di Fermi sin dai tempi dei comuni studi a Pisa. Su chi sia l'altro nutre dei dubbi.

Sale su per le scale, tremando a ogni passo, ma quando entra dentro l'istituto sente la sicurezza tornare, sostenuta dalla voglia di vincere quella sua sfida personale.

Ad attenderla trova l'anziano bibliotecario che lei deve aiutare e in parte sostituire. Ha l'aspetto trasandato, nel suo completo stazzonato. I modi si rivelano subito gentili, eppure Ida ha la continua sensazione che la guardi come un'aliena e, mentre le illustra i suoi compiti, più volte sottolinea che quello non è un ruolo per donne.

«Ma siamo nel 1928», sbotta lei.

Lui abbassa gli occhiali con l'indice fino alla punta del naso e le risponde: «Cosa intende dire?».

Dopo un lungo momento di imbarazzo i due entrano finalmente in biblioteca.

Ida rimane sorpresa dagli alti scaffali che arrivano fino al soffitto, ricolmi di volumi di matematica e fisica. Dapprima la delusione. Sono tutti tomi con la copertina di cartone o cartoncino beige o marrone, piuttosto sottili, pieni di formule matematiche, mentre lei si era immaginata grossi volumi ricchi di spiegazioni, rilegati in pelle, con copertine colorate. Ma quando volge lo sguardo verso un palchetto discosto, scorge svariate opere di letteratura. Un dettaglio che la fa sentire subito a casa. Le sfiora con l'indice, poi osserva il grande tavolo ovale di legno lucido con otto sedie, anch'esse di legno, e quando alza gli occhi vede due lampadari a braccio con delle coppe di vetro chiaro. Li trova bellissimi e moderni.

Al termine del giro dell'istituto l'ondata di paura e insicurezza sembra essersi placata, sostituita dalla curiosità, e quando finalmente il bibliotecario la conduce in una stanza piena di fascicoli da catalogare e di libri da sistemare, si sente pronta a iniziare.

Si accomoda davanti alla macchina da scrivere nera con i tasti bianchi, quella che per diversi anni sarebbe diventata la sua preziosa compagna di viaggio. Titubante infila un cartoncino da catalogazione e digita con l'attenzione dell'inesperienza le lettere dell'autore e del titolo.

Dopo alcune ore si alza per fare una pausa e si accorge con disappunto di avere i polpastrelli sporchi di inchiostro.

Alla ricerca di un lavello, lascia le sale della biblioteca e si aggira per il piano semideserto. È intenta a leggere una targa di ottone: ENRICO FERMI. PROFESSORE ORDINARIO DI FISICA TEORICA, quando le giunge un rumore. Si discosta dall'uscio e fa finta di guardare nella libreria alla sua destra. Due uomini procedono verso di lei. Uno è il signore che ha visto all'ingresso con Rasetti, l'altro un giovane magro, suo coetaneo, di circa un metro e settanta, con i capelli neri.

Cammina senza nascondere nel suo incedere una nota di timidezza.

Parlano fittamente. «Vedrai, ne vale la pena. La fisica è ben altra cosa dell'ingegneria. Quella che si studia qui almeno», dice il primo uomo.

L'altro va avanti in silenzio, il cappello stretto fra le mani.

I loro sguardi si incrociano. Il copricapo rotola a terra e lei istintivamente si piega a raccoglierlo. È così che si trova faccia a faccia con il giovane dagli occhi scuri e intelligenti.

Un lungo brivido e il cuore inizia a batterle forte. Lei sa chi ha davanti: Ettore Majorana. Sorride incredula, ricambiata da lui impacciato.

«Sono Ida Clementi», gli sussurra. «Ci siamo conosciuti a Catania a un pranzo con le nostre famiglie alle pendici dell'Etna.» Ida ricorda bene che appena aveva saputo che a quella gita sarebbero stati invitati anche i Majorana, si era sentita elettrizzata. I Majorana erano a Catania una di quelle famiglie che non passavano mai inosservate. Conosciuti non solo e non tanto per «la roba», quanto per l'ingegno. Rivive in quel momento l'emozione provata mentre parlava con lui e le torna in mente anche quanto Ettore fosse stato gentile con lei e premuroso verso sua sorella, la piccola Maria.

«Non ho dimenticato affatto.» Abbozza un sorriso. «Solo che non mi aspettavo di trovarla qui.» Ettore prende il cappello dalle sue mani. Gli occhi fissi l'uno in quelli dell'altra. Poi le fa un cenno con il capo e senza dire altro entra nello studio di Fermi, lasciando la porta aperta.

È quella per lei una ghiotta occasione per soddisfare la sua voglia di conoscere quel nuovo mondo. Così si alza sulla punta dei piedi e sbircia dentro. Una scrivania, un porta abiti, una lavagna al muro piena di formule e di calcoli e, appoggiata alla parete, una racchetta da tennis.

«So da Amaldi che già vi conoscete.» Le parole del professore richiamano la sua attenzione sul gruppo di uomini. Fermi indica il giovane che le è passato veloce davanti. Ha l'aria sicura e le labbra carnose. Dopo poco continua le presentazioni e indica l'uomo alto e snello: «Franco Rasetti, il nostro fisico sperimentale e assistente di laboratorio». Una pausa che dura come un battito di ciglia e riprende: «Ho saputo da Segrè delle sue doti di matematico, della sua propensione al calcolo, della sua curiosità per lo studio teorico. Come forse saprà le nostre ricerche sono per ora varie. Non ci occupiamo solo di spettroscopia, ma lavoriamo anche al modello statistico dell'atomo. Se desidera le faccio vedere dei lavori sull'argomento», e mostra una pila di carte sulla scrivania.

Majorana fa una domanda. Ida non sente bene cosa chieda, ma vede Fermi prendere una tabella o quella che a lei sembra esserlo. «Studiare gli atomi in termini quantitativi richiede ordine, costanza e intuizione» e gli passa un foglio. Ida a quel punto, per paura di essere vista, si rifugia in biblioteca.

La mattina seguente lei è già lì quando vede entrare di nuovo Ettore che, senza farsi neanche annunciare, va dritto fino allo studio di Fermi.

Ida lo segue. Lo sente chiedere di rivedere la tabella e dopo pochi secondi mostra un foglietto ripiegato con una serie di calcoli.

Non dice altro se non: «La tabella è corretta». Poi esce.

Lei sgrana gli occhi. Un ragazzo poco più che ventenne sfida Fermi? Davvero pensava di potere trovare lui, tanto più giovane, un errore?

In silenzio Ida si dirige verso la biblioteca, ma Majorana prima di varcare la porta si ferma, si gira e le sorride.

E quel sorriso è per lei una prima piccola conquista.

9.

Torino, aprile 1954

Ida sospira. Non sapeva che quel lavoro le avrebbe insegnato non solo cosa fosse la fisica quantistica, ma anche a credere nei sogni, a non spaventarsi, a sfidare le consuetudini. Le avrebbe permesso di comprendere che nulla è davvero impossibile per chi osa superare sé stesso. Né immaginava che le avrebbe offerto l'occasione di conoscere Alberto e il vero amore.

Quanto ero diversa.

Si era ripiegata su sé stessa come un fiore appassito, e senza neanche rendersene davvero conto si era chiusa nel suo silenzio. Mai da ragazza avrebbe sopportato di vivere un'esistenza passiva, piena di rassicurante mediocrità. Solo raramente qualche evento aveva riportato a galla la giovane coraggiosa dei primi anni Trenta, come era accaduto durante la guerra, quando sfrecciava per le strade di Torino a raccogliere feriti alla guida di un camion.

Va in cucina e guarda la cena già pronta. Con la forchetta assaggia le verdure ripassate. Anche fredde sono buone. Aveva cucinato per ore, convinta che con una bella cena, un buon calice di vino e tanta pazienza avrebbe iniziato il suo percorso di riavvicinamento al marito. Ma si era sbagliata.

E non c'è neanche il dubbio di sapere dove lui sia andato. Raffaele Braschi non varcherebbe mai il portone della clinica senza la cravatta che giace ancora dimenticata sul bracciolo della poltrona di velluto in salotto.

Così spegne la luce e torna nella sua stanza.

Prova a mettersi a letto, ma una volta sotto le lenzuola non fa che rigirarsi. A destra e a sinistra.

Pensa se non sia il caso di chiamare la madre, in Sicilia. Per distrarsi. Ma rinuncia. Lei la travolgerebbe con un fiume di domande, per finire per chiederle cosa avesse mangiato.

Cercare il fratello? Per quanto lui le voglia bene è pur sempre un uomo e come tale fino a ora ha sempre tentato di difendere le azioni di Raffaele.

Così si rassegna, inizia a guardare il soffitto bianco e riflette sulla sua natura dissonante: da un lato la capacità di combattere per quello in cui crede, la voglia di cambiamento e la caparbietà di uscire fuori dagli schemi che hanno caratterizzato la sua giovinezza, dall'altro la sua incapacità, dopo la terribile delusione d'amore, a sapere porre dei limiti o a imporsi. Riesce talvolta a portare aiuto agli altri, ma non a sé stessa.

Il pensiero del volontariato all'associazione le dona un poco di ristoro. È quello l'unico luogo nel quale non si senta sola. Il sollievo dura solo qualche minuto. Il tormento ritorna più forte di prima e si accresce come un fuoco alimentato dal vento. Quella domanda che la assilla da giorni ritorna di nuovo: cosa sarebbe lei senza Raffaele?

Non si dà una risposta, ma per la prima volta avverte farsi lentamente strada un sentimento fino ad allora sconosciuto. Un sentimento più forte della paura della solitudine e che scolora anche la rabbia e la gelosia. È l'indignazione.

Le ore scorrono lente, innervosendola, fino a che non sente la porta aprirsi.

Salta giù dal letto e corre all'ingresso, avvolta nella sua vestaglia di seta.

Lui è lì, davanti a lei, la giacca in mano. Non sa neanche lei perché lo dica: «Vorrei parlarti».

Ricordare la sua attività di volontariato e la donna che era stata la sta per spingere lungo un sentiero impervio, ben lontano da quello che si era ripromessa di percorrere. Non è ragione, è istinto.

«Ida, sono stanco. Domani.»

Lei mantiene lo sguardo alto, mentre i suoi occhi intensi e neri lo scrutano senza esitazione.

A diciott'anni ha sfidato suo padre, ora può sfidare il marito. Almeno crede.

Raffaele sospira e appende la giacca, con ordine. Come se il suo maggiore problema sia non sgualcirla.

«Ti ho detto che voglio parlare ora.» Ida torna alla carica.

«Forse hai ragione. È arrivato il momento. Inutile rimandare.» Il tono è per la prima volta freddo e distaccato. Come se dovesse passare un bisturi affilato sulla sua carne.

Ida gira la testa. Non riesce più a guardarlo. Non serve che lui dica altro. Le sue poche parole hanno il sapore di un verdetto definitivo. Si è già pentita dell'istintivo coraggio, ma le parole sono state pronunciate e la freccia ha ormai lasciato l'arco. Eppure non immagina ancora che la colpirà dritta al petto.

Lui le parla, le racconta di Adele. Vorrebbe che non fosse stato, ma è accaduto e soprattutto è giusto che lei sappia che Adele aspetta un figlio. Suo figlio.

«È incinta?» Istintivamente si porta una mano al ventre. Forse ha capito male. Si sforza di convincersi di avere sentito una cosa per un'altra. E invece Raffaele annuisce. Ma quello che la annienta come un pugno allo stomaco è notare che le sue labbra, inconsapevolmente, abbozzano un timido sorriso subito represso.

«Sei contento?»

«Non posso negarlo.»

Le sembra di vivere un incubo. Lui non tenta neanche di mentire, di scusarsi. «Sei contento di avere un figlio da un'altra donna?» ripete nella folle speranza di ricevere una risposta diversa che non arriva.

Raffaele intanto ha ritrovato tutta la sua compostezza e il volto si mostra rigido come una maschera di sale.

«Da quanto?» domanda Ida.

«Da un po'. Nascerà dopo l'estate.»

Ida chiude gli occhi, sente una lacrima salire per il condotto lacrimale, ma riesce a trattenerla e in silenzio deglutisce il liquido amaro. «Che ruolo avrei, secondo te, in tutto questo?» mormora infine e senza aspettare la risposta torna a rifugiarsi nella sua camera.

Deve ancora comprendere cosa stia accadendo. La sua mente non vuole accettare le parole del marito. Ida rifiuta l'idea. Perché è un'idea ingiusta.

Una volta dentro la stanza, chiude la porta a chiave e si lascia cadere sul pavimento.

Le mani sul volto.

Avverte risorgere nuovamente l'indignazione. Più forte di prima. Sembra che accorra a salvarla.

Quando si riprende, si rende conto che ha i pugni tanto serrati da farsi male e vorrebbe urlare. Vorrebbe graffiarsi fino a sanguinare, per allontanare in qualche modo la sofferenza del momento.

10.

Torino, maggio 1954

Dei passi. Il silenzio. Il marito entra in bagno. Lei in punta di piedi si avvicina alla porta. Da fuori sente il rumore dell'urina di Raffaele urtare la ceramica del gabinetto.

Un fastidio.

In tanti anni le è capitato di sentire quel rumore ogni giorno. E allora da dove sopraggiunge l'irritazione che sembra amplificarsi fino a rendere quel leggero scroscio insopportabile?

Porta le mani alle orecchie perché lo sgradevole suono smetta di martellarle in testa a ricordarle una falsa intimità. Intanto sente risorgere un dolore lontano, dimenticato, ma che in tanti anni non è mai andato via dal suo animo e comprende che lei in quel tempo si è solo abituata a portarne il peso.

Sì, lei è abituata. E quel rumore l'ha svegliata.

A dire il vero è stupita di come un evento normale e del tutto banale possa colorarsi di tale significato simbolico, e ha la sensazione di essere diventata un personaggio pirandelliano. Come nella novella *Il treno ha fischiato*, quando il protagonista, il ragioniere Belluca, uomo mite e metodico, sempre uguale a sé stesso, un giorno stupisce il mondo intero, ribellandosi al suo capo e affermando che «il treno ha fischiato». Tutti lo prendono per folle, tanto che il povero Belluca viene rinchiuso in un ospedale psichiatrico. Solo il vicino di casa capisce che pazzo non è e che quel fischio del treno lo ha affrancato da una forma cristallizzata, da una vita che vita non era. Da una trappola.

Ecco, quel rumore di urina che proviene dal bagno è il suo fischio del treno.

Rallenta il respiro.

La tristezza per qualche attimo abbandona il suo cuore, sostenuto dalla rabbia. Se fino a quel momento aveva sempre pensato a come salvare il matrimonio, decisa ad aggrapparsi a ogni briciolo di affetto donatole da Raffaele, ora, meravigliandosene lei stessa, in preda all'indignazione, pensa che forse dovrebbe andare via. Anche a costo di tornare dalla sua famiglia. Dalla madre, nella Sicilia dai bei limoni gialli, ai piedi dell'Etna innevata. Eppure sarebbe solo una soluzione provvisoria. Sa bene, per l'attività di volontariato che svolge, che in Italia una donna non può lasciare il marito. Manca una legge sul divorzio. In Francia o in Germania, forse potrebbe ritornare a essere Ida Clementi. Potrebbe rifarsi una vita. Ma qui no. Muta deve stare e Braschi deve rimanere.

Tentenna.

Poi di colpo le riappare l'immagine della ragazza che era stata, quella che Giulia le aveva ricordato. Sente di essere pronta a reagire. Non può più rimanere in quella casa.

Non può e non vuole farlo.

Eppure deve essere cauta.

Deve essere paziente.

Ancora una volta.

L'ultima.

Così ritorna nella sua stanza e aspetta che Raffaele esca.

Solo quando rimane sola si mette all'opera.

Tira giù dall'armadio una grande valigia. Apre i cassetti e ordinatamente sfila via solo quello che pensa le possa servire. Quando tutto è pronto, recupera la scatola di cartone che tiene sopra l'armadio, tira fuori le due fotografie che ha custodito per tanti anni e le infila nella borsetta.

Prima di lasciare l'appartamento si guarda ancora intorno. Sa già che quella casa le mancherà, ma non ha scelto lei.

Così posa l'anello nuziale sul mobile all'ingresso e chiude la porta alle sue spalle.

Alcune ore dopo, seduta da sola nello scompartimento di prima classe, osserva dal finestrino del treno la campagna assolata che scorre veloce davanti a lei, cambiando di continuo forma e colore. Prima la pianura, poi le alte colline verdi.

Si avvolge nello scialle leggero di satin blu che profuma di ambra, quasi sia la sua cuccia, e intanto immagina la reazione di Raffaele al rientro a casa, la sera. Nella sua meticolosità e nel suo ordine il marito si aspetterà di ritrovarla nel loro elegante e ben curato appartamento, con la tavola apparecchiata con la tovaglia di lino ricamata e la cena pronta per essere solo riscaldata. Come ogni sera da tanti anni. Invece troverà solo ciliegie. Tante ciliegie.

Se lo conosce bene, la cercherà. Prima da qualche vicina, poi dal fratello. Ma lei non ha avvisato nessuno. Solo don Paolo e una collega dell'associazione. Ma di loro due si fida ciecamente. Sanno, per l'attività che svolgono, che se una donna chiede silenzio c'è sempre un valido motivo.

L'idea che lui si preoccupi le dà una sottile soddisfazione. Ha il dolce sapore di una breve vendetta e di una piccola rivincita.

Cullata dal rollio del convoglio, sfinita, si abbandona a sé stessa e si consola con il pensiero che presto sarà di nuovo con la madre e il fratello. Loro sono ora il suo unico fragile riparo, quello che manca a Lucia e a tante altre donne conosciute al lavoro.

Ora come allora.

11.

Roma, marzo 1928

È domenica e sono rientrati da poco dalla messa.

Ida è dispiaciuta. Ha appena tolto il soprabito e osserva dalla finestra il cielo azzurro che sembra richiamarla fuori, ma sa che deve aiutare la madre a preparare la tavola e che mai potrebbe chiedere di uscire di nuovo e men che mai da sola.

«Io e Fabrizio andiamo a fare una passeggiata.»

Le parole del padre riportano all'improvviso la speranza.

«La primavera è già nell'aria», continua lui. «Un po' d'aria ci farà bene.» E mette una mano sulla spalla del figlio.

«Tornate per tempo?» domanda Mara stupita. «Non vorrei che il pranzo...»

L'avvocato alza la mano a fermarla. Senza aggiungere parola la moglie si blocca immediatamente.

«Posso venire?» Ida non riesce a trattenersi.

«Tu e tua madre a casa dovete stare, per quando torniamo. Così sarà tutto pronto.»

«Ma è già tutto pronto! La mamma cucina da ieri sera. La tavola la faccio appena torno. Promesso.»

«Ho detto che non puoi venire.»

«Perché?»

Il volto dell'avvocato si fa scuro. «Perché io preferisco così.»

Ida rimane in attesa, poi in assenza di altre spiegazioni riprende: «Non darò fastidio. Vi seguo, compro solo un pacchetto di caramelle in edicola e rientro».

L'uomo avanza minaccioso, la pipa fra le labbra in un

equilibrio precario. La sfila via dalla bocca con due dita della mano destra e gliela mette davanti al viso: «Tu... Tu devi imparare ancora che cosa sia l'ubbidienza». Le afferra la manica della camicia con la sinistra e la strattona. Ida perde per un attimo l'equilibrio, ma riesce a riprendersi. Sente però il rumore della stoffa che si lacera. La sua camicia celeste si è scucita all'altezza della manica.

Arretra, mentre il volto del padre si trasforma in una maschera di rabbia: «Non ti basta essere andata a lavorare? Mi hai reso ridicolo davanti al mio amico di infanzia. Quella concessione me l'hai strappata. Potevo dire di no a Corbino? Irriconoscente. Questo sei. E ora? Come osi intrometterti!».

Fabrizio rimane impietrito. Fermo. Apre e chiude la bocca. Ida avverte che vorrebbe intervenire, che vorrebbe prendere le sue difese, ma vede con dispiacere che le parole gli muoiono in gola. Così incalza, decisa a sfidare il padre da sola: «Non sono anche io tua figlia? Cosa avrò mai chiesto. Di venire con voi fino all'edicola».

Sa bene che dovrebbe rimanere in silenzio e aspettare che la bufera passi, ma il senso di ingiustizia che prova è grande e vuole fare valere le sue ragioni. Così rincara la dose, volutamente: «Allora esco con la mamma».

Mara le fa cenno di no. Di non dire altro. «Ida, veramente...»

Il marito aggredisce ora la moglie: «Tu stai zitta, ho chiesto forse il tuo parere? È una cosa tra me e tua figlia».

Mara abbassa lo sguardo remissiva, ma non Ida, che lo guarda dritto negli occhi, incurante della mano che si alza a schiaffeggiarla.

La guancia brucia, ma è il senso di umiliazione a farle davvero male.

«Quando torno fate che sia tutto già nei piatti», e visibilmente infastidito conclude: «Fabrizio, andiamo!».

Non appena i due escono Mara si avvicina alla figlia e le parla piano: «Ida, non devi fare così. Lui tuo padre è. Devi essere più ubbidiente. Così lui si ammala. Non gli fa bene seccarsi».

Lei scuote la testa incredula. «Io? Io più ubbidiente? Ho chiesto solo di andare fino all'edicola.»

«Lo so, ma il fatto che lavori non gli dà pace. È fatto così. Niente ci puoi fare.»

Alcune ore dopo la porta si riapre. Ida guarda l'orologio. Sono già le due e lei e la madre sono sedute al tavolo da pranzo ad attendere.

Mara ha riscaldato il cibo più volte, per paura che al rientro del marito non fosse abbastanza caldo.

L'avvocato toglie la giacca, fa un lungo tiro con la pipa e lascia correre lo sguardo per la stanza. Ida ha l'impressione che cerchi un particolare fuori posto per potere sollevare critiche. Ma niente attira la sua attenzione, così si ferma davanti a Ida, per squadrarla in silenzio, stizzito.

A tavola nessuno riesce a parlare.

Nessuno può parlare.

Qualsiasi cosa verrà detta sarà motivo di una ulteriore lite.

Mara si limita a servire le pietanze e Ida a togliere i piatti. Entrambe si muovono con passo felpato, attente a non fare rumore.

«Vado a riposare.» Con queste parole l'avvocato, dopo avere mangiato la frutta, lascia la stanza.

Un lungo sospiro di sollievo.

Fabrizio si avvicina alla sorella e le sorride: «Non è dipeso da me», si scusa. «Però una cosa l'ho fatta.» Cauto, assicurandosi che il padre non rientri nella stanza, sfila dalla tasca della giacca un pacchetto di caramelle alla fragola: «Le tue preferite».

Ida gli sorride.

Meno male che c'è Fabrizio. Senza di lui si sentirebbe davvero una incompresa.

12.

Roma, maggio 1954

Con il conforto del pensiero di Fabrizio tante volte accorso a darle il suo sostegno, Ida scivola in un lungo sonno.

Quando si risveglia è ancora sola nello scompartimento. Stira le braccia per allontanare il torpore, poi si alza. La schiena è indolenzita. Trascorre ancora un po' di tempo prima che un grande cartello bianco con la scritta nera annunci l'imminente arrivo alla stazione Termini.

La sua prima tappa.

Le ruote stridono sulle rotaie e il treno rallenta riempiendo l'aria di fumo. Dopo poco si ferma e apre le porte. Ida salta giù, percorre a passo veloce la banchina e lascia la valigia al deposito bagagli. Senza perdere tempo cerca un taxi e, mentre attraversa in auto Roma, i pini dalle alte chiome le ricordano la sua giovinezza e il suo amore perduto. Da molti anni non è più stata nella capitale. Da troppi. Per scelta. Ogni volta che se ne offriva l'occasione, lei trovava una scusa per non andare o proponeva una nuova meta. Quella città per lei era magica e al contempo terribile.

Roma è uno dei fantasmi che deve affrontare.

Per prima cosa passa proprio da via Flaminia, per vedere se è rimasta traccia di Alberto.

La facciata del palazzo non nasconde i segni del tempo. I muri sono scoloriti e in alcune parti crepati. Con il cuore che le batte veloce supera il portone aperto e sale per le scale di marmo con la ringhiera di ferro decorata a motivi liberty. Quando raggiunge il pianerottolo, trattiene il respiro e bussa con un vecchio battiporta d'ottone. Qualcuno apre, ma non è chi si aspetta. Con suo disappunto trova la casa abitata da sconosciuti che nulla sanno del precedente proprietario.

Delusa, continua il suo tragitto diretta in via Panisperna.

Davanti alle scale di via Magnanapoli scende dal taxi e prosegue a piedi. Ha bisogno di ripercorrere la lunga strada in salita che porta all'istituto.

I suoi occhi vanno ai palazzi con i profili regolari e all'alto muro di mattoncini rossi e rettangolari, dal quale scendono rami di rampicante.

Il tempo per lei sembra essersi fermato.

Quando arriva al primo slargo, osserva in silenzio il cancello grigio alla sua sinistra. Lo supera e percorre il sentiero, passo dopo passo, senza rendersi conto di accelerare l'andatura. Poi volge lo sguardo verso l'imponente edificio a due piani. Le finestre sono aperte e intorno c'è un grande via vai di persone. Non sa bene perché sia lì. Forse perché quando la vita ci delude abbiamo bisogno di ricordare chi siamo stati e di cercare le nuvole dorate del nostro passato.

Entra attraverso il portone di legno scuro e percorre le scale fino al primo piano.

È spaesata.

Non c'è più nessuno che conosca. Solo una targhetta rileva che Amaldi lavora ancora lì. Chiede così a un giovane che ha l'aspetto di un ricercatore dove sia il professore, ma con dispiacere apprende che è fuori Roma per un convegno.

Ritorna sui suoi passi.

Davanti a lei, come sedici anni prima, la fontana circolare di pietra chiara con dentro, nell'acqua verde, dei pesci rossi.

La vista di quel luogo le dona la sensazione di un caldo abbraccio.

Ettore, dove sei?

Sorride e intanto il volto scavato di Majorana le torna vivido alla mente.

13.

Roma, settembre 1928

Majorana è in cima alle scale di marmo bianco del convento delle clarisse, appoggiato al portico. La giacca grigia leggermente stazzonata. La cartella di cuoio ai piedi. Inizialmente Ida crede che stia guardando il chiostro con la statua di Santa Brigida, ma ben presto si rende conto di sbagliarsi. Ettore ha gli occhi spalancati nel vuoto e intanto fuma. Poi risorge dal suo torpore, infila una mano nella tasca della giacca grigia e tira fuori una penna. Veloce, con la cicca tra le labbra, scrive formule su un pacchetto di sigarette. Alla fine un debole sorriso gli increspa le labbra.

Lo disturbo?

Scarta l'idea. Da mesi osserva quel ragazzo dal volto ovale, dai capelli neri impomatati, tanto da sapere che non ama essere importunato.

Intanto lui si volta, le fa un saluto con la mano e riprende la borsa da lavoro.

Perché non provare?

Quando Ettore ridiscende le scale, Ida gli va incontro. «Signor Majorana, credo che sia la prima volta da quando lavoro in biblioteca che la vedo all'aria aperta.» Ma mentre pronuncia le parole avverte che c'è qualcosa in quel ragazzo che la mette a disagio. Forse la sua natura schiva, in contrasto con gli occhi pungenti e vivaci.

«Signorina Clementi, mi conosce poco. Amo la natura. Spesso mi fermo nel chiostro a fumare e a riflettere.» Una breve pausa. «Il tempo meglio speso è quello in cui non si fa niente, no? Intendo niente di pratico, perché questo è il

tempo per pensare, capire, calcolare. Guardi ad esempio cosa ho prodotto ora qui senza fare apparentemente nulla», e tira fuori dalla tasca il pacchetto di sigarette Macedonia fittamente ricoperto di formule.

Ida si morde le labbra. «Posso vedere?» Lo prende e lo gira fra le dita, indecisa. Lui glielo sfila via e dopo averlo fatto ruotare di centottanta gradi considera visibilmente divertito: «Sottosopra le viene ancora più complicato capire».

Lei diventa rossa come un pomodoro, ma si limita ad alzare le spalle. È ancora con il pacchetto in mano quando lui le domanda: «Scende anche lei verso piazza Venezia?».

«Sì, come sempre.»

«Allora facciamo la stessa strada.»

I due ragazzi camminano, uno accanto all'altro, senza pronunciare parole. Lei si stringe nel maglioncino di cotone, un poco imbarazzata, con una mano sulla borsetta. Lui, che ha recuperato il pacchetto di sigarette, continua a fissare i suoi calcoli. Una moto Guzzi risale su per la via acciottolata, facendo un gran fracasso di marmitta. Il veicolo stenta a salire, per il peso del guidatore e di una donna seduta dietro con le gambe che penzolano sul lato sinistro e che a ogni sobbalzo lancia nell'aria stridule grida. Ettore allora scuote la testa, infastidito, e sfila una sigaretta dal pacchetto di Macedonia che caccia poi in tasca.

L'occasione che Ida aspettava per iniziare a conoscerlo: «Le piace l'istituto?».

«Abbastanza. Certo più di ingegneria.» Ora accende la sigaretta. Una lunga boccata fino a fare uscire lentamente il fumo dalle labbra carnose.

«Più di ingegneria?» fa eco lei. «Come mai?»

«Negli ultimi anni le lezioni lì erano diventate noiose. Si faceva troppa pratica, e si perdeva tempo con nozioni inutili. Credo che la strada della scienza richieda altre vie. Detesto tutto ciò che è empirico. Forse per questo non vado d'accordo con gli altri uomini e quando intendo uomini mi riferisco a tutto il genere umano.»

«C'è un motivo?»

«Ciò che sta al di sotto della luna mi annoia, quando non mi infastidisce. E gli uomini vivono tutti nello spazio sublunare. Fino a prova contraria.»

«Mi prende in giro?»

«Neanche un po'.»

«Insomma... potrei considerarla un misantropo.»

«È un poco più complicato. Ma per ora accettiamo la definizione.»

«E quindi nessun amico.»

«Qualche caro amico ce l'ho. Un collega di ingegneria, Alberto Guarneri, che nonostante sia portato per la pratica ha l'intelligenza di non propormi mai nulla che mi irriti. Ogni tanto mi tenta con qualche passeggiata, ma quello ancora lo sopporto. Come le dicevo il contatto con la natura mi piace. E poi ci sono Gastone Piqué e Giovannino Gentile. Ma con loro è diverso. Ci unisce l'amore per la fisica. A lei piace?»

«La fisica o la misantropia?» Ida scherza, ma viene colta in contropiede quando sente la risposta tagliente e inaspettata.

«La misantropia, ovviamente. Per la fisica vedo già che non è portata.» Ettore ora ride.

«Veramente la fisica mi incuriosisce», risponde piccata, «ma amo molto di più la letteratura.»

«E come mai fa la bibliotecaria in un istituto di fisica? Non era meglio la biblioteca della facoltà di lettere?»

Lei serra le labbra. Non vuole ancora confidargli di Orso Mario Corbino, né di suo padre. «Da qualche parte si deve pure iniziare.»

«Capisco.» Un'altra boccata di fumo. «Anche a me piace leggere. E mi piace soprattutto la filosofia.»

«Davvero?»

Il tempo trascorre veloce, spaziando da Nietzsche a Schopenhauer. «Mio fratello Salvatore è un appassionato di Fëdor Dostoevskij e di Lev Tolstoj», continua Ettore. Ida lo guarda allora dritto negli occhi, eccitata. Lei adora la letteratura russa e il protagonista di *Delitto e castigo*, Raskol'nikov, l'ha profondamente turbata. «Pensava di essere così forte da potere tutto, anche perpetrare un delitto e uscirne indenne, e invece soccombe affogando nei suoi sensi di colpa.»

Ettore le sorride. «Signorina Clementi, lo sa che mi piace parlare con lei di letteratura? Quasi più che con mio fratello. Proporrei proprio per questa affinità di spirito di darci del tu, se non lo trova sconveniente.»

Ida annuisce. La sua gioia è forte e improvvisa.

In cima alle scale di via Magnanapoli la ragazza si ferma di colpo e indica l'insegna della latteria. «Se pure a lei... a te le cose pratiche non interessano, io dovrei prendere un litro di latte per mia madre.» Poi si morde il labbro. «Ti andrebbe un bicchiere di panna?»

E lì, davanti a quel bicchiere di panna montata densa e zuccherata, inizia un'amicizia per nulla scontata.

14.

Roma-Catania, maggio 1954

Ida si ferma proprio davanti all'insegna della latteria. Le lettere dorate sul fondo celeste sono molto scolorite e quando varca la soglia vede che il lungo bancone è stato sostituito da uno più moderno. Anche la grande cassa in ottone dai complicati intarsi che tanto le piaceva è sparita, per lasciare posto a una più piccola e grigia. Ma il tavolo, il loro tavolo, quello dove si sedevano sempre, è ancora lì. Passa l'indice sul legno rovinato e sorride.

Forse sei vivo.

Forse sei con Alberto.

Il cuore inizia a battere, come non accadeva da anni.

Mentre osserva il ripiano comprende quanto le manchi la sua vecchia vita.

Ma ora a Roma non può fare altro. È il momento di rimettersi in viaggio e raggiungere la Sicilia, la sua famiglia. Per ora è quella l'unica destinazione possibile.

Dopo avere ripreso il bagaglio al deposito della stazione, raggiunge il binario sette. Sale sulla carrozza, attraversa il lungo corridoio dalle pareti di legno scuro e raggiunge lo scompartimento. Posa la valigia sulla cappelliera e, appena il treno si muove, si affaccia a osservare la lunga scia di denso fumo grigio, lasciando che i suoi pensieri vaghino liberi e malinconici.

Alla fine richiude il finestrino tirandolo verso l'alto, si siede al suo posto e si immerge nella lettura di un libro. Quando ha terminato è già alla stazione di Taormina. Lì entra nello scompartimento una signora di un'età indefinita, avvolta in uno scialle nero, piena di buste, con una bambina al seguito. I tratti del volto della donna sono ancora giovanili, in contrasto con i capelli striati di bianco.

Ida la osserva sorridere alla figlia con le codine storte e senza incisivi e prova una terribile invidia. Come sarebbe la sua vita se anche lei avesse accanto qualcuno di cui prendersi cura? Per anni ha atteso di rimanere incinta e quando ha capito la sua sorte è riuscita a difendersi dagli sguardi di compassione dei conoscenti ogni volta che venivano a sapere che non aveva figli. Senza mai offendersi davanti alle ripetute domande: «Come, ancora niente?». Come se la sua fosse mai stata una scelta e non un crudele accadimento. Come se una donna valesse di meno perché non aveva dei bambini da crescere. Eppure da quando ha saputo che Raffaele diventerà padre, qualcosa è cambiato.

La signora nello scompartimento le sorride, ignara dei suoi pensieri. E Ida ricambia, tenendo ben celata la sua sofferenza.

Per distrarsi torna a guardare fuori, a lungo, e quando scorge davanti a lei i faraglioni di Acitrezza alti e grigi che si stagliano contro il cielo che a quell'ora si colora di rosa, capisce che la sua breve fuga sta per finire.

Non sarà facile ritornare a vivere nella sua terra, lo sa. Sull'isola sembra che il tempo si sia fermato ben prima che altrove. Da anni ha preso coscienza che le amiche della madre la guardano come «l'emigrata» o « quella del Nord». Già le sembra di sentire le voci delle comari che mormoreranno al suo passaggio, credendo di non essere ascoltate, «la moglie del dottore è di nuovo sola».

Ma lei fingerà, come ha fatto tante volte a Torino, di non sentire e di non vedere.

Non sarà facile, anche perché Catania non è Torino.

Quando il treno si ferma alla stazione, scende ed è investita da un caldo umido che le appiccica i vestiti al corpo. Aveva dimenticato che l'estate sull'isola arriva prima che altrove.

Respira lentamente l'odore salmastro del mare vicino, ma l'attenzione è subito distolta dallo sciame di parenti accorsi a prendere i loro cari in arrivo. Uomini in giacca e cravatta con il cappello in mano, operai con la camicia rammendata e la pelle arsa dal sole, bambini che schiamazzano tra le urla di una madre dall'aria disperata, una ragazza con un grande fiocco rosso in testa, un ragazzo dall'aria annoiata che mangia una mela. Ida non sa più dove posare lo sguardo, spaesata. E quando un fattorino le si accosta, soddisfatto di avere trovato qualcuno che avrà certo bisogno di lui, non esita a chiedergli aiuto. Così tira fuori una grande banconota, ripiegata, dal portamonete, e gliela porge. «Sarebbe così gentile da portarmi il bagaglio al filobus?»

L'uomo afferra il denaro e in silenzio le fa strada tra la folla fino alla grande piazza circolare con la vicina fontana in cemento del ratto di Proserpina.

Quando è sul filobus siede sul predellino di legno, con la borsetta tra le mani, e mentre osserva le alte ciminiere di pietra rossa avverte nell'aria l'odore pungente e fastidioso dello zolfo che, dopo essere giunto dall'entroterra, viene lì raffinato.

È profondamente scossa dalla piega che ha preso di colpo la sua vita, ma è soddisfatta perché la prima parte del suo viaggio è andata bene. Ora non le rimane che affrontare la sua famiglia e la sua terra.

Il filobus si muove, diretto a piazza del Duomo, e quando in via Vittorio Emanuele Ida scorge il palazzo dove abita il fratello, fa un cenno al conducente: «Scendo qui».

Tirare giù la grande valigia dal filobus non è facile, ma subito accorre un uomo distinto, con il panciotto elegante, ad aiutarla. Lei sorride. Di tanto, questo era ciò che più le era mancato della sua terra. La piacevole sensazione che in Sicilia trovi sempre qualcuno che ti aiuti.

Dopo poco è davanti al portone di legno scuro.

Suona.

Dal primo piano Ida vede la cognata affacciarsi.

Fa un saluto con la mano.

«Ida», urla Flora. «Ma che ci fai qui? Non sai quanto eravamo in pensiero.»

Quando è davanti a lei, la cognata l'abbraccia forte e la

bacia più e più volte. Non sembra volerla mollare. «Ma che? *Sparisti* di colpo? Raffaele ha chiamato. Non *sapi* quante volte. Tuo fratello... Quanti pensieri. Ma dai, ora sali a mangiare qualcosa. L'importante è che tu stia bene.» Nella voce si cela tuttavia un leggero tono di rimprovero. «Ho pure ospiti. Niente sanno. Mi raccomando», e si porta l'indice davanti al naso. «Tu muta.» Flora non riesce a nascondere il suo nervosismo. Ida ne intuisce il motivo. Se pure rivederla sana e salva le toglie una preoccupazione, teme che il suo arrivo non atteso, a quell'ora e con una grande valigia, possa fare parlare la gente.

Sospira: «Non mi va di stare tra le persone. Sai...».

L'altra diventa seria. «Lo immagino. Ma ormai sei qui e poi...»

«Poi?»

«Se sei andata via per quello che credo, niente puoi fare. Devi fartene una ragione.» Taglia corto e indica la valigia: «Lasciala qui all'ingresso. Poi ci pensa Fabrizio». Il tono risoluto ha quasi il timbro di un ordine.

Già, Flora. Cosa penserebbe la gente?

Sta per risponderle in modo pungente, ma si blocca e si dispiace del pensiero. Flora è sempre gentile con lei. Ha semplicemente un altro vissuto e un altro modo di pensare. Ida crede che non abbia mai neanche varcato lo stretto e lei lo sa per esserci nata, l'isola è isola. Dentro quel grande fazzoletto racchiuso dal mare il tempo scorre lento e l'immutabile è sempre preferibile a ogni cambiamento. E poi una cosa nella sua vita l'ha imparata. Ogni sofferenza è assolutamente personale e chi non la prova può solo intuire i tormenti dell'altro, ma non rimanerne bruciato.

Flora, affaticata dalle scale, reggendosi al passamano, riprende. «Raffaele è comunque tuo marito e puoi permetterti tutto quello che vuoi. Al resto non pensare.» Il fiatone la costringe a fermarsi. La mano sul petto prosperoso: «La signora Braschi sei e rimarrai per sempre tu. Vedila in questo modo. L'altra senza lo stato sociale solo le briciole può avere».

«Briciole? Sei seria?» Ida inizia a giocherellare con le tre fedi intrecciate.

«Prendila per una scappatella, come le altre volte. Anche se fosse qualcosa in più, visto che sei venuta fino in Sicilia da sola, quella non sarà mai sua moglie.» La cognata si ferma, alza il mento e schiaccia la lingua contro il palato. In quel gesto nasconde una parola non detta. «Volevi davvero rimanere tutta la vita zitella e riordinare libri?»

«A me non dispiaceva lavorare.»

Flora scuote il capo, la prende per la mano e la trascina su per le scale fino al primo piano. «Un giorno mi spieghi da dove ti viene questa idea della donna che si deve comportare come un *masculu*.»

Ida abbassa lo sguardo e si ferma davanti alla porta di casa. Da dentro vengono sommesse risate, così Flora le fa cenno di entrare e lei la segue in silenzio.

Il cuore in tumulto. Tristezza e rabbia si fondono e si alternano di continuo. Se solo Flora sapesse tutta la verità intuirebbe il senso di smarrimento che prova. Un dolore fermo, fisso, costante, che inizia la mattina e l'accompagna fino a sera. Straziandola, aspirandole tutte le forze. Ma né lei né sua madre né suo fratello devono per ora sapere del bambino di Raffaele. Desidera che continuino a vederla come la donna indipendente che è stata per tanti anni. O forse come la donna che ha voluto che gli altri vedessero.

La cognata è ancora davanti a lei. I fianchi sono larghi, la pancia è gonfia e i piedi piccoli sembrano scoppiare nelle scarpe con il tacco.

Il tempo anche se non fa rumore trascorre inesorabile, pensa Ida, e istintivamente si volta verso l'alto specchio del salotto dal quale arrivano le voci e guarda la sua immagine riflessa. Trattiene il respiro, poi lascia andare l'aria. Il fisico ancora asciutto ed esile e il volto sottile con la bocca grande e gli zigomi alti la rendono molto diversa dalla moglie di suo fratello. Eppure anche lei ha da tempo superato i quarant'anni.

Attraversa l'ampia stanza dai soffitti a volta cercando di non perdere di vista Flora, ma è subito fermata.

«Signora Braschi, che piacere rivederla di nuovo sull'isola.»

«Siciliana sono», sorride a denti stretti sistemando con una mano una ciocca scura dietro l'orecchio. «Quale altro posto per me se non la mia amata terra? E poi mia madre è ormai anziana.»

«Sua madre ha la fortuna di avere il figlio vicino, con Flora e i ragazzi.»

«Infatti.» La risposta è di circostanza.

«E suo marito?» continua l'altra, il mento leggermente alzato: «Che mi dice? Come mai non è qui?». La donna ha gli occhi pungenti, il naso piccolo e il mento sporgente. È la baronessa Masini, nota per essere una delle donne più pettegole della Sicilia orientale. Muove le dita con disinvoltura, sfoggiando un grosso brillante. Un falso sorriso le illumina il volto.

«Lavora. Sa, i chirurghi non hanno tregua.» Ida si chiede se certe persone vivano solo per sapere i fatti degli altri e godere delle altrui disgrazie. Ma la baronessa quella sera *non avrà certo sazio.* Non da lei.

«Mi vuole dire che lavora troppo?» incalza la baronessa.

«Troppo? Poco? Direi il giusto», risponde Ida e senza aggiungere altro raggiunge il fratello.

Sul suo volto un'espressione di stupore. «Fabrizio, ti prego, non chiedere nulla. Prestami la macchina. Devo andare a casa della mamma. Il viaggio per me è stato estenuante.» Ida è davvero felice di vederlo. Vorrebbe abbracciarlo, ma sa quanto lui sia restio a certe effusioni.

Lui, con l'aria preoccupata, le fa un semplice cenno di seguirla fino all'ingresso. Le porge le chiavi. «Sono della Fiat Cinquecento Topolino. Puoi tenerla quanto vuoi. Non la usiamo quasi mai. Però...» Cambia espressione: «Non dovresti uscire sola. Le persone hanno occhi per *taliare*».

«Non ti metterò in difficoltà, te lo prometto», e intanto sospira sollevata. Era certa che lui l'avrebbe aiutata.

Il fratello ora la guarda con affetto. «Appena hai tempo mi dici?»

«Certo.»

«Intanto telefono alla mamma. Se ti vede arrivare le prende un colpo. Non ha idea...»

«Capirà. Ne ha viste troppe per meravigliarsi ancora.» Alza le spalle.

«Non ne sarei così convinto», e le domanda: «Vuoi che ti porti la valigia in macchina?».

«No, grazie, ce la faccio. Però puoi farmi un'altra cortesia. Non telefonare a Raffaele e non dirgli che sono a Catania.»

«Questo non me lo puoi chiedere. È l'uomo di casa. Ha il diritto di sapere.»

«Non questa volta.»

«Ida, ti devo ricordare che anche tu hai le tue colpe. Una cosa grave *fu*. Per questo forse dovresti perdonarlo e se non puoi perdonarlo devi accettarlo. Sono tuo fratello, ma sono anche un avvocato e non posso ammettere che proprio tu vada contro la legge. È abbandono del tetto coniugale.»

Un minuto di gelo.

Vuoi vedere che ora la colpa è mia!

Il pensiero la irrita, tanto da farle serrare i pugni. Ma non dice nulla. Sa che sarebbe una causa persa. Così, ritrovata tutta la calma di cui è capace, riprende: «Fabrizio, per me è importante che ora tu mi copra, come quando eravamo ragazzi». Il tono sicuro, mentre in cuor suo sente la rabbia salire.

«Perché dovrei farlo?» chiede Fabrizio.

«Perché te lo chiede la tua sorella maggiore.» Gli dà un bacio veloce sulla guancia magra. «Salutami Flora e i ragazzi», dice e, stando attenta a non farsi notare dalla baronessa Masini, esce dall'appartamento diretta verso la macchina.

Apre lo sportello, infila il bagaglio con difficoltà, poi si siede al volante e mette in moto, dispiaciuta che anche il fratello la reputi responsabile per avere voluto tentare di essere libera in un momento storico in cui tutti la volevano un angelo del focolare.

15.

Catania, maggio 1954

All'altezza di Ognina devia verso la casa in cui si è trasferita la madre dopo la morte del padre e dove vive anche lei quando torna in Sicilia.

Con il piede schiacciato sull'acceleratore percorre il lungo viale alberato e buio diretta verso la sagoma del vulcano, illuminata solo dal bianco perlaceo della luce lunare. Dopo numerose curve svolta a destra per la campagna sterrata e giunge davanti a un grande cancello di ferro grigio arrugginito. Qui scende dall'auto, lasciando i fari accesi per farsi strada nell'oscurità, e intanto respira il profumo dei gelsomini in fiore che riempie, denso, l'aria frizzante che giunge dai campi.

Un lungo cigolio.

In prossimità della villa dall'aspetto decadente sente Amore, il cane dal lungo pelo beige, abbaiare. L'animale le va incontro. Lei lo accarezza come fa sempre, sedendosi sul primo gradino di pietra che conduce alla porta di ingresso della villa e automaticamente inizia a giocare con l'anello che ha al dito.

Un rumore alle sue spalle. È Alfio, il custode: «Uno *scanto* mi fece prendere. Sua madre mi ha appena detto», sbotta appena la riconosce.

«Salutavo il cane. Mia madre dov'è?»

«La signora Mara è in veranda e l'aspetta. Ha finito di cenare poco fa.»

Ida osserva il quadrante dell'orologio d'oro, sono quasi le dieci. Sorride per quella usanza tutta siciliana di consumare l'ultimo pasto del giorno così tardi. Solo allora si rende conto di non avere messo nulla sotto i denti dalla mattina. «La raggiungo», dice rivolta ad Alfio, mentre osserva con disappunto le scarpe ormai sporche di terra. La moda torinese in quella casa è del tutto fuori luogo. Alza le spalle, si solleva e sistema la lunga gonna beige stretta in vita che scende dritta sui fianchi fino alla caviglia.

Alla fine sale per le scale ed entra direttamente dalla veranda.

La madre è lì, su una poltrona, vestita di nero come ormai da molti anni. Sembra stia quasi dormendo, ma sentendo i passi apre gli occhi. Il volto pallido solcato dalle rughe delle sue preoccupazioni: «E Fabrizio? Non ti ha accompagnato?».

«Sono venuta con la sua Cinquecento.»

L'altra si porta una mano alla tempia. «Ma che *combinasti*. Senza neanche avvisare che venivi da Torino fino a qui? Da sola? Perché?» Gli occhi diventano due fessure.

«Avevo voglia di rivederti», sorride lei.

«Vieni qua, abbraccia la mamma. E comunque a me 'sta cosa che vai in giro da sola mi fa paura.»

«Mamma, per favore, ho già tanti pensieri.»

«Ancora Raffaele, vero?» le chiede quando lei è vicina.

«Mio marito, la baronessa Masini, un conto in sospeso con me stessa», risponde Ida volutamente vaga.

«E dove l'hai vista la baronessa?»

«Era alla cena di Fabrizio e Flora.»

Mara si porta l'indice davanti alle labbra: «Quando la incontri tu muta devi stare. Sai quanto era invidiosa quando papà le disse che sposavi Raffaele Braschi, un medico dalle belle speranze e di buona famiglia. Ora si riprende gli interessi. Ma tu muta».

Ida sorride. «Mamma, so come funziona quest'isola.»

L'altra aggrotta la fronte: «E allora perché ti sei tolta la fede? Ti sembra che non ti *talìo bonu*?».

«Immagina tu perché», risponde.

«Un'altra? Dimmi, ne ha un'altra?» Scuote la testa. «Ma come si deve fare con questo dottore», e si porta la mano alla croce d'argento appesa alla catenella intorno al collo.

Ida sbuffa, si alza e va verso il tavolo da pranzo. Torna indietro con un piatto di pere.

«Ma che fu? Alla cena non ti hanno offerto nulla? Troppo secca sei diventata... Pari un fuscello.»

«Non ho neanche guardato cosa avesse preparato Flora.» Annusa una pera e poi l'addenta, masticandola lentamente.

Un lungo silenzio.

«A che pensi?» Il tono è curioso.

«A tante cose. Al mio passato, al mio presente, al mio futuro.» Poi raddrizza la schiena. Almeno a lei vuole raccontarlo: «Sai che venendo qui in Sicilia mi sono fermata a Roma?».

Lo sguardo di Mara si fa torvo. «Perché?» chiede dopo poco.

«Per rivedere l'istituto di fisica.»

«Ida, non *babbiare*. Che pensieri sono!»

«Pensieri, appunto. Qualche volta vorrei tornare indietro. Perché mai come ora sento di avere sbagliato scelte di vita.»

«Tu un solo peccato hai commesso. Da giovane. Per la tua indole.» E bacia il crocifisso. «Ma ormai così è, e niente ci puoi più fare.»

Le guance di Ida si tingono di rosso e la mano le trema. Per un attimo le appare davanti il volto del padre, con i baffi neri e la pipa tra le labbra. Gli occhi severi, a ricordarle la sua colpa. Quella colpa che ancora dopo tanti anni nessuno sembra dimenticare. Ma si riprende subito: «Ricordi come ero felice quando ero una bibliotecaria?» butta fuori, decisa a tornare al primo discorso.

«*Bedda matri.* Che fa, hai ripreso con quella idea?» Poi taglia corto. «In ogni caso non hai più l'età.»

«No, è per un incontro fatto a Torino», e racconta alla madre di Giulia, ma omette volutamente di dire di Alberto e parla solo di Majorana.

«*Cui? U genio? E chi su scorda. Niuro, pariva* un arabo, ma con degli occhi profondi. Un pozzo sembravano. Un orgoglio della nostra terra.»

«A Roma mi pavoneggiavo quando raccontava che veniva da Catania come me.»

«*Bonu facivi.* Ma ora cosa c'entra il giovane Majorana?»

«Se fosse davvero vivo?»

«*Iddu scumpariu. E non torna chiù.*»

«Come fai a saperlo?»

«*La testa ci furriava assai.* Se avesse voluto, già tornato era.»

«Gli ero così affezionata. Quante ricerche ho fatto l'estate successiva alla sua sparizione.»

«*E cu su scorda.* Tuo marito a Zurigo. Sposati da solo pochi anni eravate. Bell'acquisto ti fece fare tuo padre. Anche lui ha le sue pecche, questo lo so.» Mara si morde il labbro inferiore. La mano di nuovo sulla croce.

Ida sospira e intanto un nuovo ricordo si affaccia alla sua memoria.

16.

Roma, luglio 1929

Ida, con il suo vestito migliore di tulle bianco e il ventaglio celeste a fiorellini, è in prima fila. Davanti a lei Ettore Majorana e Edoardo Amaldi, in giacca e cravatta, pronti a presentare la tesi alla commissione.

È convinta di assistere a un evento epocale. In verità nulla di quello che accade in istituto la lascia indifferente. Lavorare in un centro che sta per imporsi all'attenzione della comunità internazionale per lo studio della fisica nucleare ed essere attorniata da giovani che riescono a comprendere di cosa sia fatta la materia la affascina. Anche lei ha ormai iniziato a guardare il mondo e ciò che la circonda con occhi diversi. A non fermarsi mai alla superficie. E ha compreso che l'infinitamente piccolo è sempre più importante di ciò che è visibile agli occhi. Ma a spingerla a partecipare è stata soprattutto l'amicizia che in quei mesi, dalla passeggiata in via Panisperna e dal bicchiere di panna nella latteria, ha stretto con Ettore. In biblioteca ora, ogni volta che lui fa una pausa e accende la sigaretta per rilassarsi, lei gli si siede vicino. Parlano a lungo, della loro terra, del mare di Ognina, del vulcano, delle arance della Piana, dei loro fratelli e di letteratura. Ettore è l'unico con cui lei possa commentare *I fratelli Karamazov* o *La morte di Ivan Il'ič*.

Alla fine della relazione Enrico Fermi si liscia la toga e gli conferisce la laurea con lode.

Ed è allora che accade.

I presenti cominciano a muoversi per lasciare il loro posto ai parenti e agli amici di Amaldi, quando un giovane uomo alto, con le spalle larghe e i capelli neri aperti sulla fronte e scomposti, inizia a guardarla con insistenza.

Per quanto tenti, Ida non riesce a portare gli occhi altrove. Le sembra di essersi improvvisamente trasformata in un pezzo di ferro attratto da una calamita. Le mani cominciano a sudare e le gote ad arrossire. Così, prima ancora di congratularsi con l'amico, prende la copia della tesi lasciata sul tavolo dei docenti e destinata alla biblioteca. Per poco non inciampa nel piedistallo di ferro nero del fotografo chiamato per l'occasione. L'ingombrante apparecchiatura traballa, ma fortunatamente non rovina a terra. Lei, ancora più turbata di prima, corre in istituto per catalogare la tesi. È certa che il lavoro contenga importanti novità. Ai suoi occhi lo dimostra il titolo stesso: *La teoria quantistica dei nuclei radioattivi.* Ma a farla fuggire è stato altro. L'imbarazzo provato davanti a quel ragazzo poco più grande di lei.

Nella tranquillità della sua stanza prova a scacciare dalla sua mente l'immagine dell'uomo dai lineamenti eleganti e dal dolce sorriso. Si mette così a riordinare con foga lo schedario e a sistemare in bell'ordine i quotidiani. Mentre ripiega il «Corriere della Sera» e ne ricompone le pagine, l'occhio le cade sull'articolo del soggiorno della famiglia Mussolini all'Hotel Lido di Riccione. La notizia, apparentemente insignificante, ha per lei l'effetto di una rivelazione sulla forza del nuovo regime. Comprende che il duce è stato ormai innalzato al ruolo di semidio, tanto da destare l'interesse della stampa e degli italiani qualsiasi cosa faccia.

Richiude il quotidiano e intanto, senza neanche lei sapere perché, le sue fantasie corrono al giovane visto alla laurea di Ettore.

È uscita presto di casa per venire al lavoro, ma lungo la strada è stata attirata da un gruppo di signore che in via Ripetta camminavano all'ombra di un ombrellino di pizzo. Incuriosita dai loro vestiti alla moda a vita bassa e dal loro portamento, le ha seguite fino al caffè Rosati, poco distante. Si è seduta nel tavolo accanto, all'aperto, e dopo avere ordinato un caffè, facendo finta di ammirare le facciate delle due chiese gemelle di Santa Maria in Montesanto e Santa Maria dei Miracoli, ha cercato di carpire i loro discorsi, curiosa di comprendere come possa una persona trascorrere le sue giornate a passeggio con le amiche, tra un tè e l'altro, e perché suo padre non sembri desiderare altra vita per lei. Ma dopo poco, quando capisce che le tre amiche non fanno altro che parlare di piante, sarte e camicie dei mariti si annoia e, delusa, lascia una lira di carta sul tavolo di marmo e scappa al lavoro, il suo rifugio.

Non sarò mai come loro.

Quando arriva vede con gioia che Ettore è già là. Ha la camicia bianca con le maniche rimboccate e la sigaretta accesa fra le labbra.

Ida posa il cappello di paglia beige con il nastro rosa e inizia lesta a raccogliere volumi e solo quando vede che il giovane laureato richiude il libro di termodinamica si avvicina a salutarlo.

«Sono contento di averti vista alla laurea. C'era tanta gente e tutti quei volti sorridenti mi agitavano.» Ettore lascia cadere la cenere nel piattino d'ottone che è sul tavolo. Lei gli sorride divertita e gli porge il pacchetto confezionato con della carta velina blu che ha tenuto fino a quel momento nascosto dietro la schiena: «Un pensiero per la tua laurea».

«Per me?» Ettore è sorpreso.

«Ho pensato a qualcosa che piaccia a entrambi. Un libro.»

«Ibsen», dice lui a voce bassa dopo avere scartato il regalo e aspira una lunga boccata. Si rigira il volume con la copertina rigida di pelle tra le mani e sul suo viso si apre un timido sorriso: «Lo leggerò con molto piacere».

Ida a quel punto è tentata di chiedergli chi fosse il ragazzo alla laurea sua e di Amaldi, ma desiste. Teme di sembrare una donna leggera agli occhi di un genio. Così rimane in silenzio fino a che lui non le domanda: «Andrai in Sicilia per le vacanze?».

«Sì, ma dopo l'estate ritornerò a Roma volentieri. Mi

piace molto lavorare qui. Sembra che tutti guardino al di là del possibile.»

L'altro alza un sopracciglio, serio: «Questo capita quando non si accettano definizioni e affermazioni senza prima interrogarsi sul loro significato. Solo così credo si possa andare davvero avanti nel campo della scienza e soprattutto dello studio del nucleo. Non bisogna mai pensare che una supposizione sia giusta solo perché altri la sostengono».

Ida sfiora il pacchetto di sigarette che è sul tavolo.

«Vuoi iniziare a fumare?» chiede Ettore divertito.

«Oh, no! Chi lo sente poi mio padre. Cerca ogni occasione per allontanarmi da qui. Altro che non dare nulla per scontato. Lui ha un'equazione: donna uguale fornelli. L'idea che io lavori lo infastidisce molto, ma siccome è molto legato a Corbino, lo sopporta.»

Un attimo di reticenza.

«Cosa c'è?» chiede lui.

«Purtroppo mio padre è riuscito a condizionare tutta la famiglia. Di mia madre non mi meraviglio, lei vive nella sua ombra, ma per mio fratello sono davvero dispiaciuta. Sono molto legata a Fabrizio e so che mi vuole un gran bene, eppure ora anche lui ha cominciato a dirmi che non dovrei andare a lavorare. Che sono una femmina.»

«In effetti molte donne preferiscono altro. Forse perché non hai ancora...» e si ferma come chi teme di essere scortese.

«Un promesso sposo?» Lei nega con la testa. «Non è perché temo di rimanere zitella che lavoro. Niente affatto. Ci tengo a farlo perché anche io non credo che una cosa sia necessariamente giusta solo perché qualcun altro la sostiene.» Poi con altro tono riprende: «Mi piace credere che noi donne possiamo adoperarci fuori casa. Durante la prima guerra mondiale molte lo hanno già fatto».

«Nel campo della chimica e della fisica ce ne sono diverse», considera intanto Ettore.

Ida rimane in silenzio. Cerca nella sua memoria. Conosce bene la fama di Marie Curie, professoressa alla Sorbona e premio Nobel per la fisica nel 1903, condiviso con il marito Pierre Curie, e per la chimica nel 1911. Ha anche sentito tante volte parlare della figlia, Irène Curie, da poco sposa di Frédéric Joliot, e di Lise Meitner. Ma sono ancora troppo poche e tutte hanno trovato sulla loro strada difficoltà, soprattutto Lise Meitner, nonostante sia una fisica brillante e molto colta. In biblioteca qualche tempo prima ha sentito dire che per prendere il diploma si era dovuta presentare come candidata esterna, perché le ragazze a Vienna, alla fine dell'Ottocento, non potevano iscriversi ai licei e che, dopo la laurea, poiché il laboratorio che frequentava era nello scantinato dell'università di Berlino e le donne non erano ancora ammesse in facoltà, doveva entrare dalla porta di servizio.[2]

Ma non vuole confidarsi con Ettore. Teme di sembrare troppo progressista. Così continua: «Non intendo che per forza bisogna diventare importanti. Guarda me. Sono solo una bibliotecaria. Eppure mi piace avere un posto nella società che non sia solo quello di moglie e madre». Ida poggia le mani sulle ginocchia coperte dalla gonna di cotone grigio. «Ti sembrerò una strana donna siciliana, vero? Mio padre si dispera ogni volta che parlo, così mi sono abituata a tenere per me quello che penso.» Alza gli occhi verso il grande lampadario con i due bracci di luci. «Credo che sia tutta colpa di Platone.»

«Platone?»

«Per l'esattezza del quinto libro della *Repubblica*. Sono rimasta ammaliata dall'idea che anche noi, se istruite, possiamo contribuire alla vita della comunità. L'opposto di Aristotele e di mio padre insomma.» Sospira: «Il seme del dissenso me lo ha piantato la lettura, se pure mia madre pensa che dipenda solo dalla mia indole».

Ettore le sorride e le dice piano: «Non preoccuparti di essere diversa. La diversità rende speciali». Ma prima che possa dire altro, sulla porta appare proprio lui: il ragazzo dai profondi occhi color del muschio che da giorni affolla i suoi pensieri.

[2] Su Lise Meitner si rimanda alla bella ricostruzione di Gabriella Greison, *Sei donne che hanno cambiato il mondo*, p. 82 e ss.

«Ettore, buon pomeriggio.» La camicia bianca con le maniche arrotolate lascia intuire il fisico atletico.

Il cuore di Ida va in subbuglio.

Si alza di colpo, raccoglie tutta la compostezza che riesce, e istintivamente si sistema i capelli a caschetto dietro l'orecchio. Poi gli va incontro: «Mi scusi», dice con il tono educato e professionale, «in biblioteca non si può parlare, il dottor Majorana studia».

Ettore alza lo sguardo e si mette a ridere: «Ma che problema c'è? Ida, ti presento Alberto Guarneri. Mio collega dei tempi di ingegneria. Forse te ne ho già parlato».

Lei tende la mano e stringe quella del nuovo venuto. Ammaliata.

I loro occhi si incontrano e si trattengono gli uni negli altri per qualche secondo di troppo, come anche le loro mani.

Come ferro e calamita.

«Onorato di conoscerla.»

E rivolto a Ettore: «Mi chiedevo se avessi voglia di andare come ai vecchi tempi alla Casina delle rose di Villa Borghese. La giornata è bella e ormai fa buio tardi». Intanto sfila un libro dalla cartella di cuoio e si gira inaspettatamente verso Ida: «Lo ha letto?».

Lei scuote la testa. «Ancora no.» Incuriosita allunga il collo e sbircia il titolo. *Uno, nessuno e centomila.*

«Te lo consiglio. Un capolavoro di Pirandello», afferma Ettore. «Uscito pochi anni fa. Un passo mi è rimasto scolpito nel cuore: *Io sono vivo e non concludo. La vita non conclude. E non sa di nomi, la vita.*» Si ferma il tempo di un respiro: «Il protagonista di questo romanzo, Vitangelo Moscarda, porta la disintegrazione della propria identità ben oltre Mattia Pascal. Ho quasi l'impressione che dove il personaggio di Mattia termini, lì inizi quello di Vitangelo».

«Non le dire altro, se no le rovini la lettura.» Alberto è divertito e porta le mani verso il ciuffo ribelle che gli si apre sulla fronte; alla fine chiede nuovamente all'amico: «Che hai deciso, vieni?».

L'altro indica verso il tavolo: «E... i calcoli?».

«Io vi saluto.» Ida si intromette. «Vado di là a catalogare le riviste appena arrivate.» Non le viene niente altro da dire, ma capisce che deve lasciare quella stanza. L'imbarazzo e il desiderio sono troppi.

«Venga anche lei, quando ha finito. Se vuole l'aspetto», propone subito Alberto. «Le leggo le prime pagine del romanzo.»

Ida guarda di nuovo gli occhi verdi del giovane e sente il respiro spezzarsi. «La ringrazio, non oggi», mormora.

«Allora faremo un altro giorno», le dice il ragazzo. «Anzi, le lascio il libro. Tra qualche giorno vengo a riprenderlo», e senza aspettare glielo adagia tra le mani.

Lei non è in grado di rispondere, e non perché non ne abbia voglia, ma perché non ne è capace. La voce le è rimasta intrappolata in gola.

17.

Catania, maggio 1954

All'alba, mentre la casa dorme, Ida ancora in vestaglia richiude la porta della sua camera e a passi felpati scende nello scantinato. Ad accoglierla l'odore di umido e di chiuso.

Uno starnuto.

Ha dormito male perché i suoi pensieri ritornano sempre e solo a un unico punto. In maniera ossessiva fino a scuoterle l'anima. Suo marito sta per diventare padre.

Incurante del brivido che l'attraversa, accende la lampadina appesa a un filo. Poi cerca la cassa di legno che racchiude il suo passato.

Sposta delle sedie rotte e una cesta.

Finalmente la vede.

Si avvicina e passa le dita sul legno ruvido.

Una volta.

Due volte.

Con le mani sudate, apre le fibbie metalliche e subito viene travolta da una zaffata di naftalina. Dentro, legate con una fettuccia di raso bianco, le numerose lettere che Raffaele le aveva mandato nel 1933, quando ancora la corteggiava, le mostrava tutto il suo interesse e le dichiarava il suo amore. Infinito.

Se solo suo padre avesse sospettato come sarebbero andate le cose, l'avrebbe davvero forzata a sposarlo?

Scioglie il nastro e apre una busta. La grafia ordinata, le parole gentili. Eppure allora, quando riceveva quelle lettere, lei non provava altro che fastidio e irritazione. Ed è su quello che ora deve riflettere.

Ripone la corrispondenza e intanto considera quanto sia strana la vita.

Sta già per chiudere il baule quando vede una grossa cartella con la data del 1938.

Le parole di Giulia le risuonano in testa e le sensazioni provate a Roma la inducono a fermarsi. I polpastrelli iniziano a prudere, fino a che la curiosità ha il sopravvento.

Cosa costa ricontrollare.

Magari c'è un indizio che anni prima le è sfuggito.

Così tira fuori la cartella e, rimesso il resto a posto, risale su per le scale. Poi spegne la luce e attraversa il lungo corridoio tappezzato dalla carta da parati a fiori.

Arrivata al primo piano, si infila nella sua camera.

Lascia la cartella sul tavolo e apre la finestra.

Il cielo già si schiarisce e l'aria frizzante che entra nella stanza, carica ancora del profumo del gelsomino e della terra umida del mattino, ha il sapore di una nuova speranza, e per la prima volta la rabbia verso Raffaele comincia a scemare.

Respira, poi si dirige verso il tavolo di legno scuro ricoperto da una lastra di vetro. Lo sgombra di tutte le carte e lascia solo il faldone. Slaccia le sottili strisce di fettuccia che lo tengono chiuso e piano piano tira fuori i fogli, uno alla volta. I documenti sono in perfetto ordine, come li ha lasciati anni prima. Sono però ingialliti e l'inchiostro in alcuni punti è sbiadito, in altri ha corroso la carta. Ci sono le interviste a chi aveva conosciuto il fisico e i ritagli dei quotidiani e delle riviste.

Ma gli appunti sono troppi per essere disposti sulla scrivania. Così prende dello scotch dal primo cassetto, stacca i quadri dalla parete rosa pallido e attacca tutti i fogli della cartella al muro.

Spera solo che non entri la madre.

Alla fine davanti a lei c'è un vero puzzle di memorie. C'è la storia della scomparsa di Majorana.

Il fisico era partito da Napoli per Palermo, dopo avere inviato una lettera a un collega dell'università partenopea che faceva presagire il peggio, un imminente suicidio.

Ida chiude gli occhi e quando li riapre le sembra quasi di

essere lì, con Ettore, nel viaggio di andata sul piroscafo *Postale* della compagnia Tirrenia salpato da Napoli e diretto a Palermo.

Le scarpe di cuoio lucido scricchiolano sul legno della passerella indurito dalla salsedine. Il biglietto fra le dita. Il giovane lo gira e rigira più volte mentre un brivido gli scende lungo la schiena coperta dal soprabito grigio ferro a lui tanto caro.

In una mano il mozzicone di sigaretta. Aspira l'ultima boccata e lo lancia in mare, poi abbassa le falde del cappello marrone e attraversa il ponte per entrare nel ventre della nave. Una volta dentro percorre a passi lenti il lungo corridoio di legno che conduce alle cabine.

Davanti alla sua si ferma. La porta è aperta e dentro ci sono già altri passeggeri che chiacchierano.

Si infila nell'ampio abitacolo e saluta con un cenno del capo, poi, schivo come sempre, volge gli occhi verso il pavimento, fuggitivi. Dentro ci sono due letti a castello. Le coperte piegate su ogni materasso. Al centro una pila di ceramica bianca.

Non ha alcuna voglia di parlare del tempo, del moto delle onde e del viaggio. Di banalità in quello che sarà il viaggio più lungo e difficile da lui mai fatto.

Anche perché lui di banalità non parla mai.

Poggia così la valigia ai piedi del suo letto, si sfila il soprabito e ficca il cappello nella rete elastica a parete. Infine si sdraia. Alza la manica del golfino e guarda il quadrante dell'orologio. Le lancette segnano le ventidue e trenta.

Ida lo immagina mentre ripassa a mente le parole scritte nella lettera che ha inviato al suo collega, il professor Carrelli, nella quale annunciava la sua inevitabile decisione, quella di volere scomparire.

Spera solo che il suo gesto non sia scambiato per un atto egoistico. Che sia compreso o, se compreso è chiedere troppo, almeno accettato. L'unico suo desiderio è recare il minore dolore possibile ai propri cari. Non vuole neanche creare disagio all'istituto dell'ateneo napoletano dove è stato accolto con calore.

Un suono lungo e cupo si diffonde intanto nell'aria, seguito dal rollio dei motori.

Il piroscafo si muove.

Il momento è arrivato e non è per nulla facile.

Per evitare che gli altri due possano disturbarlo, sfila forse dalla tasca del soprabito il romanzo di Pirandello, ormai consunto, *Il fu Mattia Pascal.*

Quante volte avrà letto quel romanzo e quante volte avrà meditato sulla sorte di Mattia prima e di Adriano Meis dopo.

Le lancette dell'orologio continuano a battere, incessanti, e presto anche lui, Ettore Majorana, sparirà, per non essere più.

Ida riapre gli occhi.

Lei sa bene che, a dispetto di quanto annunciato, Majorana era arrivato a Palermo e da lì, il giorno dopo, il 26 marzo, aveva riscritto una seconda lettera a Carrelli per annunciare il suo rientro a Napoli e per comunicare anche la sua intenzione di lasciare la docenza di fisica all'università. La sera stessa aveva ripreso il traghetto, questa volta da Palermo a Napoli.

Ma da allora se ne erano perdute le tracce.

18.

Catania, maggio 1954

«Ida, Ida.»

La voce di Mara è per lei come una doccia gelata, giunta inaspettata. «Raffaele ha chiamato!»

Distoglie immediatamente lo sguardo dalla parete.

Veloce spalanca la porta e raggiunge la madre in cucina, dimenticando tutto il resto, dimenticando il suo passato.

«Raffaele?»

Mara è lì che armeggia davanti alla stufa a legna di ghisa, il grembiule annodato intorno alla vita e le maniche rimboccate fino al gomito, intenta a tagliare scorze d'arancia per candirle. Quando la vede entrare, la osserva con aria di disapprovazione: «Ancora in vestaglia? Ma che abitudini ti sei presa al Nord? Qui cameriere non ce ne sono».

«Mamma, dimmi cosa gli hai detto, ti prego», e intanto con l'indice segue le linee del decoro delle mattonelle di cotto smaltato. Piccoli tralci verdi dipinti su un fondo bianco.

«Per ora non *ci dissi* nulla. Che niente sapevo.» Mara apre uno sportello e tira fuori un pacco di zucchero. Tasta con le mani. Con attenzione. La cataratta le impedisce ormai di vedere bene, ma il tatto sostituisce la vista.

«Davvero?» Ida è stupita.

«Ida, ma che *babbii*? Tu figlia mia sei. Troppo dispiaciuta e *sicca* mi pari per ora. Al dottore stare un poco preoccupato gli farà bene.»

Il volto di Ida si apre in un grande sorriso. Se solo la

madre da giovane l'avesse difesa come ora, la sua vita sarebbe diversa. O forse a difendersi avrebbe dovuto pensarci da sola.

«Ma ora mangia», l'apostrofa la madre. «Senza fare storie.»

Ida annuisce e versa un poco di latte di mandorla nel bicchiere. Poi lo macchia con il caffè.

Mara intanto le mette davanti un piatto con dei fichi secchi. «Dolci come caramelle sono.»

Lei ne prende uno e lo mangia a poco a poco. Il gusto dolce e speziato si diffonde in bocca e, per quanto il suo stomaco sia serrato, lo assapora con gusto, lasciando che la polpa si sciolga sulla lingua.

«In questo intruglio che hai fatto, inzuppaci pure un poco di questo», e le passa una fetta di Pan di spagna alla cannella. «Senti che profumo che fa. Sfornato ieri», afferma e gliela mette sotto il naso.

Alla fine si siede davanti alla figlia e cambia espressione. «Allora, *chi fu*? Me lo vuoi dire?»

«Non riesco.» Il gomito sul ripiano, una mano sulla fronte, le dita fra i capelli.

«Eppure sono sicura che ti vuole bene.»

«Volere bene è altro. È prendersi cura di chi si ha accanto. Non farlo soffrire.»

«Ida, non scherzare con le cose serie. Il matrimonio un sacramento è.»

«Solo per me?»

«Uomini sono. Tu di granito devi essere. Dura e resistente e poi ci passa. A una certa età ci passa tutto.» Si ferma, come se avesse detto qualcosa di eccessivo.

«E allora aspettiamo che gli passi», afferma Ida. «Ha tirato troppo la corda e non sopporto più alcuni suoi gesti.»

«Ma se non c'è mai a casa. Esce ogni mattina alle sei e mezza e torna la sera. Lavora pure i fine settimana...»

«Non c'entra. Anche il solo sentire da dietro la porta del bagno il rumore di lui che urina mi irrita.»

«Addirittura? La pipì?»

«Ma la cosa strana», ammette, «è che quando ero più

arrabbiata con lui stavo meglio, sentivo di potere fare ancora qualcosa. Ora mi sembra di portare un peso più grande di me.»

Mara le accarezza la mano. «Capita sempre quando si soffre. Bisogna arrivare al fondo per capirlo. Tu lo sai. Lo hai già imparato dalla vita. Ricordi quando eri ragazza? Dopo sei rinata. Io però ti consiglio di pensarci bene. Una soluzione si trova.»

Ida si ferma a pensare alle ultime parole della madre. Sa che in fondo sono vere. Una volta toccato il fondo non rimane che risollevarsi. Eppure lei per ora soluzioni con Raffaele non ne trova. Deve scendere ancora più giù.

«Per ora non voglio parlarne, non ti dispiacere.»

La madre scuote la testa, prende una grande scodella e si dirige verso il giardino. «Vado a dare da mangiare alle galline. Quando vuoi sono qua.»

Ida, rimasta sola, svuota il bicchiere e dopo avere sistemato le stoviglie sporche inizia a gironzolare per la casa in cerca di qualcosa che la distragga. Supera il primo salottino, quello che rimane sempre chiuso nell'eventualità che arrivino gli ospiti di riguardo, ma che non viene mai aperto se non per essere spolverato, e va nel soggiorno. Intorno a lei, sui mobili, statuine di ceramica disposte per grandezza sopra fini centrini realizzati all'uncinetto.

Sbuffa.

Tutto lì le dà noia, la noia delle piccole cose. Così torna a rifugiarsi nella sua stanza e si sdraia di nuovo sul letto a guardare il soffitto.

Trovare le vecchie lettere di Raffaele e ricordare con quanto distacco le leggeva le ha fatto una strana impressione. Per giorni si era pentita di non avere saputo arginare il colpo per tempo. Aveva ripercorso tutti i momenti in cui forse poteva agire diversamente. Si era in lei insinuato il dubbio che il fastidio provato prima di lasciare Torino fosse solo una reazione passeggera. E ora?

Dopo poco un rumore nuovo di passi la fa sobbalzare. Apre così la porta, cauta.

«Ciao.»

«Ciao, Ida.» Davanti a lei il fratello in giacca e cravatta, l'espressione seria sul volto rotondo, l'indice a tormentarsi il mento. «Ancora in vestaglia? Tu?»

«Non mi va di vestirmi.»

Fabrizio alza le spalle. «Sono venuto perché ci ho pensato tutta la notte, ne ho discusso anche con Flora e sento che ti devo parlare.»

«Qualcosa di serio, si direbbe.» Spalanca la porta: «Dai, entra».

L'uomo la segue, poi si guarda intorno, spaesato. «Ma che cosa è?»

«Una mia ricerca.»

«Su Majorana?»

«Esatto.»

«Perché?»

«Te lo racconterò dopo. Immagino tu sia qui per altro.»

«Certo, per tuo marito. Mi ha richiamato. Presto si metterà in contatto con nostra madre.»

«Lo ha già fatto. Poco fa.»

«E lei?»

«Muta è stata.»

Fabrizio alza un sopracciglio, poi si fa cupo in viso. «Ida, non ti sembra il caso di toglierci da questo imbarazzo?»

«Soffri tanto ad avere una pecora nera in famiglia?»

«Non dire così. Ma cerca di metterti nei nostri panni. Se si venisse a sapere che ti nascondiamo come una fuggitiva da tuo marito, cosa penserebbero di noi? Lui l'uomo di casa è.» Una lunga pausa, le dita delle mani unite davanti al volto: «Per favore, ragiona. Pensa a cosa c'è in gioco. La famiglia, il mio lavoro…». Fabrizio cambia tono: «Non che io voglia o possa regolare il tuo sentire o le scelte della tua coscienza, ma da fratello e avvocato ho l'obbligo di ricordarti i tuoi doveri di moglie devota. Rompere il matrimonio è un delitto».

«Delitto? Vorrà dire che accetterò allora il castigo. Dostoevskij ne sarebbe orgoglioso», sbotta lei di getto.

«Ida, i panni sporchi in questa terra si lavano sempre e

solo in famiglia. Torna da lui. Chiudi un occhio.» Le labbra sottili serrate.

Lei inarca il sopracciglio: «Ne dovrei chiudere due e non basterebbe. Ma non è questo il punto. Il punto è che questo è il mio destino e non ce ne può essere un altro. Se pure mi ero abituata a un matrimonio senza calore e complicità, questa volta Raffaele ha esagerato. Credi che ne sia felice? Mi sembra di essere finita sotto un bombardamento aereo, coperta da una fitta nube di fumo nero e di non sapere come uscirne».

«Ida, appunto...» Fabrizio sta per dire altro, ma è lei a riprendere: «Ero arrivata a non dare peso al fatto che quel matrimonio me lo avesse imposto nostro padre. E sai bene come lo ha fatto. Ma ho comunque stimato Raffaele. L'ho ammirato come medico, sono stata orgogliosa dei suoi successi e gli ho voluto bene».

«E allora? Perdonalo. Lo hai già fatto in passato.»

«Questa volta, credimi, non posso. Ha rotto del tutto il nostro patto e io ho aperto gli occhi davanti alla cruda verità. Lui non è la povera vittima. Lui fa sempre solo quello che vuole. E questa volta...» Un gesto con la mano. Non è ancora pronta a dire della gravidanza di Adele.

«Guarda che io parlo perché ti voglio bene, ti chiedo di valutare anche i risvolti legali.»

«Cosa intendi?»

«Lo sai che la legge è dalla parte di tuo marito.»

«Lo so, ma mi tradisce! Ripetutamente. Non mi importa che per lo stato italiano l'adulterio del marito non sia reato, per me lo è.»

«Eppure avresti diritto ad andare via solo se Raffaele mantenesse l'amante sotto il tuo stesso tetto o in altro luogo noto.» Fabrizio le si avvicina. «Se Raffaele ti trova e chiede che tu torni a Torino, non hai altra scelta che farlo.»

«Infatti è meglio che non mi trovi», afferma e si porta le mani al volto, pallida. Dopo un po' si volta verso la parete e rimane in silenzio a osservarla come fosse un rifugio. «Ho bisogno di riflettere.»

«E tornare indietro ti aiuterà?» chiede lui puntando l'indice verso il muro.

«Non ne ho idea. Ma legge o non legge, voglio almeno capire quando mi sono persa.»

«E perché partire proprio da Majorana? Che senso ha?»

«Per qualcosa che mi hanno rivelato a Torino» e racconta di Giulia. «Comunque temo che in queste vecchie carte non troverò nulla di nuovo.» Lentamente stacca i fogli dal muro e li ripone nel faldone.

Non riesce a confidare nemmeno al fratello che a Buenos Aires è stato visto anche Alberto Guarneri. Intanto tocca l'anello con le tre fedi intrecciate e involontariamente pensa al loro primo appuntamento e a quanto si fosse sentita viva e a suo agio davanti a quel giovane studente di ingegneria.

19.

Roma, luglio 1929

È uscita dal lavoro in anticipo e ora è lì ai piedi della Colonna della Pace, davanti alla basilica papale di Santa Maria Maggiore. Le mani sono sudate e il libro è stretto al petto. Il pomeriggio prima ha rivisto Alberto Guarneri. È tornato dopo alcuni giorni in biblioteca solo per incontrarla. Insieme hanno scherzato e alla fine lui le ha rubato la promessa di quell'incontro, con il pretesto di riavere *Uno, nessuno e centomila.* Ma che sia una futile scusa le è chiaro.

Non deve aspettare molto per riconoscerlo. Ha una camicia bianca con le maniche rimboccate e tira la palla a un bambino, ma appena la vede restituisce il pallone e le corre incontro.

«Chi è?» domanda Ida.

«Solo un piccolo che aveva voglia di giocare.» Sorride e quel sorriso è per lei un colpo in pieno petto. Non riesce a distogliere lo sguardo dalla sua bocca carnosa.

Come ferro e calamita.

«Da ieri non penso ad altro se non a rivederti.» Alberto è diretto.

Lei sente le gote colorarsi di rosso e senza dire nulla gli porge il libro. «Finito giusto ieri sera, per ridartelo.» Mente. Lei in verità il libro lo ha finito da giorni. Lo ha letto la sera stessa in cui lui glielo ha dato, per tutta la notte senza dormire. Ma non può confessarlo. Non vuole mostrare la sua impazienza. Non rivelerà mai di avere odorato quel libro per respirare il suo profumo, di avere sfiorato ogni singola pagina immaginando lui intento a sfibrare con il tagliacarte il margine dei fogli.

Alberto le strizza l'occhio: «Perché non me lo dai la prossima volta? Così ho una scusa per rivederti». Poi cambia tono: «Ettore mi ha raccontato della tua passione per i romanzi. Sai, sono stato abbastanza colpito che me lo abbia confidato».

«Perché?»

«Non definirei Ettore un chiacchierone. Ma evidentemente sei tra le poche anime elette che gli fanno simpatia.»

Ida sorride: «E tu? Lo conosci da molto?».

«Dal suo secondo anno di ingegneria. Non dimenticherò mai il nostro primo incontro. Seguivamo insieme le lezioni del professor Severi. Mentre questi scriveva un teorema alla lavagna, Ettore scuoteva la testa e borbottava. Si capiva che c'era qualcosa che non andava in quella dimostrazione e quando il professore si è bloccato, io ho fatto presente che Majorana lo aveva già intuito. Il professore ha chiesto allora chi fosse questo Majorana e che si facesse avanti. Ettore si è alzato, ha cancellato tutto quello che aveva scritto Severi, ha preso il gesso e in men che non si dica ha riformulato tutto. Ovviamente ora la dimostrazione funzionava. Da quella mattina non ci siamo mai persi di vista. Nonostante le nostre evidenti diversità.»

«Perché? Come sei?» chiede Ida, desiderosa di avvicinarsi al mondo di Alberto.

«Certo, non sono bravo come Ettore. Vado a rilento. Ingegneria idraulica per me è un vero tormento. Devo ancora iniziare la tesi. La verità è che non ho alle spalle una famiglia agiata come quella di Ettore, così per studiare devo anche lavorare. In una saponeria. Non che sia un lavoro divertente, ma almeno è pulito e profumato.» Senza dire altro tira fuori dalla tasca del soprabito grigio un pezzo di sapone a forma di fiore.

«L'ho scolpito per te.»

Ida lo prende e se lo porta al naso. Inspira l'odore di gelsomino e per un attimo socchiude le palpebre. Quando le riapre lui è lì davanti, a fissarla, mentre con l'indice le accarezza con delicatezza il volto e poi le scosta una ciocca di capelli scuri che ricade scomposta. «Starei ore a guardarti. Hai un aspetto così...»

«Così come?»

«Elegante», mormora lui e ritrae la mano. «Ma ora raccontami di te.»

«Di me?» Ida intanto ripone il sapone in borsa insieme al libro.

«Sì.»

«Cosa dovrei dirti?» Ha la sensazione che tutti i suoi pensieri siano fuggiti nella tiepida aria estiva come farfalle impazzite.

Alberto alza le spalle. «Quello che vuoi. Ad esempio, non hai un sogno nel cassetto?»

Da quando ti ho visto sei tu il mio sogno.

Ma non può dirlo.

«Ora che lavoro in biblioteca sono soddisfatta. Prima, quando frequentavo ancora il liceo, sognavo di fare la professoressa di lettere alle scuole superiori, ma con il regime fascista le donne non possono più insegnare materie umanistiche. Mio padre crede che il vincolo sarà esteso a tutti gli ordini di scuole. All'inizio gli credevo, ma ora non so.»

Sul volto di Alberto passa una nuvola grigia. «La professoressa Clementi però suonava bene.»

«La lavagna, il gesso, la cattedra, l'odore della carta, il profumo dell'inchiostro. Pensavo sarebbe stato questo il mio mondo. Credo che sarei stata una brava professoressa, perché mi riempie di gioia fare conoscere i libri e sono sicura che non esiste nessuno che, se sollecitato, possa non amare la lettura.» Si ferma. Sente di parlare veloce, senza pensare e senza preoccuparsi del giudizio di lui. Alberto in fondo è un estraneo, eppure ha la sensazione di conoscerlo da sempre. È il primo ad ascoltare la parte più intima delle sue parole. Così continua serena. «A essere del tutto sincera, mi sarebbe piaciuto insegnare in un istituto magistrale, frequentato in prevalenza da ragazze.»

«Perché?»

«Perché è a loro che volevo parlare. Credo molto nelle

donne e avrei voluto far conoscere alle mie studentesse tutte le autrici straniere che per anni hanno scritto sotto pseudonimo maschile, ma soprattutto avrei voluto parlare di Gaspara Stampa. Per fare capire che le donne non sono solo la decorazione della vita di un uomo.»

«Gaspara Stampa?»

«È una poetessa veneziana del Cinquecento.»

Alberto le indica una panchina. «Dai, sediamoci, così mi racconti, mi piace la passione che ci metti.» Ormai vicini, lui le sfiora una mano. Un brivido scorre lungo la schiena di Ida che non riesce a ritrarsi da quel contatto. Anzi, spera che continui. A lungo.

Solo quando lui, dopo un silenzio protratto, si ritrae, lei riprende: «Ho trovato il suo nome all'ultimo anno di liceo, in una rivista letteraria nella biblioteca della scuola, quella dove mi rifugiavo appena potevo. Ero così felice di avere scoperto l'esistenza di una poetessa in un mondo letterario che annoverava solo autori uomini che l'ho scritto nel compito in classe di italiano. È stata l'unica volta che ho preso un'insufficienza. E proprio per Gaspara Stampa».

Alberto scoppia a ridere.

«Proprio così. Scrivere di una donna in un compito è stato definito dal mio professore "scandaloso". La mia unica consolazione quel giorno è stata pensare che prima o poi anche lei sarebbe entrata nei libri di letteratura e che io, quando sarei diventata docente, avrei letto ai miei alunni le sue liriche ricolme di passione.»

«Passione», fa eco lui. «Ho trovato quindi uno spirito romantico?»

Un moto nell'anima. Ida ha l'impressione che quelle parole racchiudano una ricerca di intimità.

Il tempo si ferma. I minuti si dilatano tanto da sembrare ore, gli sguardi si incontrano, le dita si intrecciano.

Un alito di vento fresco la riporta alla realtà.

Si discosta.

Cerca di ritrovare la compostezza che si addice a una ragazza in compagnia di un giovane uomo e infine gli chiede: «Hai mai visto la scala a chiocciola del Bernini?» e indica la basilica davanti a loro.

«Con te la rivedo volentieri.»

Le loro labbra si sfiorano.

È un attimo. Ma in quell'attimo c'è l'inizio del loro amore.

20.

Catania, giugno 1954

Ida si sveglia con il canto degli uccellini. Ha dormito profondamente e ha sognato lei e Alberto camminare in silenzio in riva al mare, alla Playa, con i piedi sulla battigia di sabbia bianca. Sulla destra c'era il faro Biscari e in lontananza si stagliava l'imponente sagoma dell'Etna, avvolta dalla luce azzurra. Poi un rumore nel cielo li aveva distratti dalle loro parole. Un aereo aveva lasciato cadere una bomba nella distesa d'acqua turchina e un'enorme onda li aveva travolti, separandoli.

Si rigira più volte fra le lenzuola. La stupisce come, dopo tanti anni, nell'ultimo mese, sia tornata a pensare a lui con tanta intensità. Ha la sensazione che il recente comportamento di Raffaele abbia riaperto una ferita che pensava rimarginata. Solo ora si sente autorizzata a guardare nell'oscurità della memoria per riportare alla luce le emozioni più belle e intense della sua vita.

Sono giorni che si tormenta a cercare i propri errori, e come se sentirsi sbagliata non le bastasse, a renderla davvero inquieta sono le parole di Fabrizio che tornano a martellare nella sua mente. Conosceva la situazione, ma sentirla dal fratello ha rafforzato la sua paura. Se Raffaele volesse e lo richiedesse ufficialmente, lei dovrebbe tornare subito a Torino ed essere costretta, da una legge ingiusta, ad accettare in silenzio l'adulterio. Immagina che Fabrizio sia preoccupato anche per altro. Raffaele conosce il segreto della famiglia Clementi. Un segreto che se rivelato comporterebbe la rovina non solo di Ida, ma anche sua, di Flora e dei suoi figli. Ogni cosa fino a quel momento costruita si sgretolerebbe come un castello di sabbia travolto dalle onde.

Sospira, poi si alza, si sfila la sottana di seta lilla e va alla toletta. Tocca con la mano l'acqua che sta nella brocca. È fredda. La versa nel catino di ceramica e subito dopo se la passa sul viso. Con soddisfazione. Ricorda ancora quando da ragazza il padre le proibiva di lavarsi prima di andare al lavoro o di mettere il profumo, per paura che il suo gesto fosse chiaro indizio di civetteria. A casa Clementi le donne potevano fare il bagno solo una volta alla settimana, la domenica. Prima di andare a messa a confessare i propri peccati.

Asciuga il volto con il telo di lino e ne aspira l'odore di lavanda che lì è imprigionato. Prende la spazzola poggiata sul ripiano di marmo e liscia i capelli neri, lentamente.

Mentre si guarda allo specchio considera che ora che ha preso consapevolezza della fine, il senso di vuoto, se possibile, è diventato più profondo di prima.

Così mogia, quando ha terminato di spazzolarsi, va verso l'armadio e lo apre.

Passa in rassegna i suoi vestiti e prende l'abito blu con le maniche corte, l'unico che sembra adatto alla sua nuova vita. Quando è pronta scende al piano di sotto.

In cucina nessuno. Solo il tavolo apparecchiato, con biscotti di mandorla, una crostata e una cesta ricolma di frutta. Ida prende una mela, esce in terrazza e respira l'odore della nepitella che a quell'ora si spande in giardino. Nei colori accesi della vegetazione, vede una macchia nera muoversi tra i fiori gialli e rossi. È la madre intenta a potare le rose. Appena la vede si solleva su e si avvicina: «Pare che stamattina *Morfeo ti rapiu*».

«Ne avevo proprio bisogno.»

«È l'aria della Sicilia.» E a seguire: «*Mangiasti?*».

«La mela. Come Biancaneve», scherza lei.

«*Accura.* Che se il principe è tuo marito, non *ti arrisvigghi chiu.*»

Ida sorride e si siede sulla sdraio. Da dentro la voce alla radio annuncia la pubblicità del liquore di China e, a seguire, lo speaker informa della seduta notturna del Parlamento sulla strage di Mussomeli del 17 febbraio. Nel corso di una manifestazione popolare di protesta per la cronica mancanza di acqua potabile e contro la pretesa dell'Ente acquedotti di riscuotere comunque le bollette, le forze di polizia avevano aperto il fuoco sulla folla davanti al Municipio, uccidendo Onofria Pellicceri, Giuseppina Valenza, Vincenza Messina e Giuseppe Cappalonga di 16 anni. Nove persone erano state ferite gravemente, e fra di loro un bambino di sette anni.

Lei chiude gli occhi e lascia che il sole la riscaldi. Si alza e gira infastidita la grossa manopola bianca per cambiare sintonizzazione. È strano che quando uno ha un problema non gli importi cosa accada nel mondo. Tutto ruota intorno a un unico pensiero, ossessivo, e ogni altra cosa perde colore e appare lontana.

Così solo quando sente la voce di Doris Day che canta *Secret Love* si ferma.

«Che c'è? Non ti interessa cosa accade nel mondo?» Mara le si siede vicino, la gonna nera tirata sulle gambe bianche.

«Preferisco la musica.» Taglia corto. Il silenzio è ora per lei un drappo sicuro dietro cui nascondersi.

«Ma 'sta cosa straniera? Almeno cerca una canzone di Achille Togliani», e inizia a canticchiare: «*Domani partirai, quanta tristezza!...*».

«Vabbè, ho capito, spengo.» E gira la manopola.

«Come sei permalosa.» Mara sistema lo chignon ormai divenuto completamente bianco.

Ida ha la sensazione che stia cercando un varco per comunicare con lei e infatti poco dopo la sente parlare di Ettore. «Sai, quando parlavi di Majorana, giorni fa, hai fatto ricordare anche a me tante cose. Mia madre mi parlava sempre della sua famiglia. Mi raccontava che il nonno, originario di Militello in Val di Catania, si fece dal nulla. Solo con questo», e punta l'indice alla tempia. «E dal nulla diventò professore universitario e poi ministro sotto Depretis. Uno che parlava come Cicerone era. Ebbe sette figli. Tra questi il padre di Ettore, Fabio. Un altro a cui la testa ci camminava e che aveva due baffi neri così», e imita con le mani sporche di terra. «Un ingegnere che *fici* a Catania l'impresa dei telefoni: prima di lui non si poteva telefonare da qui. Pensi che la vita era comoda come ora? Tempi difficili erano.»

«Ricordo quanto Ettore fosse legato al padre. Morì quando ero a Roma.»

«A quei tempi si moriva prima, ma quello che *mossi* davvero *caruso* fu lo zio. *U* giovane rettore. In ogni caso tutti con il cervello *fino* questi Majorana.»

«Dici che sono i geni?»

«*Ca* certo. Uno così dovevi trovare, no Raffaele.»

Ida sorride: «Veramente me lo avete trovato voi».

«Veramente te lo impose tuo padre. Io niente dissi.»

«E comunque a proposito di geni, Raffaele è tutto, fuorché stupido.»

Mara si alza: «Di lui ti volevo parlare. Chiamò di nuovo. *Si portò la testa.* Minaccia di sporgere denuncia per la tua scomparsa».

«Denuncia?» Il cuore comincia a pulsare veloce e la paura di un suo rientro repentino a Torino le dà un senso di vertigine. Intanto riaffiora l'immagine della giovane Lucia seduta in comunità a rammendare la camicetta strappata. Come era stata ingenua a credere di poterla aiutare, quando invece non riesce a portare soccorso neanche a sé stessa. E lentamente l'indignazione per come vengono considerate le donne nella società sorge prepotente. Cerca di riprendersi e domanda ancora: «E tu?».

«*Ci ho detto di non babbiare.* Che sei mia figlia. Ma non mi *parsi* convinto. *Ascolta a me. Chiamaci* e finiamo 'sta farsa.»

«Non ci riesco. Per favore, parlaci tu.» Il volto cupo e triste.

«Io? Di nuovo? E che *sugnu* portinaia?»

Dopo poco la madre torna seria. «Come vuoi. Meglio farlo subito, prima che mi spuntano gli sbirri a casa.»

Mentre la madre compone il numero, lei si avvia verso la sua stanza. Solo l'idea che all'altro capo della cornetta ci sia Raffaele la agita.

Dopo pranzo Mara la raggiunge in salotto: «Ida, ma non vuoi che ti dica di cosa abbiamo parlato?».

Lei rimane immobile, combattuta tra due forze. La curiosità di sapere e la paura di una brutta notizia. Rimanere sospesi talvolta è rassicurante.

«Vuole venire qui, in Sicilia, per incontrarti. Non sembra seccato. Gentile, come sempre. A dire il vero ho trovato il suo comportamento strano.»

«Lui non si arrabbia mai. Crede che tutto quello che dipende dalla volontà possa essere controllato.»

«Non è buono? Cosa vuoi di più? Che poi 'sta smania di tormentarsi non porta a nulla. Noi donne non possiamo abbandonare il marito. Te lo disse anche tuo fratello. Inutile girarci intorno. Ti fai solo *u sangu acqua*. Bisogna farsene una ragione. Sempre. Vi siete uniti davanti a Dio. Hai sbagliato ad andare via. È peccato!»

«Vuol dire che hai a casa una peccatrice.»

Sul volto della madre un'espressione di sgomento. La donna si porta alle labbra il crocifisso appeso al collo e lo bacia.

Intorno a loro solo lo snervante rumore del pendolo.

«Mamma, sono stata un po' a realizzare che è davvero finita. Se pure dentro di me esiste ancora una speranza priva di fondamento che con un colpo di bacchetta, come per magia, tutto si rimetta a posto, come prima, anzi meglio di prima, la ragione mi dice che non si può più tornare indietro. Ormai il vaso di Pandora è stato aperto. Non mi rimane che vivere da sola e questo mi terrorizza», le confessa.

«Non correre. Magari dopo che parlerete, si risolverà tutto», le accarezza il volto.

«Noi non parliamo mai. Non di queste cose.» Ida la guarda con un sorriso: «Tu parlavi mai con papà?».

La madre alza entrambe le spalle. «Tuo padre era diverso. Raffaele più moderno è.»

«Ma sempre uomo è», fa eco Ida.

Mara annuisce e questa volta le prende la mano: «Ma non pensare mai di essere sola. Tu hai me».

Ida quasi si commuove. Intuisce che la madre questa volta è pronta a darle tutto il sostegno che le ha negato anni prima.

«Ascolta, se siamo sincere e torniamo indietro nel tempo, a te Raffaele mai ti è piaciuto. Come marito intendo, non come persona. Lui è stato solo un'idea di tuo padre», considera. E a seguire: «Ricordi la prima volta che l'hai visto?».

«Raffaele era così goffo e indossava un terribile papillon giallo.»

«Tesoro, le cose giuste. Solo a *tia* non piaceva. Raffaele sempre bello è stato. Ed elegante. Quello è stato il guaio», con dolcezza continua ad accarezzarle piano la mano.

Ida deglutisce. Quando era ragazza, la madre non la accarezzava mai. L'avvocato Clementi non approvava gesti tanto intimi.

Quanto mi è mancato.

Il pensiero la spinge ad aprirsi, intenerita. «A me Raffaele all'inizio sembrava così freddo, formale. Appena si è presentato ha subito parlato di lavoro, ospedali, malati, infarti. E poi ti ricordi papà che mi elogiava per come facevo le faccende di casa.»

«Tu, che manco lo straccio in mano sapevi tenere.»

Le due donne si mettono a ridere, poi si voltano entrambe verso la poltrona di tessuto verde, quella dove l'avvocato Clementi passava le sue ore a fumare la pipa, e scende di colpo il silenzio. Dopo poco Mara, tenendo ancora ben salda la mano della figlia, riprende: «Una giornata a lavorare, mi aveva messo. Quando ha capito che non tornavi per tempo successe il finimondo. Meno male che c'era tuo fratello. Tu però con questo Alberto *sbagliasti assai.* Lo sai come la penso», e fa il segno della croce.

«Mamma, non immaginavo...» Poi cambia tono. «Dovevo capirlo appena ho aperto la porta di ingresso, quando Fabrizio mi ha avvisata che papà aveva invitato un ospite a cena per me. Dovevo capirlo e scappare via. Quella sera stessa. Forse è stato quello il mio unico sbaglio.»

L'altra alza un sopracciglio: «*A fuitina?* Cosa di popolani è. Anche se anch'io ci pensai. Dopo. *Babba* che fui a non dirtelo. Mi mancò il coraggio», il labbro le trema, gli occhi le diventano lucidi. «Avevo troppa paura di tuo padre e in fondo quando accadde, Alberto era già sparito.»

Ida la stringe a sé. E in quel lungo abbraccio si scioglie il muro di silenzio eretto negli anni.

«Alberto», mormora. «Non hai idea di quanto lo amassi», e intanto il suo pensiero ritorna indietro nel tempo.

21.

Roma, aprile 1930

È un pomeriggio come tanti altri e tutti i fisici, come spesso accade, sono riuniti nello studio di Fermi a discutere. Lei è intenta a leggere la notizia del matrimonio di Edda Mussolini con il conte Galeazzo Ciano riportata sul numero dell'«Illustrazione Italiana» comprato quella mattina all'edicola.

È così assorta che non si accorge della presenza di Alberto.

«Cosa guardi?»

La domanda la fa sobbalzare.

«Che ci fai qui?» Le sembra che il tempo si sia fermato mentre sente il suo cuore scoppiare di felicità.

«Sono passato a trovarti. Sai, la biblioteca è un luogo pubblico per gli studenti», le sussurra all'orecchio e le accarezza il viso con il dorso della mano. Delicatamente.

«Biblioteca di fisica.»

«Fisica... ingegneria... Metti che anche io voglia cambiare facoltà come hanno fatto in tanti che studiano qui?»

«Dai, non scherzare. A te del nucleo atomico, degli elettroni e dei protoni non interessa niente. Chi vuoi prendere in giro?»

«Sei solo prevenuta.» Alberto allunga il collo verso la rivista. «Cosa guardi?» Quando capisce di cosa si tratta, perde interesse e sfila una copia del «Corriere della Sera» dal mobile alle sue spalle. «Quanto sta accadendo in India mi sembra molto più importante del matrimonio della figlia del duce con un nobile fascista che presto farà molta strada.»

«A me invece la loro storia incuriosisce. Pensa quanti invitati. Edda ha gli occhi di tutta l'Italia puntati addosso. Non oso pensare che anello le abbia regalato Ciano.»

Lui le sorride: «Sei una inguaribile romantica e una sognatrice, ed è questo che più mi piace di te. In questo mondo di calcoli ed equazioni sei una nota di calore. Vedi come siamo diversi io e te? Mentre tu vedi un matrimonio da favola, io provo pena per il povero parco delle rose. Hanno sradicato fino all'ultimo petalo per abbellire Villa Torlonia», e intanto le ruba un bacio. Un bellissimo bacio.

Ma lei si ritrae. «Ma cosa fai! Se ci vedessero!»

«Sono chiusi nella stanza di Fermi, no? Ci stanno sempre ore. Prima delle sei non si vedrà nessuno. Senti come parlano fittamente. Dirac, energia potenziale, matrici, funzioni. Ne avranno ancora per un po'.»

«Non tutti. Oggi ci sono le esercitazioni con i nuovi studenti. Sai quanto Fermi sia attento alla didattica», risponde piccata e indica verso la bacheca. «Questo vuol dire che possono uscire da un momento all'altro.»

«E allora offriremmo loro la possibilità di studiare il livello di attrazione magnetica fra due corpi. I nostri. Oppure potremmo fare da cavie per scoprire la formula dell'equazione dell'amore?» Alberto ride e mostra il suo splendido sorriso.

La loro chiacchierata è interrotta dall'arrivo di due studenti, vestiti in giacca e cravatta. In mano una borsa di cuoio. Esitano a varcare la porta. Così lei gli va incontro. Sa bene come ogni volta per i nuovi allievi sia difficile l'incontro con i docenti dell'istituto. La loro nomina è sufficiente ad allontanare i meno volenterosi e i più insicuri e a intimorire gli altri e per questo, quando può, lei cerca di metterli a loro agio.

«Abbiamo lasciato le bici qui sotto, incustodite. Pensa che possano esserci ladri di biciclette?» le domanda il più bassino.

«Sono distanti? In via Panisperna?» e si affaccia a vedere. Il giovane gliele indica: «No. Lì. Vicino alla fontana».

«Ma sono dentro l'istituto. Lo escludo!»

I due studenti si guardano con aria sollevata e lei non fa

in tempo a dire altro perché dallo studio di Fermi sbuca Segrè. Gira lo sguardo intorno, come chi aspetta qualcuno, e appena li vede, li ammonisce: «Eccovi. Ci vediamo fra cinque minuti nell'ultima stanza a sinistra per i calcoli alla lavagna. Preparatevi e rimanete solo se motivati. Capiremo se siete anche capaci».

I giovani si guardano spaesati e passo dopo passo si dirigono verso l'aula indicata da Segrè.

È allora che la vede.

Sta già per smontare dal suo turno, quando entra una signorina bionda e alta con una gonna lunga al ginocchio. Trafelata. In mano una scarpa con il tacco rotto.

Guarda Alberto prima, Ida dopo.

«Dove devo andare? Sono qui per le esercitazioni. Accidenti alle mie scarpe.»

«In fondo a sinistra», le risponde lei, senza riuscire a distogliere gli occhi dal suo bel viso accaldato. Pensa davvero quella studentessa di entrare dal professor Segrè brandendo una scarpa?

La giovane non sembra curarsene minimamente, ringrazia e corre via. Ida fa appena in tempo a sentirla mentre si presenta: «Sono Giulia Berni. Posso seguire anche io?».

Quando la porta dell'aula si richiude, Ida ripone le ultime cose nel cassetto della scrivania. Sa che dovrebbe andare a casa. Che i suoi l'attendono e che se non tornerà per tempo tormenteranno il fratello, quasi fosse lui colpevole di avere una sorella ribelle. Ma non le va. È solo curiosa di scoprire il mondo. Così sorride ad Alberto e gli propone di fare una passeggiata.

Poi ci ripensa: «E se prendessimo le bici?».

«Quali bici?»

Con lo sguardo Ida fa cenno verso la sala di studio in cui è entrato Segrè. «Prima di due ore quegli studenti non usciranno certamente e noi saremo di ritorno.»

«Ma è un furto!»

«Io lo considero più un prestito. Dai, è eccitante! Se penso a quello che mi attende a casa...»

Alberto tentenna, ma quando lei gli si avvicina e si morde il labbro inferiore con aria di sfida non riesce a resisterle. Così l'asseconda.

I due scendono di corsa giù per le scale. Stando attenti a non essere visti inforcano le biciclette e veloci escono dal cancello e dopo pochi minuti sono ai giardini del Quirinale.

Ida smonta e si lascia cadere sull'erba, incurante che la gonna si alzi sopra al ginocchio, e guarda il cielo. È quella la vita che vuole. Con il prossimo stipendio, prima di versare i soldi sul libretto di risparmio, come le impone il padre, comprerà una bicicletta. Anzi due. Una per lei, una per Alberto. Il bello di lavorare è anche questo. Essere capace di esaudire i propri desideri senza dovere chiedere niente a nessuno.

22.

Catania, giugno 1954

Legge le ultime pagine del *Vecchio e il mare* di Hemingway. Ha comprato il libricino qualche giorno prima, per la curiosità – dopo il recente premio Pulitzer – e in poche ore lo ha finito. È incredibile come si sia accalorata e abbia quasi partecipato alla pesca dello sfortunato Santiago. Per il tempo della lettura ha avuto la sensazione che davvero la vita abbia senso solo se si lotta e si resiste. Non importa in fin dei conti se poi si perde la battaglia. L'importante è avere tentato.

Ma quando chiude il libro l'apatia torna ad avvolgerla. Lascia il romanzo sul letto e si affaccia alla finestra per sforzarsi di godere di quel momento della giornata in cui il sole smette di tormentare e di inaridire la natura per cedere il posto alle prime ombre.

Un clacson.

In lontananza vede una Giulietta bianca percorrere il viale e avvicinarsi, inseguita da Amore.

«Ida, c'è Flora.» La voce della madre risuona su per le scale.

Sbuffa. Ci mancava solo la visita della cognata ottimista che parla di tutto quello che la infastidisce: le macchie di caffè sul bucato, le tovaglie ricamate, la pulizia dell'argento, le ultime ricette della cucina siciliana e soprattutto il *curtigghiu* locale. Ma nonostante la sua svogliatezza, infila le scarpe e scende al piano inferiore. A passi lenti.

L'Alfa intanto si ferma. Prima spunta un uomo in divisa che apre la portiera posteriore, poi Flora, vestita di mille colori. Tiene in mano un vassoio della pasticceria Savia. Davanti al cane la donna si ferma, incerta se andare avanti.

«Brava Flora», le dice Mara mentre afferra Amore per il collare. «Mia figlia deve ingrassare un po'. A pranzo solo un piatto di pasta si è mangiata. Neanche la carne.» Si guarda intorno: «I miei nipoti?».

«Dopo la scuola sono andati al mare. Staranno per tornare a casa.»

«Fanno bene. Aria fresca ci vuole per i *carusi.*»

Ida è alle loro spalle, non vista, e involontariamente le sente spettegolare. Di lei.

Si ferma a origliare, dietro al muro, coperta dal folto rampicante.

«Sì, Fabrizio mi ha detto che è ancora più pallida di quando è arrivata», inizia Flora.

«Che preoccupazione.»

«Non capisco. Raffaele cosa vuole di più? Ida a detta di tutti è una gran *fimminazza.* L'altra sera non sai i commenti. L'invidia di tante che non potevano fare a meno di constatare che per lei il tempo non sembra sia passato. Per non parlare di come la *taliavano* gli uomini. Quella li incanta solo con uno sguardo. E Raffaele che fa? Cerca altro.»

«Come se non ci fossero posti dove andare per certe cose.»

Le gote di Flora si infiammano.

«*Bedda matri,* cosa avrò mai detto?» la riprende Mara. «Flora, vedi che è il mestiere più antico del mondo. Almeno non la farebbe soffrire così. Occhio non vede, dente non duole. Così invece… quante estati a vedere mia figlia con lo sguardo triste. *'Sto* dottore i nervi mi fa venire.»

«Sì, però... andare via di casa. Non si fa! La separazione per una donna è peggio del disonore. Per lei e per la famiglia. Bisogna convincerla. Fabrizio ha già provato.» Abbassa ancora un poco il tono. «Ma dice che non vuole sentire ragioni.»

Ida è stanca di ascoltare. Così sposta una sedia per fare rumore e finge di essere appena arrivata.

«Scusate, dovevo finire di vestirmi», mente, trattenendo l'irritazione.

Mara cambia repentinamente espressione e con aria allegra l'apostrofa: «Meglio tardi che mai. E ora su. Sedetevi in terrazza. Vi vado a preparare una limonata».

Un abbraccio di cortesia alla cognata. Poi le due donne si avviano in silenzio.

«Tua madre è molto diversa da quando l'ho conosciuta», le confida Flora quando sono giunte sotto il portico.

Una buona parola per tutte.

Ida non commenta e Flora riprende a parlare della suocera: «Prima era sempre silenziosa e non sorrideva mai. Non ti dico cosa mi ha detto poco fa. Ha parlato delle case chiuse, come fosse un argomento normale».

«A proposito di chi? Di Fabrizio?» Ida non riesce a trattenersi.

«Ma no! Cosa dici mai.» Flora si porta le mani al collo, sembra le manchi l'aria. Poi balbettando: «Ne parlava genericamente. Però devi ammettere che tua madre è diversa».

«Certo, da quando è morto papà ha ripreso a vivere.»

Flora sgrana gli occhi. «Ida, ma non sono cose da dire!»

«È la verità», afferma e intanto gioca con l'anello con le tre fedi intrecciate. «Tu non hai conosciuto davvero mio padre. Hai visto solo la maschera di buon capo famiglia che ti ha voluto mostrare.»

«Perché dici una cattiveria del genere?»

«Perché mio padre era insopportabile. Dovresti parlare di più con tuo marito. Non sai cosa scopriresti.»

Flora si irrigidisce. «Guarda che Fabrizio mi racconta tutto. Me lo ha detto che era una persona rigorosa e che esigeva da tutti voi ubbidienza e rispetto.»

«Fin troppo.» Ida intanto prende il vassoio dalle mani della cognata. Lo poggia sul tavolo e lo scarta. «Aspetta, vado a prendere le limonate», le dice poi e scompare in cucina.

Quando torna Flora è già seduta sotto il pergolato, intenta a guardarsi le mani con le unghie laccate da poco.

Un altro silenzio. La cognata allunga una mano, afferra un pasticcino alla crema guarnito con striscioline di pesca e mandorle tostate e lo addenta. Alla fine, togliendo lo zucchero a velo rimasto sul mento, le domanda: «Cosa è successo a Torino?». Negli occhi la luce della curiosità e forse anche del pettegolezzo.

«Non mi va di parlarne.»

Flora è visibilmente delusa eppure non si dà per vinta. Spazza via altro zucchero a velo dalla gonna di cotone e si muove sulla sedia con un'aria sospetta. «Fabrizio mi ha detto anche della tua amica, Giulia Berni, e del tuo interesse per Majorana.» Scandisce lentamente il nome del marito.

Ida si limita ad annuire.

«Hai tappezzato la stanza, no?»

Ma farsi i fatti propri mai?

«Avevo trovato le carte nel baule», risponde rassegnata. Non le confida che a spingerla a rivedere i vecchi appunti era stato il pensiero di Alberto, risorto da diverse settimane a tenerle compagnia.

«Sbagli. Prova a distrarti.» Flora sbatte le ciglia, ripetutamente. «Comunque ho chiesto alla baronessa Masini. Per te.»

«Che hai fatto? Alla baronessa?» Ida arriccia il naso e drizza la schiena, turbata dall'inaspettata intraprendenza di Flora.

«Non ho detto che c'entravi tu. Non sono tanto stupida. Ho chiesto come fosse una curiosità mia, mentre giocavamo a briscola. Majorana è un orgoglio catanese, mica cosa privata.»

«E lei?»

«Quella sa tutto. E infatti mentre smistava le carte mi ha raccontato che c'è un maestro elementare di Racalmuto che sa molto.»

«Racalmuto? In provincia di Agrigento?»

«E certo. Ida, manco siciliana *pari* quando fai queste domande. Non è perché sei andata a vivere a Torino...» Beve un lungo sorso di limonata e riprende. «Lo scorso anno hanno dato un premio letterario a questo maestro, per un saggio che ha scritto su Pirandello. Un conoscente della baronessa, un professore universitario, è andato a vedere la valle dei Templi e si è poi fermato alla cerimonia. Con la moglie.» Cambia espressione: «Il maestro... me lo hanno descritto come un giovane sui trent'anni. Distinto. Scrive molto bene. Ero così curiosa che ieri *accattai* la sua raccolta di poesie. Sono stata tutta la notte a leggere». Si porta la mano al petto: «Non sai quanto c'è dell'aspra bellezza della nostra terra in quei versi».

Ida fa un gesto di impazienza con la mano e la invita a continuare.

«Ma al Nord tutti fretta avete? Non scappo mica.» E dopo una breve pausa spiega: «Allora, dicevo degli amici della baronessa. Quando il maestro ha saputo che venivano da Catania, il discorso è caduto su Vitaliano Brancati». Divaga: «Pensa se invece di Raffaele ti ritrovavi un marito che non riusciva a consumare il matrimonio, come *Il bell'Antonio*. Quelli sono guai. La gente che lo sa. Una vergogna».

«Vergogna? Flora, forse il senso del romanzo è proprio fare riflettere sul conformismo e sull'esasperazione di alcuni atteggiamenti sessuali che ci circondano.»

Flora drizza la schiena in evidente imbarazzo, poi alza un sopracciglio incerta e fa un gesto con la mano, quasi voglia scacciare una mosca. Alla fine riprende a divagare: «Sarà come dici, comunque, a proposito di Brancati, la baronessa mi *cuntau* che è andato a Torino per un'operazione».

Ida scuote la testa impaziente: «E dopo?».

«Hanno parlato dei geni della nostra città, Bellini, Verga... fino a che qualcuno non ha fatto il nome di Majorana. Solo allora il maestro ha raccontato.»

«E questo maestro che ha vinto il premio letterario come si chiama?»

«Non te l'ho detto? Leonardo Sciascia.» E allunga di nuovo la mano verso i dolci. Ida la guarda stupita. Flora in imbarazzo si ferma e rinuncia al secondo pasticcino.

Un lungo silenzio.

«Perché non andiamo a Racalmuto a parlarci?» propone la cognata.

«Non ci penso proprio.»

«Per *fantasticare* un po'. Ti farà bene. Hai una faccia...» e riprende: «Non sarà difficile trovarlo».

«Ma le lezioni non sono terminate?»

«Ancora no, e poi ci sono gli esami di quinta elementare.»

Ida la osserva poco convinta e porta la mano alla testa. «In un altro momento lo avrei forse fatto. Ora non so...» A Ida torna in mente l'immagine del vecchio pescatore protagonista del racconto di Hemingway e della sua caparbietà. Perché lei ha perso la spinta a lottare? Così sospira: «Comunque se dovessi cercare Majorana, dovrei per prima cosa chiamare Giulia Berni per rintracciare queste sorelle Cometta Manzoni. Fra l'altro Giulia sarà già rientrata da tempo ad Atene. Ma credimi, non mi va proprio di chiedere il suo aiuto».

«Perché?»

«Per qualcosa accaduto in passato.»

Flora alza il sopracciglio, desiderosa di sapere, ma comprende che non è momento di chiedere, così riprende: «Ma hai il numero?».

Lei fa un cenno affermativo.

«E allora proviamo. Se ti ha lasciato il suo numero il passato non importa più.» Flora la prende risoluta per mano e la porta fino al salotto.

Telefonare a Giulia? Detesto ammetterlo, ma sono giorni che ci penso.

Così annuisce, recupera la sua borsa e la apre. Tira fuori un biglietto da visita. Raggiunge il grande apparecchio telefonico in bachelite nera e, con il cartoncino tra le dita, gira la ruota dei numeri e chiama il centralino.

«Aspettiamo che ci passino la chiamata internazionale.» Dopo una lunga attesa cambia espressione e, quando sente una voce dall'altro capo, chiede di Giulia.

Ascolta.

Un velo di disappunto sul volto, si gira verso Flora e le fa segno che Giulia non c'è.

«Dagli il tuo recapito telefonico», Flora insiste.

Ida lascia il numero di casa e alla fine chiude la conversazione.

Un passo.

Un secondo.

Il telefono squilla.

Ida torna indietro e risponde. È di nuovo il centralino e dopo lunghi secondi: «Giulia!». Il tono di voce si alza. «Ora? Io bene, grazie, sono in Sicilia. Una strana voce? No, sono solo stanca. Nulla di grave. Desideravo solo sapere se sai come io possa rintracciare queste sorelle Cometta Manzoni di cui mi hai parlato.»

«Certo, capisco.» Una ruga sulla fronte.

La ruga si spiana. «Ti informi davvero?» Una breve pausa. «Via Madonna delle Grazie. Non c'è il numero. Ma se lo indirizzi a Ida Clementi, il postino riuscirà a recapitarla.» E conclude: «Grazie. Grazie di cuore».

Posa la cornetta e guarda Flora. È contenta che la cognata l'abbia forzata a fare qualcosa che rimandava da troppo tempo.

E intanto pensa a quando Giulia aveva cominciato a frequentare l'istituto. Dapprima si era molto rallegrata nel vedere una studiosa in carne e ossa, ma poi aveva avuto la sensazione che la giovane studentessa avesse più volte puntato gli occhi su Alberto e ne era diventata terribilmente gelosa. Non aveva mai provato prima di allora un sentimento così intenso da racchiudere in un'unica sensazione l'astio, il desiderio che l'altra diventasse trasparente per tutti, l'ansia che Alberto la trovasse attraente e al contempo l'invidia per quei capelli biondi e per il fisico statuario. Né mai avrebbe immaginato che quel sentimento sarebbe sorto in futuro a tormentarla, tanto da diventare una costante della sua vita.

Ma allora era giovane e ingenua. Così aveva chiesto ad Alberto di non raggiungerla in biblioteca. Gli aveva spiegato che se Corbino fosse venuto a sapere di loro due, c'era il rischio che informasse il padre. E lui, altrettanto ingenuo, le aveva creduto.

O l'ingenua era stata solo lei?

23.

Roma, novembre 1932

Il padre e la madre l'hanno spinta a lungo a uscire con Dora, la sua ex compagna di scuola. Dapprima Ida è stata restia a rivederla. Dora è una ragazza simpatica, ma ha paura di ogni cosa ed è sempre troppo accondiscendente verso tutti. Poi ci ha ripensato. Circondata al lavoro da uomini e a casa sempre e solo con il fratello, ha voglia di condividere del tempo con una giovane donna come lei.

Sono già state allo zoo e a visitare il Colosseo, ma questa domenica Dora le offrirà anche l'occasione per stare un po' in giro, e vedere Alberto, senza dovere dare spiegazioni ai genitori. Ormai sono trascorsi più di due anni dal loro primo bacio, ma il desiderio di vedersi non è mai scemato, al contrario brucia come fiamma al vento. Ida ha pregato per questo Dora di passare a prenderla a casa. Via Ludovisi, dove abita, è abbastanza centrale. Da lì potranno facilmente andare a prendere un gelato e poi a messa e nessuno in famiglia dubiterà.

Ora è nella sua stanza, si gira due volte davanti allo specchio nel suo abito nuovo, di maglina rosa con il pizzo beige. Per l'occasione ha anche comprato con il suo stipendio, senza dirlo al padre, delle scarpe con la punta arrotondata e un tacco non troppo alto. Belle, ma anche comode per camminare.

Quando sente il campanello suonare, indossa il cappotto di lana rosso scuro e il basco con il pon-pon, corre in salotto e si affaccia al balcone. Dopo, rivolta al padre che è seduto sulla poltrona di velluto verde a fumare e leggere il giornale, indica l'amica sul marciapiede sotto.

«Dora è arrivata!» gli dice allegra.

Lui annuisce e, continuando a guardare il «Corriere della Sera», la pipa in un equilibrio precario fra le labbra, con voce roca l'ammonisce: «Non fare tardi. Abbiamo ospiti a cena».

Ospiti?

Ida arriccia il naso, ma elettrizzata com'è non dà peso all'informazione e veloce scappa verso la porta, desiderosa di iniziare quel meraviglioso pomeriggio che profuma di libertà.

Dora è giù ad attenderla, con la sua faccia rotonda, le lentiggini e i capelli ramati raccolti in una semplice coda. Ida la definirebbe graziosa, se non fosse per quel suo sguardo strabico che talvolta la imbarazza.

«Come sei elegante», le dice la compagna.

«Grazie.» Ida diventa rossa. Se solo Dora immaginasse il motivo, conoscendola, ne rimarrebbe scandalizzata.

Si incamminano tra la folla, fermandosi spesso a guardare le vetrine. Dora si blocca davanti a un manichino con un tailleur di Coco Chanel, mentre Ida va un poco avanti a sbirciare le novità nella libreria vicina.

«Ti immagini averne uno.» Dora ha l'aria sognante.

«A me piacerebbe invece avere questa edizione di *Anna Karenina*, guarda che begli intarsi dorati», le risponde Ida di rimando con il naso appiccicato al vetro. Quando alza gli occhi e vede lo sguardo stupito di Dora, a pochi metri da lei, torna indietro, la tira per una manica e la sprona a riprendere il passo. Sente che il tempo le sfugge.

«Come va il tuo corso per dattilografa?» le chiede Ida dopo che superano l'ingresso di Villa Borghese.

«Mah, non capisco perché me lo facciano frequentare, se tanto è deciso che mi sposerò.»

«Come fai a esserne sicura?»

«Mio padre non fa altro che portarmi a casa figli di amici o giovani colleghi che lavorano con lui alle Poste, per presentarmeli.» Dora ride e con la mano sposta i capelli ramati indietro.

«E a te non dà fastidio?»

In quel momento le due giovani si fermano davanti alla chiesa di Trinità dei Monti a guardare dall'alto la maestosa scalinata che sovrasta piazza di Spagna. È quello uno dei luoghi che Ida più preferisce di Roma.

Dora alza le spalle. «Dipende da chi porta. A dire il vero ce n'è stato uno che mi piaceva. Un po' sovrappeso, ma aveva qualcosa...» le confida e le gote si tingono subito del colore della porpora. «Ma credo sia venuto a casa a conoscermi solo per dovere. Insomma, mio padre è il suo capo», conclude sconsolata.

«E poi?»

«Non l'ho più rivisto.» Dora cambia discorso: «E tu?».

«Ho perso la testa per uno studente di ingegneria. L'ho conosciuto al lavoro tempo fa.» Gli occhi le brillano.

«E com'è?»

«Meraviglioso. Non riesco a pensare a niente altro. Lo vorrei urlare al mondo. Ma non posso. A proposito, non lo dire ai tuoi. Guai se l'avvocato Clementi ne viene informato», e intanto imita, allegra, il padre impettito che fuma la pipa.

«Lo frequenti di nascosto? Se qualcuno lo scoprisse? Non hai paura?»

«Non vedo altra strada. L'unica volta che mio padre lo ha incrociato in istituto, mi ha guardata storto e mi ha fatto promettere che non gli avrei mai dato confidenza. Mi ha pure minacciato di non mandarmi più al lavoro. Al partito buono ci deve pensare lui, quando dice lui.» Il volto si rabbuia.

«Forse lo fa solo perché per te vuole il meglio.»

«Alberto è il meglio», dice Ida mentre superano due signore che procedono piano, rallentate dall'età.

Dopo un lungo silenzio Dora riprende. Nel tono nasconde una punta di imbarazzo: «C'è una cosa che vorrei chiederti da un po', da quando ho sentito i miei genitori che ne parlavano».

«Dimmi.»

«Perché devi lavorare? Per caso tuo padre ha problemi economici?»

«Ma no! Mi piace. Tra l'odore della carta, il profumo dell'inchiostro, attorniata da persone uniche al mondo», e le racconta come quell'impiego la stia trasformando. «E poi nessuno meglio di te sa che non sono portata per i lavori domestici.»

Dora scoppia a ridere. «È vero, ricordo ancora quando la professoressa di economia domestica ci ha chiesto di realizzare la sciarpa a strisce.»

«La mia era tutta storta. Finiva a punta.» Ida ride. «Ero sempre distratta dai libri che leggevo di nascosto sotto il banco. Quella volta ho perso per strada molte maglie.»

Le due ragazze iniziano a scendere la scalinata. Ida davanti, quasi saltella, e Dora dietro, più lenta.

Quando sono sotto, in piazza, Ida affonda le mani nello spruzzo della fontana della Barcaccia e beve un lungo sorso d'acqua. Non sa passare di lì senza farlo.

«Prova anche tu», sprona l'amica.

Ma Dora nega con la testa. «Non voglio. Mi bagnerei tutta.»

Ida le spruzza un po' d'acqua e l'altra scappa. Poi divertite proseguono fino alla gelateria Giolitti e ancora con un cono in mano ritornano indietro verso la basilica dei Santi Ambrogio e Carlo su via del Corso. Quando entrano in chiesa, si rendono conto che dall'altare maggiore il parroco sta già per distribuire il corpo di Cristo. Sono arrivate davvero in ritardo. Ma non se ne danno cruccio. Non Ida, almeno.

Al termine della funzione le due amiche si salutano.

«È stato bello vederti.» Per Ida lo è stato davvero, ma freme dal desiderio di scappare via e andare al suo prossimo appuntamento. Così riprende la strada di casa, ma appena Dora è fuori tiro svolta per un vicolo laterale, e torna indietro.

Alberto è già là, seduto su uno scalino della chiesa ad attenderla.

Ormai vicini buttano l'una le braccia al collo dell'altro. Lei aspira a lungo il suo dopobarba al sandalo e quando avverte le mani di lui scivolare sui suoi fianchi sente una strana ma piacevole agitazione farsi strada nel suo corpo.

Insieme camminano verso Villa Borghese. Ida, sollevata di non dovere ora più parlare di economia domestica e pretendenti presentati dai genitori, discute delle elezioni presidenziali che si sono appena svolte negli Stati Uniti.

Alberto è l'unico con cui lei possa farlo.

Per l'avvocato Clementi i giornali e la politica sono cose da uomini e quindi a lei precluse. Per questo al lavoro legge avidamente tutti i quotidiani che trova e, quando riesce, origlia i discorsi degli studenti e dei giovani fisici durante le pause.

Ha sete di capire.

Sono entrambi soddisfatti che il democratico Roosevelt abbia preso più del cinquantasette per cento dei voti, ma non sorpresi. Hoover, il presidente uscente, aveva sulle spalle il peso del crollo di Wall Street. Un fardello troppo grave per chiunque. Ma quello che li preoccupa davvero è il risultato delle elezioni parlamentari tedesche, poiché i nazionalsocialisti hanno raggiunto più del trentatré per cento delle preferenze.

«Rispetto a luglio Hitler ha perso però quattro punti percentuali», considera Ida.

«Lo vedi che sei portata per i numeri? E volevi fare la professoressa di lettere?» Alberto ride mostrando i suoi denti bianchi e perfettamente allineati.

Ida ha l'impressione che il suo cuore stia per scoppiare di gioia e sente una morsa allo stomaco. «Di necessità si fa virtù», ironizza quando si riprende.

Alberto torna serio. «La Germania è una vera polveriera. La depressione americana la sta trascinando economicamente a fondo e la situazione politica è instabile. E in molti, troppi, credono che Hitler sia l'unica possibilità per arginare il pericolo comunista e per ridare forza alla Germania. A proposito, sai che Ettore andrà a breve proprio in Germania?»

«Me l'ha detto. E tu sai che cosa ho scoperto ieri al lavoro? Che è stato lui a enunciare per primo la teoria sulle forze di scambio. Solo che non ha voluto pubblicare i risultati. Come già per il protone neutro. Raggiunge la soluzione in anticipo rispetto agli altri, ma si ferma sulla soglia per permettere a qualcun altro di precederlo nella stanza della scienza. Non comprendo come non se ne penta mai», mormora Ida.

«Pentirsi? Ettore? Credo lo faccia di proposito. Guarda sempre il mondo con quel suo fare e poi lascia cadere le solite battute ironiche.»

Il loro cammino si ferma.

Un camion militare e delle transenne.

«Che succede?» chiede Ida a un passante.

«A piazza Venezia c'è la sfilata dei reparti. Fra poco arriverà il duce», le rispondono. Intorno la folla sembra impazzita e lotta per passare nel varco concesso ai pedoni e avvicinarsi il più possibile al luogo della sfilata.

«Non arriveremo mai», si lamenta Ida.

«Non è importante arrivare, ma stare insieme.»

Ida gli prende la mano, istintivamente, e Alberto approfitta della folla per cingerle la vita con le braccia, poi la attira a sé, davanti a un portone rientrato. Con l'indice le accarezza piano una guancia e le dà un lungo bacio. «Visto che non possiamo più andare a Villa Borghese vieni a casa mia, è qui dietro.» Una luce di desiderio gli brilla negli occhi, mentre lei percepisce un insolito turbamento correrle lungo il corpo. Prova un senso di vertigine. Ha paura di cadere nel vuoto e al contempo un desiderio irrefrenabile di lanciarsi verso lo stesso vuoto che sente pericoloso e avvolgente.

All'imbrunire lascia la casa di Alberto. La manifestazione si è dispersa. Per strada poche persone. A terra davanti a lei un fazzoletto balilla e dei fiori. Evita di calpestarli. Sale veloce sul tram e mentre il mezzo corre lungo le strade della città, sente un piacevole torpore avvolgerla. La mente non riesce ad allontanarsi dal pensiero di ciò che ha fatto. Ma non è pentita.

Al contrario. Ora sente che li attende un futuro radioso.

Non importa di suo padre e di quello che dirà vedendola rincasare con tanto ritardo.

Non importa più della situazione politica.
Lei è felice.
Quando scende dal tram corre verso casa. Apre il portone, entra nell'ascensore di legno e giunta al piano, con le gote ancora accaldate, inserisce la chiave nella toppa. Quella chiave che le è costata settimane di litigi.
La porta si apre e lei è subito investita da un profumo intenso di cavolfiore affogato, misto a odore di camino.
Sente il rumore dei bicchieri di cristallo. La casa è addobbata a festa e nell'aria c'è una strana frenesia.
Dopo poco appare nell'atrio la domestica, vestita con la divisa nera e il grembiule bianco, che l'aiuta a sfilare il cappotto.
«Ancora qui?» La ragazza è meravigliata di vederla a quell'ora.
L'altra ha l'aria gentile, ma preoccupata. Appoggiato allo stipite della porta della sala da pranzo, nel suo completo grigio, Fabrizio la guarda in silenzio, sembra voglia metterla sull'avviso. «Mi sa che sei arrivata tardi», e alza un sopracciglio.
«Tardi? Per cosa?»
«Papà ha invitato un ospite a cena.»
Ida è ferma a osservare suo fratello. Ormai anche lui è diventato un uomo. Ma non ne comprende l'aria buia. «Un ospite?» chiede quando si riprende. «Ah, ora ricordo… Ma chi?»
«Un dottore, se ho capito bene.»
«Un dottore? Da solo… perché? Qualcuno sta male?» Ida è perplessa, ma la voce robusta di suo padre la riporta subito alla realtà. «Non è ora di tornare!»
«Papà, Roma era bloccata per la parata dei reparti fascisti. Quando sono uscita dalla chiesa…» afferma lei di getto e non conclude.
Lui sembra rabbonirsi: «Ho sentito della confusione. Sei fortunata che abbiamo ospiti. Ma ora muoviti, prima che facciamo brutta figura. Mi raccomando, pettinati che sei tutta in disordine. Cosa importante è. Viene a cena il dottor Braschi».

«E chi è?» Ora freme di impazienza.

«Un buon partito», taglia corto l'avvocato.

Ida ha l'impressione di essere stata colpita in faccia da un secchio d'acqua gelida. È turbata, ma ubbidisce in silenzio. Va in stanza e, dopo avere indossato un anonimo abito blu notte lungo fino al ginocchio ed essersi spazzolata i capelli, entra in sala da pranzo.

Il padre guarda il vestito con disapprovazione, poi alza le spalle e indica verso l'uomo che ha accanto. È alto e magro, con un papillon al collo. Avrà qualche anno più di lei. Non è brutto, ma neanche bello. Perché nessuno è bello come Alberto.

«Ed ecco la mia cara e assennata figliola.» Il padrone di casa la presenta.

«Onorato, signorina Clementi», risponde l'altro con tono formale: «Raffaele Braschi. Suo padre mi ha molto parlato di lei e io, se devo essere sincero, ho avuto il piacere di incrociarla già qualche volta, davanti allo studio dell'avvocato. Ma lei non si è mai accorta».

«Il dottor Braschi è un cardiologo. Indaga una branca molto complessa della medicina», interviene il padre.

Lei annuisce. Vorrebbe non comprendere la ragione di quella cena. Se non fosse per quello che le ha confidato Dora poche ore prima, forse non intuirebbe. Ma perché il padre le fa una cosa del genere senza averglielo neanche chiesto?

«Tento di indagare», risponde con garbo il dottore senza mai staccare gli occhi dal suo viso.

«Da quello che mi dicono riesce molto bene. Se pure ancora molto giovane sbaglia raramente una diagnosi.»

«Diciamo che il mio lavoro mi piace.»

«Oh, anche Ida è molto brava. Non solo al lavoro, ma anche nelle faccende di casa. Sua madre la elogia sempre. Insomma, una ragazza da sposare», conclude il padre.

Ida ha la sensazione che le giri la testa. Fortunatamente Fabrizio è vicino e, accortosi del suo pallore, la sostiene con affetto.

24.

Catania, giugno 1954

Flora è rimasta accanto a lei senza parlare, incuriosita dal suo lungo silenzio. Poi le prende la mano e la riporta alla realtà.

Ida sospira. Non capirà mai il modo di ragionare della cognata, ma tutto sommato quel pomeriggio parlare le ha fatto bene.

Sta per dirle qualcosa, quando la vede agitarsi. Flora le fa un cenno con gli occhi ad avvisarla che c'è qualcuno.

Una voce alle sue spalle.

«Ida.»

Chiude gli occhi e ha l'impressione che il cuore le stia per uscire dal petto. Si gira. Lui è lì, oltre la veranda, nel suo completo elegante con la camicia inamidata, il cappello fra le dita. È solo leggermente dimagrito.

«Raffaele. Buon pomeriggio.» Cerca di trovare la compostezza necessaria mentre lui entra in salotto. Teme che sia venuto per ricondurla a Torino.

Flora intanto, dopo avere salutato, si allontana e raggiunge a passo veloce Mara in cucina.

«Non ho sentito suonare», afferma Ida per spezzare il pesante imbarazzo.

«Il cancello era aperto. Non è stato necessario.»

«Prego, accomodati», e indica una poltrona, ma lui non si siede. Le si para invece davanti. «Ora mi spieghi perché fuggire così, perché dopo tanti anni non volermi neanche parlare. Farti negare al telefono per più di un mese?»

«Me lo chiedi? Dopo quello che hai fatto?»

«Ida, se c'è una persona che sa perché tutto questo è accaduto sei proprio tu.»

Lei inizia a giocare nervosamente con le tre fedi intrecciate. Quelle parole fanno centro. Le sembra che lui le legga nel pensiero e sappia sempre cosa dire. Ora comprende una delle ragioni per cui non gli ha voluto parlare. Voleva avere il tempo di odiarlo, prima che lui la convincesse a non farlo. Prima che lui come sempre condizionasse la sua volontà.

«Non avevo idea che tu avessi accettato di sposarmi pur detestandomi», confessa Raffaele. «Non immaginavo che a quel tempo tu fossi innamorata di un altro e che con lui avessi superato il limite. All'inizio credevo che fossi distratta per il tuo lavoro, e lo accettavo.»

Ida sospira. Era vero. Raffaele non le aveva mai impedito di lavorare. In quello era diverso da tutti i mariti che avesse mai conosciuto. All'inizio a Roma aveva accettato che lei continuasse a fare la bibliotecaria. Aveva anche preso le sue difese davanti a suo padre. L'aveva sostenuta, se non addirittura spronata, quando durante la guerra lei si era proposta come volontaria della Croce Rossa. E poi ancora quando era andata a lavorare a Torino nella biblioteca comunale, fino all'attività di mutuo soccorso femminile.

Il marito continua a parlare a ruota: «Pensa la mia sorpresa quando mi sono reso conto che non eri… non ero il tuo primo uomo», cambia il tiro, quasi che pronunciare la parola «vergine» sia peccato. «E peggio quando ho davvero intuito che non c'ero nella tua testa e nel tuo cuore. Ma pensavo ti passasse. Che servisse solo del tempo.»

Lei guarda a terra e gli confessa: «Ho sperato a lungo che un figlio potesse appianare tutto. Ma purtroppo…».

Raffaele si avvicina, con l'indice le alza il mento e la guarda a lungo negli occhi: «Anche io lo speravo. Quando a Torino mi hai chiesto se sono felice di avere un figlio da un'altra donna, non mi hai lasciato il tempo di spiegare che io ho sempre desiderato diventare padre, ma avevo sempre sperato che fossi tu la madre. Ti ho sposato con questo desiderio. Era tutto ciò che desideravo dalla mia vita».

Entrambi ricordano bene. Era iniziato tutto un freddo pomeriggio di gennaio del '36. Dopo due anni che provavano ad avere figli, Raffaele aveva preso un appuntamento da un famoso ginecologo romano. L'avrebbe accompagnata. Da medico ci teneva. Da marito e futuro padre anche.

Ma il responso non era stato per Raffaele quello che si aspettava. Lei non poteva avere figli. Né allora, né mai.

Abituata ai modi bruschi del padre, la sua reazione l'aveva stupita, riempiendola tuttavia di un dolore profondo. Raffaele non si era arrabbiato, non le aveva detto proprio nulla. Per diverse settimane era rimasto solo in silenzio. Triste.

Da quel giorno entrambi avevano cominciato a comportarsi in modo differente, ad allontanarsi, ad annegare il dispiacere in chiacchiere d'occasione e in seguito a dormire in stanze separate.

Si osservano a lungo. Gli occhi dell'uno ancora dentro quelli dell'altra. La ragione dell'infertilità di Ida è rimasta, per entrambi, un trauma sopito.

«Intendi che la colpa è mia?»

«Non sono qui per parlare di colpe, ma perché tu sappia che per me non è stato né bello, né facile. Solo che non mi bastava più. Ho sposato una donna diversa. Forte, testarda. Una donna che non sembrava avere paura. Che voleva lavorare. Che è stata accanto a uomini come Enrico Fermi ed Ettore Majorana. Ma poi sei cambiata. Da quando hai saputo che non potevi rimanere incinta, ti sei chiusa in un guscio. Combatto ogni giorno con la morte, credo per questo che fino a che si vive si abbia il diritto di farlo nel migliore dei modi e di non accontentarsi. Dovresti farlo anche tu. Dovresti chiederti perché ti sei persa e capire cosa vuoi davvero.»

Settimane a temere ritorsioni per la posizione privilegiata degli uomini all'interno del matrimonio e ora quelle dichiarazioni così autentiche e cariche di libertà.

«A quarantaquattro anni?» afferma timidamente.

«A ogni età, nei limiti di quello che essa consente.» Raffaele si siede e intreccia le dita: «Ci ho pensato a lungo e credo che il nostro matrimonio sia nato con un peccato originale: tu non volevi sposare me, ma un altro uomo. La mancata maternità ha fatto il resto». Una lunga pausa. «O forse dovrei dire la ragione della mancata maternità. Da quando ho saputo, anche in me si è rotto qualcosa.»

Lei fa istintivamente un passo indietro, ma lui la trattiene prendendole la mano: «Ida, questo non significa che non abbia vissuto con te momenti piacevoli e veri. Quelli ci sono stati, soprattutto, paradossalmente, durante la guerra. Quando il pericolo incombeva su tutti e spauriti ci domandavamo cosa ci sarebbe accaduto l'indomani, abbiamo dimenticato tutto quello che non andava, né sentivamo l'assenza di un figlio. Già era tanto sopravvivere. Non avevamo tempo per altro».

Ida respira a fondo e sente un crampo allo stomaco, così chiude gli occhi. Le sembra di avere le vertigini. Se pure le parole di Raffaele le fanno male, hanno anche il dono di svelarle del tutto la verità che lei aveva già intuito, ma che non sapeva ancora trovare la sua forma definitiva. D'istinto si volta verso la poltrona dalla fodera verde dove sedeva sempre il padre a fumare. Era vero, lei non lo avrebbe mai sposato se non glielo avessero imposto e non era stata abbastanza matura e forte da dirgli la verità prima di andare all'altare. Raffaele era stato il solo modo che lei avesse trovato per sfuggire al controllo opprimente e insopportabile del padre, nel periodo più buio della sua vita.

25.

Catania, giugno 1954

Ha chiuso la porta alle sue spalle ed è rimasta a lungo in silenzio. La madre e Flora le sono corse incontro per sapere. Ma lei non ha voluto dire niente. Non ha saputo dire nulla, perché la visita di Raffaele l'ha scossa nell'intimo. Così, sfinita, si è ritirata nella sua stanza ed è rimasta tutta la notte a occhi aperti a guardare il soffitto.

Ora, con l'arrivo della luce mattutina, sente la necessità di riordinare quel tumulto di sensazioni contrastanti che si agitano nel suo animo.

Così si mette in piedi ed esce.

Guida a lungo, e raggiunge la Playa.

Posteggia la macchina sotto una pineta e a piedi scalzi avanza nella sabbia impalpabile e bianca, ancora umida. Davanti a lei la distesa del mare turchese e in lontananza l'imponente sagoma dell'Etna che si staglia nel cielo rosa.

Prende un ramo spezzato, abbandonato sulla battigia, e inizia a camminare. Passo dopo passo, senza una meta.

In fondo già lo sapevo.

Traccia una lettera con la punta del ramo sulla sabbia.

Una grande R.

Raffaele.

Le sue parole, il giorno prima, sono state taglienti e dolorose. Eppure lei lo sa per essere stata a lungo la moglie di un chirurgo. Per guarire serve prima soffrire.

La verità può essere amara. E la verità è che lei non ama Raffaele come dovrebbe. Peggio. Non l'ha mai amato. Lui è stato per lungo tempo per lei solo un faro. Un faro a cui guardare quando si sentiva dispersa in mare sul punto di annegare. Era stato il suo rifugio, il suo porto sicuro. Da quando la relazione con Alberto era finita, lei si era aggrappata a lui e aveva smesso di lottare. Non era stato poco, ma non era stato abbastanza.

Ma c'era di peggio.

Il loro era un rapporto del non detto. Forse, con eccezione del pomeriggio prima, non erano mai stati pienamente sinceri l'uno con l'altra.

Parlando, ora lui l'ha affrancata. Le ha permesso di vedere oltre, dove la sua rabbia le impediva di guardare, di capire che il loro rapporto era costruito sulla sabbia. Sabbia sottile come quella sulla quale ora cammina. Non c'è da meravigliarsi quindi che dopo tante mareggiate, le fondamenta siano crollate.

Forse dovrei dire che finalmente sono crollate.

Perché se pur non avrebbe mai scelto di separarsi, è uscita da una relazione che era finta. Lei che finta non lo è mai stata.

Si china a raccogliere piccole conchiglie bianche striate di marrone, poi volge il viso al sole tiepido. Prima di rimettersi in cammino traccia un'altra lettera sulla rena.

Una A.

Alberto.

Era lì che si era persa. In un amore giovanile nel quale aveva creduto con tutta sé stessa, e che poi le aveva lasciato nel cuore solo macerie.

In lei si fa strada, prepotentemente, la voglia di risollevarsi. Di ritrovarsi.

Ma non sa come.

Un'altra lettera. Una I.

Ida.

Sente che per riappropriarsi della sua identità e della dignità deve ritornare al suo passato. Alla Ida che aveva fatto innamorare prima Alberto e poi Raffaele. A quello che era mentre lavorava in via Panisperna. Deve ricordare cosa le hanno insegnato quegli uomini di scienza, giorno dopo giorno, in silenzio, immersi nei loro studi, nella serietà con cui affrontavano l'invisibile agli occhi: la coerenza e il rispetto per sé stessi e per quello in cui si crede.

Il torpore che la avvolge da settimane lentamente si dissolve, come sciolto dal sole che la riscalda.

Ripensa alle parole di Giulia e alle sollecitazioni di Flora e traccia sulla sabbia un'ultima lettera.

Una E.

Ettore.

Perché Ettore?

Perché fra tutti è quello che ora più degli altri le fa da specchio. È l'esempio di chi, in un modo o nell'altro, è uscito dalla gabbia che lo opprimeva. Per genio o per follia, poco importa ormai. Anche lei a vent'anni è rimasta chiusa in una voliera e da allora non ha mai tentato neanche di aprire la serratura per tornare a volare.

26.

Racalmuto, giugno 1954

La corriera attraversa la campagna infuocata e Ida osserva in silenzio, cullata dagli scossoni della strada, le dune ingiallite, le ruote di fieno lasciate sui campi e le casupole con i tetti diroccati.

Più volte il veicolo è costretto a fermarsi, bloccato dalle greggi che ingombrano la strada.

Ida si rende conto di non avere voluto dire a Flora che sarebbe andata a Racalmuto, perché il suo passato è solo suo e non vuole condizionamenti esterni.

Sono sicura che si offenderà.

Assorta nei suoi pensieri quasi non si rende conto di essere giunta al paesino arabo arroccato sul promontorio e, quando la vettura si ferma, si accorge di essere l'unica a scendere lì. Si ritrova così al centro di una piazza assolata e deserta.

Smarrita guarda l'orologio.

È in terribile ritardo.

A breve le scuole chiuderanno.

Per proteggersi dalla calura estiva sfila il foulard dalla borsetta, se lo passa sopra i capelli e lo lega sotto il mento. Poi si mette in marcia lungo la strada di basole lisce guardando da lontano la sagoma del castello medievale Chiaramontano.

Man mano che si addentra per i vicoli nota che le case sono tutte basse con i muri di pietra chiara e le tegole di terracotta. Il fondo stradale cambia e quando svolta a destra scorge alcune signore, sedute sull'uscio e vestite di scuro.

Sono impegnate a pulire verdure. Un'anziana curva e con i capelli lunghi e bianchi, legati a *tuppo,* sistema i pomodori secchi sulla rastrelliera di legno. Si ferma a osservarla curiosa.

Si starà chiedendo cosa ci fa una signora con un elegante tailleur azzurro e i tacchi in giro per il paese.

Incurante delle occhiatacce, apre la pagina dello stradario che ha portato con sé per studiare il tragitto. Lascia viale della Vittoria e imbocca finalmente viale Generale Macaluso, accompagnata solo dal rumore dei tacchi che sbattono sulla strada acciottolata.

Dopo circa dieci minuti è davanti all'edificio basso e bianco della scuola. Alcune mamme sono lì a parlare e ad attendere.

Un sospiro di sollievo.

Si ripara sotto un albero alla ricerca di un po' d'ombra, quand'ecco che arriva il suono lungo e insistente, accompagnato da voci e urla di bambini che corrono da tutte le parti, con le cartelle di cartone colorato in spalla e i loro grembiulini neri con i colletti bianchi.

Quando sembra che più nessuno debba uscire, supera il cancello e si avvicina alle scale dell'edificio.

Lì un bidello ha afferrato una vecchia scopa e si appresta a pulire.

«Buongiorno», si presenta lei. «Cerco il maestro Sciascia.»

L'altro la squadra da capo a piedi, stupito, poi fa un cenno con la testa: «La seconda aula a sinistra».

Ida entra, percorre pochi metri del corridoio e si ferma. Alla sua sinistra la porta è aperta. Dentro un signore con le maniche della camicia chiara rimboccate, la faccia rotonda e l'aspetto gioviale intento a raccogliere dei fogli lasciati dai bambini sui lunghi banchi di legno scuro e a sistemare i calamai.

«Buongiorno, desidera?» chiede l'uomo quando la vede.

«Cerco il maestro Sciascia», dice nuovamente lei.

«E lo ha trovato. Sono io, Leonardo Sciascia. Prego si accomodi.»

Ida lascia scorrere lo sguardo per l'aula dalle pareti grigie e bianche. Davanti a lei una grande carta geografica della Sicilia. «Vede quanto è bella la nostra isola. Ce ne dovremmo prendere maggiore cura», dice l'altro.

Lei sorride e si presenta: «Sono Ida Clementi».

«È venuta a farmi visita per iscrivere suo figlio a scuola il prossimo anno?»

«Non ho figli», risponde lei. «Vengo da Catania per chiederle un'informazione.»

Sciascia socchiude gli occhi. «Da Catania? E cosa cerca di tanto importante?»

«Ettore Majorana.»

27.

Racalmuto, giugno 1954

«Ettore Majorana?» fa eco l'uomo, sorpreso. «E viene a cercarlo proprio a Racalmuto? Si sieda, prego.» Il maestro posiziona due sedie una di fronte all'altra.

«La ringrazio.»

«Che aria si respira a Catania? So che il porto ha ripreso a lavorare a pieno ritmo.»

«Sì, anche se in verità non so molto a proposito. Sono rientrata in Sicilia da poco. Fino a qualche settimana fa vivevo a Torino.»

«Non si è trovata bene al Nord?»

«Neanche male. A parte le nuvole e la pioggia. Ho vissuto più fuori che qui, e in tutti questi anni la cosa che mi è mancata di più sono i colori. Accesi, squillanti, saturi.»

«E i profumi, immagino.»

«Anche quelli, certo.»

«Ma ora mi dica di Majorana, anche se dubito di poterla aiutare.»

«Sono molto legata al ricordo di Ettore», e racconta di essere stata la bibliotecaria di via Panisperna.

«Allora forse è lei che può darmi qualche informazione.» Sciascia le sorride. «Se non le sembro inopportuno.»

«Ma no, chieda pure.»

«Ho un'idea che mi frulla qui», e si indica la tempia. «Così mi chiedevo quali fossero i rapporti con gli altri del gruppo.»

«Apparentemente cordiali. Ettore era più vicino ad Amaldi, anche per l'età. Più distaccato forse da Rasetti.»

Porta la mano al mento: «Però qualcosa doveva essere accaduto con Fermi. Nessuno me ne parlò mai apertamente, ma quando Heisenberg vinse il Nobel mi chiesero di mandare un telegramma di congratulazioni a nome di tutto il gruppo. Mi meravigliai che mancasse solo il nome di Ettore. Non lo avevano incluso. Lui si congratulò separatamente».

«Interessante. Altro?»

«Altro?... Ah, i colleghi lo chiamavano "il Grande Inquisitore", per il suo spirito ipercritico. Però a tutti erano assegnati soprannomi.»

Il ricordo le strappa un sorriso. Fermi era detto "il Papa", perché la massima autorità; Rasetti "il cardinale Vicario", per il suo ruolo accanto a Fermi; Segrè per lo spirito pungente era chiamato "il Basilisco" e Corbino "il Padre Eterno", perché senza di lui l'istituto non sarebbe stato mai creato. Anche a lei ne avevano dato uno, dopo tanto tempo lo aveva quasi dimenticato: "Jane". Come Jane Austen. Per la passione per la letteratura e per il suo desiderio di emancipazione delle donne.

Perché mi sono persa?

Si riprende: «Tra Papa e Inquisitore qualcosa di altro potrebbe essere accaduto. Perché suppongo che Ettore non fosse felice di essere stato mandato da Fermi all'università di Napoli. Sa, quando si presentò al concorso a cattedra e divenne poi professore, Napoli non era fra le sedi messe a bando. Fu un colpo di mano di Fermi. Però badi bene che questa è solo una mia supposizione. Chiamiamola una sensazione».

Sciascia alza il sopracciglio e annota qualcosa su un notes, poi le chiede: «Mi dica, ha mai avuto la sensazione che Majorana nell'ultimo periodo fosse in imbarazzo o infastidito per le scoperte della fisica? Magari preoccupato?».

«Perché lo chiede?»

«Ritengo che questa potrebbe essere la vera ragione della sua scomparsa.»

Ida si muove sulla sedia: «Era molto diverso, questo sì. Non credo di poterlo definire preoccupato, ma una volta mi ha confidato che la fisica stava sbagliando strada».

«Mi racconti.»
«Era il gennaio del 1934, io ero stata un anno in Sicilia. Ettore in Germania. L'ho visto sulla porta della biblioteca, in silenzio. Mi guardava come fossi un fantasma, con quei suoi occhi malinconici e profondi. Non so dire da quanto tempo fosse lì. Mi ha salutato con garbo, come sempre. Se devo essere sincera ero molto imbarazzata. A stupirmi era il suo aspetto. Aveva i capelli in disordine, lunghi per un uomo, ed era dimagrito molto.» Termina di parlare e guarda gli occhi vivaci come due spilli dell'uomo che ha davanti. «E lei invece, cosa sa dirmi?»
Sciascia si accarezza una guancia rotonda e liscia: «Cara signora, io purtroppo non posso darle risposte certe. Nessuno le ha, credo. La scomparsa di Majorana mi incuriosisce, certo, per il genio precoce che fu o che è. Peccato che ora sono distratto da altre idee. Progetti che pure riguardano la nostra Sicilia. Questa isola va salvata. Cosa può farlo se non la cultura?». Riprende: «Posso però condividere con lei l'idea che per ora mi sono fatto su questa faccenda».
Ida gli sorride.
«Permetta però che mi accenda prima una sigaretta.» Si alza, apre il cassetto, tira fuori un pacchetto di Nazionali e ne sfila via una. Poi dà fuoco a un cerino e aspira. Un'altra lunga boccata e torna a sedersi: «Come certo saprà, Majorana il 25 marzo del '38 ha scritto a Carrelli, il docente di fisica di Napoli con il quale lavorava, per annunciare la sua "decisione inevitabile". Nella lettera dice di essere consapevole che la sua scomparsa recherà noia in facoltà e chiede di essere ricordato almeno fino alle undici della sera. Da queste parole tutti hanno intuito che nutrisse l'intenzione di suicidarsi. Ora lei sa che il piroscafo salpa, puntuale, alle ventidue e trenta. Non penso che un uomo della sua intelligenza avrebbe mai ipotizzato di buttarsi in mare solo mezz'ora dopo la partenza. Rischiava di essere salvato, trovandosi ancora nel golfo di Napoli. E poi c'è una lettera ai familiari, nella quale chiede di non vestire di nero. O se proprio devono che lo indossino solo per tre giorni».

«Nessuno in verità pensa più che si sia tolto la vita la sera del viaggio da Napoli a Palermo.»

«Lo so bene. In Sicilia è certo arrivato. Ha alloggiato al Grand Hotel Sole e da lì sappiamo che il 26 marzo ha scritto una seconda lettera al collega di Napoli nella quale annunciava il rientro nella città partenopea. Ma molti credono che abbia perseguito il suo proposito la notte seguente, quella in cui è scomparso. Quando da Palermo rientrava con la nave a Napoli.»

«Lei no?»

Sciascia nega con la testa: «Il suicidio, intendiamoci, avrebbe certo potuto perpetrarlo quella notte o anche nei giorni seguenti, dopo il suo ritorno in Campania. Ma io non lo credo. E sa perché? Lui parla di *scomparsa*. Tutti hanno pensato a un eufemismo, che alludesse all'atto di togliersi la vita. Secondo me invece voleva dire proprio scomparire dalla circolazione, rendersi irreperibile. Non altro. Potrebbe addirittura avere regalato il suo biglietto di rientro a Napoli a qualcuno. Non sarebbe in tal caso mai salito sul piroscafo e questo spiegherebbe perché nessuno lo abbia mai visto sbarcare».

«Crede sia rimasto in Sicilia?»

«Per ora non credo, ma rifletto. Da quando Majorana è scomparso sono accadute molte cose. L'umanità andava verso il baratro senza prefigurarsi la gravità di quello che l'attendeva. Pensi solo alla distruzione causata dalle bombe atomiche su Nagasaki e Hiroshima. La scienza può talvolta essere vista come una catastrofe. Noi ci troviamo davanti a un genio che ha precorso i tempi, che ha capito la strada che stava per imboccare la fisica del nucleo, e quando molti, troppi, erano ancora ciechi, lui cieco non era. Così ritengo che, come un grande personaggio pirandelliano, abbia deciso di scappare dalla "trappola". Abbia voluto lasciare una vita che non sentiva più sua per trovare la sua vera dimensione. Una dimensione che io immagino religiosa.»

«Perché parla di dimensione religiosa? Pensa sia diventato un monaco o qualcosa del genere?»

«Per qualcosa che ho sentito. Ma prima di esprimermi, vorrei rifletterci ancora a lungo. L'idea mi ronza qui», e punta l'indice sulla fronte. «Appena avrò le idee chiare e una maggiore documentazione mi piacerebbe scriverci su. Magari un saggio.»[3]

[3] *La scomparsa di Majorana* di Leonardo Sciascia è stato pubblicato solo nel 1975. Qui si riprendono sue idee in un discorso liberamente romanzato.

28.

Catania, luglio 1954

Mara ancora dopo giorni dalla partenza di Raffaele attende che lei le spieghi cosa stia per accadere, e quale sia stata la ragione della visita del marito. Ora che la vede più serena, ha ripreso a sperare che tutto passi. Per questo Ida deve trovare al più presto le parole per dirle che così non è. Vuole però essere certa su cosa dire. Non sopporterebbe di essere ancora giudicata, né vuole addossare tutte le colpe su Raffaele. Ma soprattutto non si sente pronta a confessarle la gravidanza di Adele.

Flora invece è ancora offesa per non essere stata coinvolta nella gita a Racalmuto né nasconde un desiderio ansioso che lei ritorni a Torino dal marito. Non perché Raffaele le sia particolarmente simpatico, ma perché è terrorizzata da cosa dirà la gente in città. Non vede l'ora di togliere la famiglia Clementi dall'imbarazzo. Dall'imbarazzo del disonore che si scatenerebbe appena la notizia diventasse pubblica.

Ida si addentra pensierosa tra gli alberi ricolmi di piccoli agrumi verdi, tocca le foglie, le schiaccia e lascia che le mani le si impregnino dell'odore acre. Inizia a riflette sulle parole di Leonardo Sciascia. Deve ammettere che quell'uomo pacato e carismatico l'ha molto colpita. Più volte, da quando la settimana prima è rientrata da Racalmuto, si è domandata come mai lei non gli abbia confidato delle sorelle Cometta Manzoni. Forse perché davanti ai suoi pensieri profondi le era sembrato solo di dare eccessiva rilevanza a un pettegolezzo femminile. Non sa darsi una risposta, ma sente che vuole scoprire di più.

L'idea del convento, di un uomo che si è reso conto del male del mondo e non vuole contribuire al peggio, l'affascina. Le mostra Ettore sotto una nuova luce. Quella di un eroe moderno.

Eppure, se Ettore è in un convento, la sua ricerca di Alberto termina qua.

Non ha alcun indizio che possa condurla a lui. A Roma nessuno le ha saputo dare informazioni. La madre di Alberto? Non saprebbe più dove rintracciarla, sempre che sia ancora viva.

Per Ettore è diverso. La sua scomparsa è stata messa sotto la luce dei riflettori.

È tanto decisa a scoprire anche un solo nuovo indizio che senza pensarci troppo supera la buganvillea fucsia carica di grappoli di fiori, rientra alla villa e, dopo avere lasciato un biglietto alla madre, a quell'ora al mercato con Alfio, prende le chiavi della Fiat Cinquecento che sono sul tavolo d'ingresso ed esce.

L'abitacolo è rovente, ma si rassegna. Ormai ha deciso di tentare.

Mette in moto la piccola utilitaria dalle forme arrotondate, abbassa i finestrini e si dirige verso la città.

Supera il lungomare. In piazza Galatea scala la marcia e imbocca la lunga via Umberto costeggiata dalle eleganti abitazioni ottocentesche. Lì posteggia e prosegue a piedi sul marciapiede deserto. A ogni passo ha l'impressione che il vestito di cotone le si appiccichi addosso. Ma non saranno il caldo umido e il sole che picchia violento sulla pelle a fermarla.

Finalmente raggiunge via Etnea, con i suoi basolati lucidi di pietra lavica. Davanti a lei l'alta statua di Garibaldi, a sinistra l'ingresso della Villa Bellini e qualche metro più su il palazzo dei Majorana. Un edificio di tre piani giallo scuro con i bugnati bianchi.

Alza la testa e abbassa gli occhiali da sole con l'indice fino alla punta del naso. Con disappunto vede che tutte le imposte sono chiuse.

Senza molte aspettative suona alla campana posta accanto al grande portone di legno.

Silenzio.
Riprova.
Alla fine si rassegna e si guarda intorno delusa.
Torna sui suoi passi fino alla vicina pasticceria. Un odore intenso di zucchero si spande per la via e la raggiunge, tentandola a entrare nel locale. Supera l'uscio. Intorno marmi bianchi e stucchi elaborati sulle volte arcuate. Un grande lampadario ricco di cristalli appeso al soffitto. Rimane imbambolata davanti alle vetrine. Prima pizzette e arancini, poi dolci di tutte le forme e dall'aspetto invitante. Fissa i grandi cannoli di ricotta con la granella di pistacchio ricoperti di polvere bianca. Sta per chiederne uno. Poi scuote la testa. Non è la stagione adatta per la ricotta, così opta per un gelato, fragola e cioccolato.
Paga e con la cialda in mano attraversa la strada. Varca il grande cancello della Villa comunale e percorre i sentieri sterrati alla ricerca di un po' di frescura. Quando nel viale delle statue vede una panchina all'ombra, si siede.
Mentre assapora il dolce, apre la mano sinistra e guarda ancora una volta il suo anello con le tre fedi intrecciate.
Il passato ritorna presente e Ida si ritrova a Roma, seduta sul bordo della vasca di una fontana.
Il cielo è grigio e presto dovrà tornare in Sicilia. Il suo cuore è colmo di tristezza. La parte più difficile è ferire Alberto.

29.

Roma, dicembre 1932

Camminano mano nella mano nei giardini del Quirinale. Davanti alla grande fontana rialzata, nel silenzio del luogo, rotto solo dal rumore dell'acqua che sgorga per ricadere su sé stessa, Ida si ferma. Si siede sul bordo arrotondato e, attratta da una foglia, mette un dito nell'acqua fredda e verde. Alza lo sguardo e, dopo avere soffiato il naso, stretta nel cappotto di panno grigio, ripone il fazzoletto di stoffa con le iniziali ricamate nella borsetta. Poi sistema una ciocca di capelli dietro alle orecchie.

Lentamente.

Ha bisogno di tempo per trovare le parole.

Alberto la osserva perplesso e le si siede accanto.

«Sai che ho cominciato a studiare le lingue straniere? In istituto mi sembra di essere l'unica che parla solo l'italiano.» Tante volte ha ripassato le parole da dire, ma ora sembrano essersi volatilizzate.

Un'altra foglia cade nella vasca.

Nervosa cambia argomento. «Credi che Hitler diventerà cancelliere?»

«Certo. Hindenburg non ha altra scelta che nominarlo. Temo che a molti tedeschi manchi ancora la capacità di comprendere la natura più profonda del nazismo.»

Coglie lo stupore di Alberto davanti ai suoi modi stranamente distaccati e tuttavia continua a parlare di politica: «E Mussolini?».

«Per noi italiani non credo ci sia da preoccuparsi.» Le dà una lenta carezza sulla guancia, preoccupato. Poi infila una mano nella tasca del cappotto. Tira fuori un pacchetto. «Il mio regalo di Natale. Non avrò altra occasione. Certo non posso bussare a casa tua con tuo padre che non può vedermi.»

Ida, colta di sorpresa, spalanca gli occhi e prende l'elegante pacchetto bianco decorato da un bel fiocco di raso rosso scuro. «Ma non dovevi.»

È turbata.

«Sono mesi che ci penso, da quando dovevamo andare alla Casina delle rose», e le dà un leggero bacio sulle labbra.

Lei scarta veloce e solleva il coperchio della scatola. Dentro un anello. Sono tre fedi intrecciate. Una di oro bianco, una di oro rosa e una di oro giallo. Tenta di dividerle.

«Non si possono separare. Cartier le ha disegnate così per questo. Amore, amicizia e fedeltà per sempre unite. Si chiama Trinity», spiega lui.

Ida apre la mano e la allontana per osservare meglio. «Mi calza a pennello. Come hai fatto?»

«Ho studiato le tue bellissime dita», dice Alberto mentre la bacia ancora.

Lei ha la sensazione di essersi trasformata in una farfalla. Ogni sua paura vola via. Non ha mai pensato di potere essere così felice, appagata, emozionata.

Poi un cruccio. «Ma come hai fatto? Varrà una fortuna. Non dovevi.»

«Ricordi che mettevo da parte i soldi per comprare una macchina? Quella può aspettare, questo no.»

Un bacio. Lungo, dolce, intenso.

Quando lei si riprende, l'amara realtà è lì ad attenderla.

Sente che deve farlo. Non può rimandare. Così trattiene il respiro e sbotta: «C'è una cosa che non vorrei, ma che devo dirti».

Sono giorni che glielo nasconde. Sebbene in biblioteca abbia già raccolto tutti i suoi effetti personali e abbia comunicato sia a Orso Mario Corbino sia a Fermi la sua prossima partenza, non è ancora riuscita a dirglielo. Ogni volta che ha tentato le parole le sono rimaste serrate in gola.

Alberto la guarda preoccupato.

«Purtroppo devo tornare in Sicilia», butta fuori tutto di un fiato. «Mio padre ha deciso di tornare a Catania.»

«Ma... se vuoi ci parlo io. Oggi stesso.» La disperazione sul suo volto.

«Ora non è un buon momento.»

«Perché? Sono trascorsi ormai tre anni. Cosa dobbiamo ancora attendere?»

Come fa a spiegare ad Alberto che suo padre vuole farla sposare con Raffaele Braschi?

«Perché non è un buon momento. Ti basti sapere questo.» Il tono è involontariamente duro per la tensione accumulata nelle ultime settimane.

«Ti prego, lascia che lo faccia.»

«Alberto, ho detto no!»

«Ci hai ripensato? Per questo?»

«Non ci ho ripensato. Altrimenti non avrei preso questo», dice piano e indica l'anello. «Devi avere fiducia in me.»

Alberto la guarda negli occhi, intensamente. Lei deglutisce. «Ti scriverò ogni giorno. Appena capirò che è arrivato il momento, verrai in Sicilia. E parlerai finalmente con mio padre. È una promessa. Ma prima devo sistemare alcune cose.»

Lui annuisce, il volto scuro, le spalle un poco curve: «Cosa c'è che non mi vuoi dire? C'entra quel dottore che ti ronza intorno e che viene sempre più spesso a prenderti con la sua macchina nera, vero?». Poi, come se si stesse riprendendo da un brutto sogno, sospira, mette una mano nella tasca del cappotto blu e tira fuori un pacchetto di sigarette. Ne prende una, se la rigira fra le mani e l'accende.

«Nulla. Non c'è nulla.» Ida lo osserva aspirare lentamente il fumo, come fa quando vuole ritrovare la calma. Per rasserenarlo gli accarezza il volto e gli dà un bacio sulle labbra, senza sapere che sarebbe stato il loro ultimo bacio e che lei davvero sarebbe diventata la signora Braschi.

30.

Catania, primi di luglio 1954

E ora? si chiede mentre osserva il lungo viale con le statue degli uomini illustri di Catania. Rientrare a casa così presto significa trovarsi sulla linea di fuoco della madre.

Per ingannare il tempo esce dall'ingresso superiore della villa e imbocca via Santa Maddalena fino alla fine, poi gira a destra e percorre tutta la strada fino alla chiesa di San Nicolò l'Arena, in piazza Dante.

Le è sempre piaciuto quell'angolo di Catania, la vecchia acropoli della città antica, occupata dal monumentale monastero dei benedettini , con i bugnati chiari che spiccano sulla facciata del colore della cenere e con le sue inquietanti maschere barocche di pietra bianca scolpite a decorare i balconi. Fa un lungo giro, poi ridiscende per la ripida via di Sangiuliano, diretta verso la macchina. All'altezza del mercato di piazza Carlo Alberto i piedi costretti nelle scarpe con il tacco cominciano a farle male, ma non può fare altro che proseguire, e così dopo un quarto d'ora è di nuovo davanti alla statua di Garibaldi e al palazzo Majorana.

In quel tratto di strada non c'è in quel momento anima viva. Solo un cane randagio che fruga nella spazzatura.

Sta per andare via, ma il suo sguardo è attratto da una finestra. È accostata.

Il cuore comincia a batterle forte. Qualcuno è rientrato.

Suona la campana. E attende.

Dopo alcuni minuti si affaccia dal portone una signora bassina con la faccia rotonda e i capelli bianchi. La osserva.

Ida si presenta. Ma l'altra attende di sapere cosa voglia. Le braccia incrociate.

«Desideravo parlare con la signora Majorana.»

La governante alza il mento. «Non c'è nessuno. A Roma sono. E poi in villeggiatura. Forse tornano a settembre, per qualche settimana.»

Ida allora le spiega.

«Ettore?» Gli occhi della donna diventano duri. «E che vuole ancora? Tutti a chiedere», taglia corto.

«Sono la bibliotecaria di via Panisperna e...»

Non ha finito di parlare che la donna cambia espressione. Ora il viso si apre in un sorriso cordiale. «La signorina Clementi! Ma che bello conoscerla. Il signore mi parlò di lei.»

«Di me?»

«Sì. Di lei proprio e del suo amico, come si chiamava?»

«Alberto? Alberto Guarneri?»

«Credo lui.»

«Cosa le confidò?»

«Che anche lei era di Catania e che gli piaceva molto parlare con lei di letteratura. Quante belle parole spese. Una cosa insolita per lui. Poi una volta lo sentii mentre discuteva con il fratello. Era seccato. Diceva che lei era una bella persona, ma era contrariato che si stesse per sposare con quel dottore di Roma. Era molto dispiaciuto per il suo amico, il signor Alberto.»

«In che senso?»

L'altra porta la mano al mento. «Senta, non ricordo altro. Sono passati tanti anni e *sugnu* vecchia.» Si ferma però a riflettere. «Però ricordo che me lo disse che era tornato da poco dalla Germania.»

«Nel '33?»

«Sì, perché era più cupo e silenzioso. Se solo avessimo compreso per tempo...»

Ida si morde il labbro inferiore: «Pensa quindi che si sia tolto la vita?».

La governante alza il mento e schiocca la lingua sul palato.

«Cosa intende?»

La donna guarda prima a destra, poi a sinistra, infine la

tira dentro per un braccio. «Io non *dissi nenti.*» Gli occhi appuntiti come due spilli, fissi nei suoi.

«Qualsiasi cosa lei mi dicesse, io avrei già dimenticato.»

«Ho sentito...» riprende, «...una volta ho sentito che Ettore era stato visto al convento di San Pasquale di Portici. Era andato per chiedere di essere ammesso. Ma quelli non lo hanno accolto. *A mia 'sta* cosa puzza. Perché un bravo cristiano come Ettore non doveva essere accettato in un convento? Per me non era lui. Ma questa è la mia opinione, stia attenta.»

«Pensa lo abbiano confuso con qualcun altro? Ma allora perché è sicura che sia vivo?» Ida rimane spiazzata dell'atteggiamento della donna. Ha l'impressione che voglia parlare, ma che al contempo tema di dire troppo. Decide di attendere con pazienza e per metterla a suo agio si limita a sorriderle.

«Per l'infermiera. A quella io ci credo», sbotta dopo un poco la governante.

Ida la guarda confusa: «Chi è l'infermiera?».

«A Napoli aveva trovato alloggio all'albergo Bologna grazie a un'infermiera. Lo sa che alla fine non stava tanto bene per la gastrite. Solo pasta in bianco ci potevo fare quando veniva a Catania. Insomma, questa ha raccontato di averlo visto nella sua città qualche settimana dopo la notizia della scomparsa.»

Una lunga pausa di riflessione, mentre le due donne si guardano negli occhi. Ida riprende cauta: «Ho letto da qualche parte che aveva anche dei soldi con sé».

«Curiosa è lei. Comunque è vero. Due o tre stipendi e dei soldi che si fece mandare dal fratello o dalla madre, non ricordo bene, ma sono certa che prima di sparire prosciugò tutto quello che poteva. Sul momento si pensava che stesse cercando casa.»

Ida è soddisfatta. Ogni reticenza della donna è crollata e lei ha trovato un altro indizio che lascia sperare che Ettore non si sia tolto la vita: chi pensa ai soldi se vuole suicidarsi?

La governante riprende: «A Napoli ci arrivò vivo. Ma noi non ci siamo conosciute».

Ida annuisce: «Avrei un'ultima domanda. In questi anni non si è mai fatto sentire?».

L'anziana prima alza il mento, dopo scuote la testa: «Mai!».

La porta si richiude alle sue spalle e Ida raggiunge la macchina.

Perché Ettore era dispiaciuto per Alberto e non per me? Probabilmente perché credeva che fossi felice di sposarmi.

In effetti non ne avevano mai parlato. Lui era in Germania, lei in Sicilia. E quando lui era rientrato a Roma non era più lo stesso amico che aveva visto partire.

Forse era solo dispiaciuto per come Alberto si era comportato con lei.

Ma allora perché essere contrariato dal mio matrimonio?

Qualcosa non tornava. O forse la governante dopo tanto tempo ricordava male.

Mentre pensa, Ida alza lo sguardo verso il cielo azzurro, poi si ferma di colpo, fissa il portone di un edificio e si ritrova a ricordare il dramma da lei vissuto, non lontano da quel palazzo, proprio nel 1933.

31.

Catania, gennaio 1933

L'Etna è innevata. Ma per quanto bella, è la prima volta in vita sua che trova il vulcano noioso. È in Sicilia da quasi un mese e si sente già perduta. Rientrare a Catania non ha significato soltanto passare le sue giornate senza la gioia di quel lavoro che tanto le manca, tra persone uniche al mondo, senza un'amica come Dora, ma anche e soprattutto non vedere più Alberto.

Fabrizio le è stato di poco aiuto, ricurvo sui libri di procedura penale. All'inizio lei, per distrarsi e per affetto nei suoi confronti, ha trascorso i pomeriggi con lui a farlo ripetere. Ma negli ultimi giorni il fratello ha conosciuto una ragazza appena diciottenne con i capelli biondi, le lentiggini e il vitino da vespa, Flora Lo Jacono. Sembra avere la testa fra le nuvole e vuole stare sempre da solo, così Ida ha perduto anche quel monotono diversivo.

Neanche sua madre riesce a rincuorarla. Passa le sue giornate in silenzio, svuotando le scatole del trasloco e nelle pause lavora a maglia o cucina senza tregua, quasi la famiglia sia un esercito da sfamare. Solo ogni tanto si ferma dalle sue faccende per guardarla o darle una carezza.

Ida l'aiuta volentieri a sistemare. Le piace mettere a posto ogni cosa, soprattutto i libri.

Quel pomeriggio è stata tentata di parlarle, per confidarle che da qualche giorno si sente spossata, priva di energie e che ha sempre sonno. Ma qualcosa la ferma. Teme di doverle confessare anche del suo tormento per il silenzio di Alberto. E lei di Alberto a casa non ne ha mai parlato apertamente, per paura del padre.

Alberto.

Quando lo aveva salutato, aveva creduto che la separazione sarebbe stata quanto meno sopportabile e temporanea, ma ora che lui è sparito si sente impazzire. Gli ha scritto ogni giorno, più volte al giorno, tenendo nascosto il suo anello nella tasca della gonna, per toccarlo non appena si sente dimenticata. Ma non ha ricevuto ancora nessuna risposta.

Ha paura che dopo l'ultimo loro incontro lui si sia offeso. Ricorda ancora la sua espressione delusa. Come se non bastasse, ad acuire il suo tormento è il ricordo dello sguardo di Alberto nel vedere, dopo il loro saluto, la grande macchina nera di Raffaele posteggiata davanti al cancello di via Panisperna. E dire che erano trascorsi solo pochi minuti da quando, dopo avere ricevuto l'anello, lei lo aveva rassicurato.

Che abbia cambiato idea per questo?

Il solo pensiero per lei è una lama nel cuore. Lo allontana. Non può dubitare di lui, di quello che li ha legati. Le aveva proposto lui di andare dal padre a chiedere la sua mano. E già si pente di essere stata tanto cauta.

Intanto il padre continua a spingerla tra le braccia di Braschi. Il dottore, diversamente da Alberto, bisogna dargliene atto, le scrive quasi ogni giorno e sempre con toni gentili.

Ida ha scoperto in lui un uomo di grande cultura. Un medico che lavora molto, amante della letteratura contemporanea e con dei modi sempre garbati.

Ma non è quello il punto.

Il punto è che Braschi non è Alberto.

Il punto è che lei non sopporta l'idea che qualcun altro la sfiori.

Ha nella sua testa un pensiero dominante: Alberto. Il suo amore.

Ma perché non si fa vivo?

Un incidente? Scarta subito l'idea. Anche se l'unica persona che lo conosce bene e potrebbe informarla di una tale disgrazia, Ettore Majorana, è a Lipsia.

Assorta nei suoi pensieri si ritira con l'ultimo cartone rimasto dal trasloco nella sua stanza, per riordinare gli indumenti ancora impilati all'interno.

Poggia la scatola su una sedia, la apre e tira fuori la biancheria intima. Il suo sguardo cade sulle pezze che tiene ben conservate e ripiegate per i giorni del ciclo e di colpo sgrana gli occhi. È stata tanto concentrata sul trasloco e sul dolore della separazione che ha perduto il conto dei giorni.

Sente il respiro spezzarsi e si dirige verso lo scrittoio, apre l'agenda e torna indietro nel tempo. Cerca di ricordare. Ma le settimane si sovrappongono e la confusione fa il resto. Alla fine si siede sul letto con l'agenda fra le mani. Di una cosa è certa. È trascorso troppo tempo dall'ultima volta.

Socchiude gli occhi disorientata. Ma non sa che fare. Forse non è grave come teme. Forse è solo colpa della sua stanchezza.

Decide così di mantenere la calma ed essere fiduciosa. In fondo non le rimane altra strada che attendere e sperare.

Dopo qualche giorno la città è in festa, in attesa dell'uscita del fercolo di Sant'Agata dalla cattedrale.

Quando il pendolo suona due lunghi colpi, Ida e Fabrizio si affacciano al balcone, incuriositi dal passaggio delle candelore trasportate in spalla per le vie del centro. Dalla strada sale l'odore dolciastro dello zucchero filato misto a quello del torrone appena abbrustolito e arrivano chiare le voci dei devoti che sfilano con i camici bianchi e i berretti neri. Sulle spalle i grandi ceri che la sera accenderanno alla santa.

«Allora, come va?» chiede lei.

«Con lo studio a rilento. Ma nel complesso sono felice.» Una pausa che ha la durata di un respiro: «Non dire però a mamma e a nostro padre che ti ho confidato di Flora. Voglio essere cauto. Quando sarà il momento non lascerò a nessuno il tempo di intromettersi. Ho già ventun anni e presto mi laureerò. Dopo, se il mio sentimento e la stima per lei non scemeranno, mi limiterò a comunicare che chiederò la sua mano».

«Mi sembra un buon piano. Ma stai sereno, sono sicura che Flora riceverà l'approvazione di tutti. Per il resto puoi fidarti ciecamente di me. Non lo direi mai.»

«E tu? Negli ultimi giorni sembri particolarmente pensierosa.»

«È vero, sono molto preoccupata perché non mi sento bene. Ho un brutto presentimento...» Ma non riesce a concludere. Fabrizio è pur sempre un uomo e certo non può confidargli le sue paure. Così gli sorride e cambia tono: «Vorrei anche io potere decidere della mia vita come fai tu».

«Sei preoccupata per il dottor Braschi? L'ho capito che proprio non ti piace.»

«Infatti. Ma non è per lui.»

«Se è per il lavoro in biblioteca non ti crucciare. Troverai altro che ti piace. Ce la fai sempre.»

«Non è neanche via Panisperna.»

«E per cosa, allora? Posso fare qualcosa per aiutarti?»

«Starmi vicino. Sento di averne tanto bisogno.» Gli prende la mano e per la prima volta dopo anni gli confida del suo amore lasciato a Roma.

«E perché me lo dici solo ora?»

Ida non risponde e quando scompare l'ultimo gruppo di devoti, fratello e sorella rientrano in casa.

Dopo poco si ritrovano tutti e quattro intorno al tavolo con la tovaglia a fiori.

Ida siede al suo posto. Davanti Fabrizio, a destra la madre, a sinistra il padre.

«Non ho fame.»

«Ida, non iniziare.» La voce del padre la riprende. «Sono giorni che quasi non tocchi cibo. Sei pallida. Nessuno vuole una donna sciupata.»

«Papà», interviene Fabrizio. «Ida è una delle ragazze più belle di Catania. Con quegli occhi neri e quel bel sorriso», e la guarda con affetto. «Perché quando vuoi hai un bellissimo sorriso, lo sai, vero?»

Lei lo ringrazia con un semplice sguardo, ma intanto la mano le trema perché se pure non tocca quasi più cibo da giorni ha l'impressione che le gonne non le si chiudano più in vita e che il seno le stia per scoppiare. Si sente sola e disorientata.

«Fabrizio, non ho detto questo», considera intanto il padre. «Dico solo che deve apparire più...» Non completa la frase.

Nessuno osa chiedere, e lui dopo poco trova la parola: «Florida. Deve apparire più florida».

La madre scuote la testa e in silenzio le serve gli spaghetti con le cozze.

Una forchettata.

La pasta ha proprio uno strano sapore. Forte e metallico. Sono le cozze. O è il prezzemolo? O l'aglio?

Riprova.

Un conato di nausea. Intenso.

L'ultima sua incertezza lascia posto alla consapevolezza.

Sfiora i capezzoli doloranti. Pensa a quello che ha letto sull'enciclopedia dopo avere baciato la prima volta Alberto, alle confidenze scambiate con Dora, alle frasi dette e non dette da sua madre.

Rimane paralizzata dalla vergogna.

Fabrizio alza la testa e la osserva preoccupato, in attesa. «Ida, che c'è?» chiede poi.

Lei si porta le mani al volto e inizia a piangere: «Forse...». Si corregge: «Credo... credo di essere incinta», mormora.

Un bicchiere cade per terra.

Un urlo si alza forte, mentre una parola, «svergognata», riecheggia su per la volta della stanza.

Una mano si abbatte sulla sua guancia.

Un secondo colpo sta per giungere.

Ida porta le braccia davanti al volto.

Ma lo schiaffo non arriva. Fabrizio è accorso a fermare il padre.

32.

Catania, primi di luglio 1954

La Fiat Cinquecento Topolino corre a tutto gas sulla strada del lungomare alto e roccioso.

Perché Ettore era dispiaciuto per Alberto?

La domanda non trova risposte, ma le si ripresenta insistente.

Intanto supera Ognina con il suo piccolo golfo e la garitta spagnola costruita con blocchi di pietra lavica. In lontananza, in mare, qualche motoscafo Riva. In piazza Mancini Battaglia Ida lascia che lo sguardo vaghi verso il lido Porto Ulisse, con le passerelle di legno dipinte di bianco e celeste. Sotto gli ombrelloni a strisce vede delle donne con le cuffie colorate e i costumi interi neri che lasciano scoperte gran parte delle gambe.

Sorride.

Quando ero giovane tutto questo sarebbe stato impensabile.

Sente che il mondo sta cambiando e spera che presto ogni donna potrà essere libera di scegliere. In fondo da quando lei era ragazza – una ragazza che non poteva neanche diventare docente di lettere – il mondo ha fatto passi importanti. Ricorda bene il senso di orgoglio provato il 2 giugno del 1946 mentre varcava per la prima volta la soglia del seggio elettorale. Con il suo voto aveva contribuito a porre le basi della Repubblica. Quanto aveva gioito nel leggere la frase «Tutti i cittadini hanno pari dignità sociale e sono eguali davanti alla legge, senza distinzione di sesso». Poche parole della Costituzione che sancivano l'uguaglianza fra uomini e donne. O almeno avrebbero dovuto, perché a mancare ancora, lei lo avverte ogni giorno, è l'idea stessa della parità.

Ma anche questo cambierà. Sì, anche questo prima o poi migliorerà.

Arriverà il giorno in cui anche noi saremo libere di decidere cosa fare, quando e con chi.

Dopo una veloce corsa verso i paesi etnei arriva finalmente a casa; non appena nota che Amore è chiuso nel recinto, comprende che c'è Flora. Ma con sua sorpresa, in terrazza, all'ombra del pergolato, vede anche Fabrizio.

«Sono quasi le due.» Mara la accoglie con fare concitato. «Aspettavamo solo te. La pasta è in forno. Con le melanzane fritte e la ricotta salata come piace a Fabrizio. I pomodori per la salsa dalla zona di Pachino me li sono fatti mandare. E visto che erano tanti, ho cucinato pure le polpette al sugo. Per contorno solo una caponatina e una bella frittata di cipolle di Tropea. Per finire i pasticcini alla crema che ha comprato Flora.»

«Mamma, ma è troppo! E poi ho già mangiato un gelato.»

«Chi, tu?» E fa un gesto con la mano. Poi riprende: «Comunque non è mai troppo per i figli». E conclude: «Ora *assettati*».

Ida siede senza replicare e riempie il bicchiere di limonata.

Alla fine del pranzo, Mara si rivolge alla nuora, impaziente. «Dagliela tu.»

«Darmi cosa?»

Flora si alza e quando ritorna poggia qualcosa sul tavolo. È una busta. «È arrivata questa mattina. È di Giulia Berni.»

«Aprila, siamo curiosi.» La madre la sprona.

«Per questo avevi fretta di mangiare?» scherza lei. Poi prende la lettera fra le dita e la rigira. «Se siamo fortunati c'è l'indirizzo delle sorelle Cometta Manzoni. Speriamo che Giulia sia riuscita a rintracciarle.» Con l'aiuto di un coltello taglia il lato lungo della busta e sfila il foglio.

Mara allunga il collo, sembra contrariata che la cataratta non le consenta più di mettere a fuoco.

Ida legge. L'espressione è indecifrabile. Alla fine posa la lettera sul tavolo.

«Che fu? Lo trovò?»

«Sì. Ho l'indirizzo delle due signore. Ma Giulia ha fatto molto di più.»

«Non ho capito.» Flora è confusa.

«Ha telefonato a dei suoi ex colleghi di fisica conosciuti alla Sorbona che lavorano ora in Sud America. C'è un professore cileno di fisica, un certo Carlos Rivera, che sostiene di avere conosciuto qualcuno che ha visto Ettore a Buenos Aires, quattro anni fa.[4] Purtroppo però non ha un suo recapito.»

«È dunque stato visto più volte in Argentina.» Fabrizio sembra risorto dai suoi pensieri e guarda la sorella con i suoi occhi scuri che anche nei momenti più belli non riescono a liberarsi dal velo di tristezza che da sempre li offusca.

«Sì.»

Mara tira un sospiro di sollievo. «Ora che sai che vive dall'altra parte del mondo finalmente sarai felice. Di più non serve. Lo dicevo, il *caruso* va lasciato in pace. Una scelta ha fatto», e bacia soddisfatta il crocifisso alla collana.

«Mamma», ride Ida. «Il *caruso* ormai ha la mia età. E rispetto la sua scelta, ma forse non è lui che cerco.»

Una ruga sulla fronte di Mara. «E cosa cerchi?»

È Fabrizio a parlare: «Mamma, non lo hai ancora capito? Ida cerca Alberto. Ora come allora».

[4] La notizia della presenza di Majorana in Argentina è del giornalista Gino Gullace, corrispondente da New York della rivista «Oggi», ed è stata pubblicata il 14 ottobre 1978. Per una ricostruzione documentata cfr. E. Recami, *Il caso Majorana*, p. 109 e ss. Qui l'episodio è liberamente romanzato e anticipato di molti anni.

33.

Catania, primi di luglio 1954

«Alberto?» La domanda di Mara rimane sospesa nell'aria. La donna si siede. Le rughe del viso sono tirate. «Ida, è per questo che hai lasciato Raffaele? Ancora per questo signore? Tuo padre aveva i suoi modi, ma tu non sei mai stata una *carusa* facile. Tutti quei grilli per la testa, il lavoro, i geni di cui parlavi sempre, l'Europa, le donne che facevano ricerca, Irène Curie e quell'altra, Lise Meitner. Sempre vestita a festa e mai a occuparti delle faccende domestiche, come facevano Dora e le tue coetanee. E ora lasciasti tuo marito.» Sbotta come un fiume in piena che rompe gli argini.

«Ma non è per Alberto che l'ho lasciato!» La voce volutamente dura.

«Non rivolgerti così. Tua madre sono.»

«Chi è Alberto?» si intromette Flora stupita.

«Alberto Guarneri era il padre di mio figlio.» L'esondazione non sembra fermarsi.

La risposta fa scendere il silenzio.

Flora strabuzza gli occhi e si gira verso Fabrizio in attesa di una risposta che non arriva.

Ida si morde il labbro inferiore. Dopo tanti anni è finalmente riuscita a dirlo senza vergognarsene. Ma si chiede perché ora, perché lì davanti alla cognata. Riprende con più calma: «Devo solo sapere perché è successo».

Devo scoprire perché Ettore era dispiaciuto per lui.

Mara è agitata e incalza. «E dimmi perché, perché ora? Dopo tanto tempo che senso ha?»

Ida non risponde. E non perché abbia paura di scatenare,

dopo la tempesta, l'uragano, ma perché non ha ancora la forza di dirle quale dolore la spinga in quella ricerca folle. Sente un nodo in gola. Un nodo che risorge prepotente ogni volta che ci pensa. Un nodo che ancora dopo tanti anni riesce a bloccarle il respiro.

«Ma quando?» Flora si muove nervosa sulla sedia. «Quale figlio?» ripete sconvolta. Le mani sul volto. «Ma hai davvero un figlio? E dov'è?»

Ida la guarda con occhi nuovi. Anche lei tenuta all'oscuro. Così le si siede davanti e le prende una mano. La schiena dritta.

Lo sguardo che le lancia Fabrizio ha l'aria del rimprovero. Ma la sensazione ha la durata di un battito d'ali.

«Nella nostra famiglia c'è un segreto. E temo che ormai io te lo abbia svelato. Quando ero giovane ho avuto un grande amore, uno di quelli che ti porti dietro per tutta la vita. Aspettavo un bambino, ma... l'ho perduto. Li ho perduti.» Riprende: «Il padre era questo Alberto che non hai mai conosciuto e di cui nessuno ti ha mai parlato. È accaduto prima che tu conoscessi abbastanza bene Fabrizio. Lo avevo frequentato a Roma, e solo quando sono tornata in Sicilia ho scoperto che ero...». Si ferma, poi respira a fondo e voltandosi verso la madre riprende: «Che ero incinta».

Flora apre e chiude la bocca, incapace di dire qualcosa.

Ida trova il coraggio: «Nessuno fino ad allora aveva capito quanto tenessi a lui. Per anni a Roma i miei genitori avevano creduto fosse solo un conoscente, un amico di Majorana. Un ragazzo che dovevo tenere lontano perché la sua frequentazione era osteggiata da mio padre». Un sospiro. «Dopo questa gravidanza non sono più potuta diventare madre. Qualcuno la direbbe una punizione divina.» Abbassa il tono: «Raffaele, da medico, afferma che è una brutta infezione pregressa. Crede che io sia stata fortunata a non essere morta di setticemia dopo avere perso il bambino».

«Ma è terribile! Fabrizio, ma che dice?» Flora torna a guardare Ida: «Ma se non eri sposata, come potevi aspettare un figlio». La donna è sinceramente sbalordita.

«Già, non sono cose che fa una ragazza per bene. "All'altare si arriva illibate." Non sai quante volte me lo ha ripetuto mio padre. "La svergognata", mi chiamava. Per mesi non avevo altro nome. Questa parola è rimasta, a lungo, silenziosamente presente nello sguardo delle persone a me più care. Nostro padre ci aveva educato con lunghi silenzi, sguardi di rimprovero, battute feroci sulla nostra condotta. Sulla mia esuberanza in particolare.»

«Tuo padre sbagliò, ma lo faceva per la famiglia. Lo sai quanto ci teneva al buon nome dei Clementi, dopo tutti i sacrifici fatti dai suoi genitori.» Mara sembra punta da un'ape.

«E che non lo so?» Lo sapeva bene lei che i nonni erano gente che lavorava la terra alla piana di Catania, che coltivava le arance sotto il sole cocente, senza mai risparmiarsi, per venderle poi al mercato di piazza Carlo Alberto, alla *fera u luni.* Gente che si era spaccata la schiena per fare laureare lui, l'unico figlio che il Signore aveva voluto concedere loro, e dargli un futuro migliore. «Impossibile dimenticarlo quando mi urlava che tutto quello che era stato costruito con tanti sacrifici sarebbe potuto svanire nel nulla come foglie al primo vento di autunno. Per cosa? Per una passione giovanile di quella ingrata della figlia. E poi con chi? Con uno studente che tardava a laurearsi, senza un padre a sostenerlo, con il carico di una madre vedova e senza una casa propria.»

«Ida, ragione hai, ma tu non hai mai conosciuto i morsi della fame e l'umiliazione della povertà.»

«Mamma, neanche tu, mi sembra.»

Mara annuisce. «Ma *iddu* sì.»

Ida lascia che i suoi pensieri rimangano celati nel suo cuore, perché ha sempre avuto il sospetto che il padre avesse sposato la madre solo perché di famiglia benestante. Ma non può dirlo.

«*Non gli poteva pace.* Già la vedeva la faccia tronfia della baronessa Masini raccontare nei salotti della Catania bene di quella svergognata della figlia dell'avvocato Clementi.»

Ida chiude gli occhi, incredula. Quel nome la perseguita

ancora. Istintivamente stringe forte le mani di Flora, che senza esitare ricambia. Mara intanto continua: «Diceva che più nessuno si sarebbe rivolto a lui come legale e anche Fabrizio, credeva lui, avrebbe avuto la carriera segnata. Dopo quello che aveva fatto per rientrare a Catania da rispettabile professionista».

«Cosa c'entra ora la baronessa Masini?» torna a chiedere la cognata e intanto manda lunghe occhiatacce al marito. «E tu non mi hai mai detto nulla? A me. Tua moglie!»

Il silenzio.

Nessuno ha il coraggio di continuare, di dirle tutta quanta la verità.

Confusa da quell'assenza di risposte, Flora incalza: «E Raffaele? Quando ha scoperto che non eri...».

«Vergine? Lui si scandalizza poco. Per indole. O forse per il lavoro che fa.»

«Ma come lo hai perso? E il pad...» La donna continua a chiedere ancora a ruota, sembra inarrestabile, ma quando la mano di Fabrizio si poggia sulla sua spalla concede finalmente una tregua.

Come l'ho perso?

Le parole rimbombano silenziose nel suo cuore. Ma come è accaduto non riesce ancora a dirlo. Le parole hanno il potere di rendere i ricordi realtà. Così tace. Non confida a Flora che glielo hanno strappato via dal ventre.

Un velo si squarcia.

Se fino a ora di quel giorno conservava solo ricordi confusi e a circuito interrotto, come l'attesa snervante, il terrore, la disperazione, all'improvviso tutto diventa nitido e doloroso.

Una lacrima si stacca dal ciglio e poi un'altra. Per quanto tenti di fermarle non riesce. È un pianto antico e si rivede terrorizzata, trascinata per mano dal padre fino alla porta di legno sgangherata di un anonimo e squallido appartamento della *civita*.

34.

Catania, marzo 1933

Ad attenderla un'anziana con una lunga gonna marrone e gli occhi tristi. Non ha gli incisivi e dalle labbra sottili e secche escono solo parole in dialetto. Lei non comprende, così la donna, irritata dalla sua lentezza, la strappa dalla presa del padre e la tira attraverso un lungo corridoio semibuio, fino a un cortile interno e poi su per delle scale strette e ripide.

Entrano in una stanza squallida. Le pareti scrostate sono aggredite da macchie d'umido e l'aria è carica dell'odore del disinfettante. Lì una seconda donna, più giovane e che non alza mai lo sguardo da terra, è intenta a ricavare lunghe bende da un lenzuolo bianco e a controllare il fuoco, sul quale bolle una pentola vecchia, piena di lunghi ferri.

«*Curcati.*» L'anziana le indica una lunga tavola al centro della stanza. Quando Ida si avvicina, intontita si accorge che è una porta smontata, ricoperta da un telo. Da un lato un cuscino, dall'altro, nella parte inferiore, due pali di legno. Uno per ogni lato lungo.

Vorrebbe scappare, ma non saprebbe dove andare, né poi come fare a crescere il bimbo che porta in grembo. Da giorni non trova una soluzione ed è solo confusa e infelice.

Così, senza neanche chiedersi perché, si ritrova sdraiata, supina.

Si accarezza il ventre come se servisse a qualcosa. Ha paura. Paura del dolore, ma non è quello a straziarla. Solo ora si rende conto che lei non vuole. Non vuole farlo. Ma è tardi.

I modi della strega sono sbrigativi e, prima che lei possa dire qualcosa, la vecchia le appoggia un panno sul naso. Qualcosa la intontisce. Ma è ancora presente a sé. Sente le voci, la raccomandazione di non dire mai cosa abbia fatto e dove.

La giovane si avvicina. Ida coglie nei suoi occhi la luce della disillusione. Ma la testa le gira, i suoi sensi sono attenuati da quello che ha inalato. Quella le passa una mano sulla fronte, poi alza la gonna e con uno strappo le sfila le mutande.

Un urlo.

Il suo.

La donna le ha bloccato le gambe con dei lacci ai due pali di legno e ora le infila con forza un panno caldo nella vagina.

Ida tenta di sollevarsi sui gomiti. Vuole scappare. Ma non ne ha la forza. È incredula che Alberto l'abbia sedotta e abbandonata dopo tante promesse. Ed è disgustata da sé stessa per avere seguito il padre fino a lì.

Nelle ultime settimane le è sembrato di avere perso la volontà, schiacciata dal giudizio dei suoi familiari.

È allora che lo sente.

Un dolore lancinante al basso ventre. Il respiro si spezza. Davanti ai suoi occhi il sorriso di Alberto che svanisce per trasformarsi in un ghigno cattivo. Accanto le sembra di vedere il padre compiaciuto. La madre muta e Fabrizio imbarazzato.

Immagini che si dileguano veloci non appena sente che il panno viene rimosso e un fiotto caldo cola fra le sue gambe. Un peso scivola, poi l'odore del sangue e i primi crampi. Forti. Sempre più forti. Incessanti.

Dapprima ha paura che quel sangue non si fermi, ma subito dopo cambia idea. Inizia a sperare che quel sangue non si fermi, che la trascini via, lontano da quel dolore che non trovava neanche un nome per potere essere definito.

Sono passati diversi giorni. Le forze stanno lentamente tornando. Ma non è la ferita al corpo a farle davvero male, quanto quella inferta alla sua anima. Impressa a caratteri di fuoco.

Nella penombra osserva le tende della finestra socchiusa. Da lì le arriva il rumore della strada. Passi, risate e poi forte e nitida la voce dell'arrotino che promette coltelli affilati e forbici taglienti. Qualcuno gli urla di aspettarlo. E intanto nell'aria si diffonde l'odore del caffè appena tostato dalla bottega di via Pacini. Il pensiero che oltre i vetri la vita continui come se nulla sia accaduto, la ferisce. Perché a lei sembra ora che tutto sia inutile e privo di senso.

Come era arrivata a questo? All'inizio era incredula, stordita. Poi spaventata. Senza Alberto, senza la possibilità di un nuovo lavoro e di un minimo di indipendenza non sapeva come fare. E come se non bastasse a casa le giravano tutti intorno come se fosse un'appestata. Perfino Fabrizio si scostava da lei, quasi ne temesse il contatto, mentre la madre aveva smesso di parlarle del tutto. Il padre la guardava con disprezzo, per dirle solo e sempre una parola: svergognata. E lei svergognata ci si era sentita davvero. Da volere sprofondare nel ventre della terra per scomparire. Della gioia che l'aveva travolta a Roma, trascinandola oltre il limite che pure lei ben conosceva, non era rimasto nulla. Si sentiva semplicemente stupida. Aveva ingenuamente creduto che una ragazza potesse amare senza conseguenze, ma si era sbagliata. E di grosso. Per giorni neanche lei era stata certa di sapere cosa realmente volesse, così si era lasciata trasportare dalla corrente, inerme. Incapace di opporsi al padre. Eppure ora sente che non se lo perdonerà mai. Che il fatto accaduto segnerà nella sua vita per sempre un prima e un poi.

Ha trasformato una vita in una morte.

L'idea la annichilisce.

E lei che ama tanto Dostoevskij comprende.

Comprende che questo è il suo delitto e che questo sarà per sempre il suo castigo.

I pensieri sono interrotti dal rumore dell'uscio di casa.

Dei passi.

Li riconosce. Sono quelli della madre.

Poco dopo Mara apre la porta. È vestita di nero, come sempre da quando è successo quello che non doveva accadere. «Sono andata a pregare», dice, le porge un rosario e scosta le tende, lasciando che la luce penetri nella stanza. «Dovresti farlo anche tu.»

«A cosa serve pregare e andare tutte le mattine in chiesa? È questa la vostra idea di religione?» La voce esce tagliente. Mara fa un lungo sospiro e si siede sul bordo del letto accanto alla figlia: «Niente ci potevo». Le prende una mano e la scalda fra le sue.

Ida nota i grandi lividi sui polsi: «E questi?» domanda alla madre.

«Lascia perdere.» Mara le dà ancora una carezza sul volto e si alza: «Vado a prepararti la medicina e una tazza di latte caldo e poi finisco di cucinare per il pranzo. Sei ancora terribilmente pallida». Si ferma e si volta verso Ida. Una ruga al centro della fronte: «È stato tuo padre a farmeli. È ancora dell'idea che devi sposare Braschi. Per me dovremmo stare per un po' nell'ombra». Esita, scuote la testa e bacia il crocifisso che da qualche giorno porta al collo.

«Mamma...» La voce di Ida è un lamento.

«Lo ha già invitato. Teme che rimarrai zitella. Ma io gli ho detto che non hai le forze. E *litigammo.* Ieri sera.»

«Invitato? Quando?»

«Tu non ti alzare dal letto e non ti sistemare. Oggi rimani chiusa qui. Tutto il giorno. Appena posso ti porto il latte o te lo mando con Fabrizio. Promettimi di berlo.» La voce è preoccupata.

Quando Ida rimane sola, allunga una mano verso il comodino e prende il piccolo specchio ovale con il manico d'argento lavorato.

Guarda la sua immagine riflessa. Le sembra che appartenga a qualcun altro. I capelli ormai lunghi sono in disordine e unti, gli occhi cerchiati di nero. La pelle ha il colore della cera e le labbra sono screpolate.

Non è rimasto nulla della Ida romana, della ragazza che sognava un futuro con Alberto. Di nuovo si chiede perché lui l'abbia lasciata da sola ad affrontare tutto questo.

Chiude gli occhi e per qualche secondo rivive l'agitazione e la paura provata davanti al padre. I suoi silenzi, i suoi sguardi di rimprovero, le sue battute feroci sulla sua condotta. Risente le urla e le minacce a cui è stata sottoposta per settimane e il terrore cieco che ha provato davanti a lui.

Un terrore che mi ha confuso anche i sensi.

E ora?

Ora capisce che non sempre bisogna morire per conoscere l'inferno.

Una lacrima le bagna la guancia e poi un'altra e un'altra ancora. Per quanto tenti di fermarle non riesce.

Tra un singhiozzo e l'altro sente un rumore di chiavi. Distingue la voce di Fabrizio, poi quella del padre: «Purtroppo non sta bene».

«Sono un medico, potrei...»

«No.» La voce di Mara è asciutta e non ammette repliche.

Ida è impietrita e si porta le mani al volto ancora bagnato. Non può credere che stia accadendo. Non ora. Non dopo poco più di una settimana.

Qualcuno bussa. Lei tira le coperte sul volto. Quasi che quel gesto la metta al riparo dall'ingresso di Braschi nella sua stanza. Ma quando vede che a mettere la testa dentro è Fabrizio, l'ansia si scioglie in un lungo respiro di sollievo.

«Che succede?» Domanda: «Il dottore è davvero qui?».

Fabrizio annuisce. In mano una tazza fumante e al braccio un secchio. Posa la tazza, poi tira fuori dal secchio un lungo contenitore di latta, con la siringa in vetro. Rompe una fiala e aspira la penicillina.

«Non voglio. E mi vergogno.»

«Stai tranquilla, lo sai che non può venire un medico. Devo. Neanche io ne ho voglia.» Il tono è rassicurante.

Lei alza la sottana e lascia la coscia scoperta.

Quando ha finito, il fratello ripone tutto di nuovo nel secchio e lo infila sotto al letto: «Braschi è arrivato questa mattina in treno. Papà mi ha mandato a prenderlo alla stazione».

«E tu sei andato?»

«Avevo scelta?» Il fratello abbassa lo sguardo. «Ma la

mamma, appena lo ha saputo, ha vietato di farti alzare dal letto. Dice che non stai ancora bene. Con la scusa che non sei presentabile l'ha spuntata. Per oggi puoi stare serena.» E indica il latte sul comodino: «Bevilo. Ti farà bene».

Ida non sembra interessata al liquido caldo e incalza. «Per oggi? Hai detto "per oggi". E domani e dopodomani? Fabrizio, ti prego...»

«Perdonami, ma a me quell'uomo a tratti mi fa pure pena. È arrivato con un gran sorriso. Il sorriso dell'ingenuità. Insomma... non è bello neanche per lui. Se solo sapesse.»

Lei gli prende la mano. Ha bisogno di aiuto. Di sentirsi confortata. Di sapere che qualcuno in quella brutta storia le starà vicino. «Non mi lasciare», mormora.

«Non lo farò. Ora però devo tornare in salotto», dice ed esce.

Ida si sente perduta. Osserva lo spazio circostante: il tavolo liberty con il ripiano di pelle marrone e le foglioline d'oro impresse sul bordo, l'alta libreria con i romanzi a lei più cari, le tende di candido lino, il catino con la bacinella di ceramica bianca e la grande brocca sempre piena d'acqua. La sua stanza è ora la sua prigione. Posa gli occhi sulle lenzuola ricamate con delle roselline rosa. Quanto le piacevano fino a poche settimane prima. Ora anche quei piccoli fiorellini la irritano. Strapazza il tessuto con le dita e intanto nel suo cuore si fa strada una decisione.

Chiara.

Definita.

Irrevocabile.

Non vuole più vivere sotto lo stesso tetto del padre. Deve fuggire da lui. Dal suo controllo. Deve fuggire dall'incubo in cui sente di essere scivolata.

Lentamente si solleva. Si mette a sedere sul letto, poi a piedi nudi si avvicina all'uscio e gira la maniglia. Una fessura davanti a lei, da cui spia. La porta del salotto è arretrata, non riesce a vedere nulla, ma sente le voci. Braschi parla di Roma, della sua casa, delle lunghe passeggiate a Villa Borghese.

Richiude la porta e poggia le spalle sul legno.

La testa le gira e deve distrarsi. Così si avvicina alla libreria e passa in rassegna i romanzi con l'indice, fino a che non tocca *Storia di una capinera* di Verga.

Un brivido corre lungo la schiena. Ida lo tira fuori e sfoglia le prime pagine. Con il libro ancora in mano si appoggia alla spalliera della sedia e torna a letto.

Anche lei come Maria si sente ora una capinera in gabbia, con tanto cibo, ma priva di libertà.

Come fare a scappare?

35.

Catania, primi di luglio 1954

Nel vederla ancora in silenzio, Flora le riprende le mani fra le sue. «Non importa. Scusa. Non volevo essere inopportuna.»

«Alberto non ha mai saputo», le confida e intanto osserva la madre e il fratello. In silenzio. Solo Flora sembra davvero turbata e partecipe del suo dolore. Riprende. «Ho pure scritto a Majorana e dopo ho pregato la mia amica Dora di cercarlo, senza spiegarle però l'urgenza.»

«E neanche loro hanno risposto?» Flora storce la bocca.

«Ettore no, era a Lipsia. Mi è sempre rimasto il dubbio di avere sbagliato indirizzo. Dora sì, ma per quanto le dispiacesse non poteva aiutarmi. I suoi genitori non volevano si immischiasse nei fatti di cuore della "figlia dell'avvocato Clementi" già promessa in sposa al dottor Braschi. Non mi sono meravigliata. Dora ha sempre avuto paura della sua ombra, né sul momento ha capito quanto fosse per me importante.» Poi le sorride. «Ma tuo marito quella volta mi ha aiutata. Un giorno, quando nostro padre era andato allo studio in via Cerami, siamo usciti diretti all'ufficio delle poste per telefonargli o alla peggio mandare un telegramma.»

«E io muta stetti», interviene Mara.

«Abbiamo chiamato a casa di Alberto. Non ha risposto.» Ida le racconta: «E quando ho telefonato in biblioteca, l'anziano bibliotecario di via Panisperna mi ha detto che lo aveva visto più volte in istituto. Sentendo la mia disperazione e forse pensando di proteggermi, mi ha confidato della sua nuova relazione con la signorina Berni. Non ho mandato più neanche il telegramma. Tutto diventava chiaro. Dopo la mia partenza mi aveva tradita e per questo era sparito».

«Giulia? La tua amica di Torino? Quella della lettera!» Flora spalanca gli occhi. «Avevano una relazione? Che disgraziato.» Porta una mano al viso, sempre più incredula.

«Sì.» Non le dice che la storia tra Alberto e Giulia era continuata a lungo e che fino a qualche mese prima lei pensava si fossero addirittura sposati. Non le confida il senso di impotenza provato quando aveva saputo. L'incredulità, il dolore, la rabbia per essere stata messa da parte dopo tante promesse.

«Forse ha avuto paura della gravidanza», considera Flora e alza lo sguardo verso il marito.

«Ti ho detto che non sapeva.» Ida si scuote dai suoi pensieri. «Non lo immaginavo neanche io l'ultima volta che gli ho parlato. La verità è che non mi ha mai più cercata. Mi aveva sostituita prima che glielo potessi dire.»

Un lungo silenzio. Intorno a loro solo il respiro pesante di Mara e di Fabrizio.

Ida tocca l'anello con le tre fedi e conclude: «Per scappare ho trovato un'unica via di fuga, Raffaele».

36.

Catania, fine agosto 1954

È trascorso già un mese, l'estate sembra volgere alla fine.

Le ricerche su Majorana non hanno portato nulla di nuovo, ma non è quello a farla stare male. A opprimerle il petto sono i ricordi tornati nitidi in superficie e la paura che la Ida che sta cercando di riportare in vita sia morta nel tugurio della *civita*.

Passa istintivamente una mano sul ventre e pensa che ancora una volta – quasi sia uno scherzo del destino – è Raffaele in quei giorni a offrirle un sostegno. La chiama ogni giorno, sempre alla stessa ora. La rassicura che lui per lei ci sarà sempre. Che Adele non è un problema, né lo sarà. La madre di suo figlio dovrà semplicemente accettare che lui le vuole comunque bene. Ida è certa che con i suoi modi gentili e decisi abbia convinto anche lei della normalità delle sue azioni. Raffaele è così, fa sempre apparire naturale quello che naturale non è, insinuando nell'altro il dubbio di essere lui in errore.

Ma lei non tornerà sui suoi passi. Né Raffaele in fondo lo chiede. Però di una cosa è certa. Il suo cuore sanguina al pensiero della sua prossima paternità. Ora più di prima le pesa la ragione per cui lei non è mai potuta diventare madre. L'antica ferita, dopo anni, ha ripreso a sanguinare. O forse solo ora lei si rende davvero conto di come quell'evento le abbia lasciato una cicatrice indelebile, e non solo sul corpo.

Unico ristoro è la consapevolezza che quello che era accaduto, quando era accaduto, le era sembrato inevitabile. In quel momento, con quel padre, senza un soldo, senza qualcuno che la sostenesse davvero, con il cuore spezzato dall'abbandono, non aveva visto vie di uscita. A quel tempo era tanto disperata che non le importava niente di quello che sarebbe accaduto dopo.

È consapevole che non si può vivere con il senno di poi. La vita sarebbe troppo facile se si conoscessero sempre le conseguenze delle proprie azioni, se si potessero affrontare le prove della giovinezza con la maturità degli anni. Si sbaglia e si paga. Si può scendere a patti con la propria anima, ma il senso di colpa trova sempre un modo per risorgere e toglierci la pace. L'unica via, forse, per riconquistare la serenità è accettare i propri limiti, le proprie fragilità. Chiedersi perdono.

Il lavoro al centro di assistenza l'ha resa cosciente che la violenza silenziosa, quella che non ricorre alla forza fisica, può essere devastante. Il suo pensiero va a Lucia. Chissà quante altre volte sarà tornata da don Paolo in sua assenza. Chissà quanti anni le serviranno per salvarsi da un marito che la condiziona fino al punto di convincerla di essere lei nel torto.

Con i gomiti poggiati sul davanzale osserva il cielo grigio, poi esce in terrazza e respira a lungo il profumo della terra. Il vento di tramontana porta l'odore della pioggia misto al profumo della nepitella e le solleva la gonna che scende a campana, dandole un brivido sulla pelle.

Alfio, lo spicciafaccende, la saluta da lontano e le fa cenno di avere qualcosa per lei. Quando si avvicina toglie la coppola a scacchi, logora, e le porge una lettera. «Dall'altra parte del mondo viene.»

Ida la prende, attenta a evitare che la gonna si sollevi ancora. Lo ringrazia e guarda il francobollo bianco e rosso. È argentino.

La apre.

Eleonora Cometta Manzoni ha risposto alla sua richiesta di informazioni sulla presenza di Majorana a Buenos Aires.

Inizia a leggere, poi si siede su una sedia in ferro battuto, contrariata.

Mara sopraggiunge in quel momento, con una cesta ricolma di grappoli d'uva: «Perché quella faccia cupa?».

«La signora argentina mi ha risposto.»[5]

«E che dice?» domanda Mara.

«Che non sanno nulla del professor Majorana.»

«Vedi tu! Che la signora incontrata da Giulia Berni si sia sbagliata?»

«Secondo me Ettore ha chiesto di non dire dove sia. Tu non lo copriresti un amico?»

«O non è mai stato in Argentina», afferma Mara, e mette un acino d'uva in bocca. «Forse la signora Berni ti ha mentito di proposito. Il lupo perde il pelo ma non il vizio, figlia mia.»

«Non credo, perché c'è sempre la testimonianza del fisico cileno. Anche lui pensa che Majorana sia in Argentina. Ma non so come rintracciarlo.»

«Allora mettiti il cuore in pace. Tempo perso è.» La donna lascia cadere la cesta con l'uva sul tavolo di marmo bianco della terrazza.

«Nella lettera che avevo inviato chiedevo anche di Alberto Guarneri», confida Ida.

La madre attende con aria preoccupata.

Le due donne rimangono a fissarsi in silenzio. Intorno a loro solo il rumore cadenzato e stridulo dei grilli.

«Chi mi scrive crede di averlo incontrato tempo prima. Non ricorda altro.»

Ida posa la lettera sulle gambe e giocherella nervosa con le tre fedi intrecciate.

[5] La risposta arriverà nel 1985 da Lilò Cometta Manzoni alla professoressa Mariastella Fracassoro. E. Recami, *Il caso Majorana*. Qui la notizia è liberamente romanzata.

37.

Catania, settembre 1954

In salotto, Ida è assorta a leggere sul divano di velluto giallo ocra, i piedi nudi rannicchiati sul cuscino. Sbircia oltre la finestra. Sotto il portico vede la madre e Flora parlare fittamente. La cognata nelle ultime settimane ha perso un poco della sua leggerezza. Ora ha un'espressione crucciata. Ida apre così la finestra, nella speranza di capire cosa si dicano le due. Sebbene sia lontana e senta solo frammenti di discorso, intuisce di cosa Flora stia parlando. La cognata lamenta, senza controllare il timbro della voce, che il marito le abbia taciuto per anni la storia di famiglia e spazientita chiede alla suocera risposte che non arrivano.

La vede insistere.

Una volta.

Arretra.

Ritenta.

La suocera le dice finalmente qualcosa, a bassa voce. Ida non riesce a capire, ma vede che Flora cambia di colpo espressione, spalanca gli occhi, porta una mano alle labbra. Poi scuote la testa e prende a camminare nervosamente su e giù.

Cosa le avrà detto mia madre da averla sconvolta così?

Ida è sul punto di alzarsi per andare a curiosare, ma quando vede che Flora torna a sedersi sotto il porticato, chiusa in un silenzio ostinato, desiste.

Aspetta ancora un po' per scorgere altre reazioni, ma non accade nulla di significativo. Flora tira fuori dalla borsa un gomitolo di cotone e un uncinetto e inizia a lavorare.

Rassegnata riprende *L'Été* di Albert Camus.

Le capita ogni tanto di leggere in lingua originale. Le piace farlo perché le sembra che le parole dell'autore siano più vive.

Era stata la conoscenza di Rasetti ad averla cambiata in questo. Il fisico conosceva ben sei lingue. Lei lo aveva preso da esempio e nel suo tempo libero aveva studiato prima il tedesco, come tutti negli anni Trenta, e successivamente il francese.

Questa volta però non ha avuto neanche la possibilità di scelta perché la raccolta di saggi di Camus, appena uscita, non è stata ancora tradotta.

Si immerge nella narrazione del ritorno a Tipasa, testo che sente a lei molto vicino. A toccarla è l'idea di rivedere a quarant'anni i luoghi dove a venti si è stati felici.

Sottolinea una frase che la turba profondamente: *J'écoutais en moi un bruit presque oublié, comme si mon cœur, arrêté depuis longtemps, se remettait doucement à battre.*

Era così anche per lei. Anche il suo cuore aveva ripreso a battere nell'ascoltare un suono dimenticato.

Richiude il libro, si alza. Cammina sullo spesso tappeto persiano, si avvicina alla poltrona di velluto verde e, mentre passa l'indice sulla spalliera, sorride e ripete piano: «*Au milieu de l'hiver, j'apprenais enfin qu'il y avait en moi un été invincible*».

Le parole di Camus la rincuorano, donandole nuova forza. Non serve che lei aspetti passivamente che il tempo passi e porti l'estate per trovare motivi di gioia. Deve farlo ora, anche nel freddo e nel buio del suo inverno.

Va su e giù e pensa alle recenti scoperte. La scomparsa di Ettore è un vero e proprio rebus.

Dove trovare il bandolo della matassa?

Porta la mano al mento. Deve tentare con l'ultimo indizio in suo possesso: Carlos Rivera, il cattedratico cileno. Solo che non sa come contattarlo.

Scrivere a uno dei fisici di via Panisperna e chiedere un recapito?

Il primo pensiero corre ad Amaldi.

Poi una nuova idea. Chiedere direttamente a Fermi, al Papa. L'uomo che conosce tutti nel mondo della fisica. Non importa che nel passato tra i due fisici possano esserci state incomprensioni. Non per quello che lei deve sapere.

Si alza e cerca nel portariviste.

Dov'è il numero di «Oggi»?

Lo ha letto da poco, attirata da un articolo in cui si parla di Fermi di nuovo in Italia, a Varenna. C'era la foto della Villa Monastero sul lago di Como. Si raccontava dell'incontro di un gruppo di studiosi di altissimo profilo accorsi da tutto il mondo.

Ma dov'è finito?

Butta tutto in aria.

Inutilmente.

Lascia allora il salotto, attraversa il giardino, incurante dell'erba che le solletica le piante dei piedi e degli sguardi della madre e di Flora ed entra nel ripostiglio esterno. Dentro una pila di giornali in attesa di essere buttati.

Cerca. Cerca ancora, fino a che non lo trova.

Torna in salotto tutta impolverata, con la rivista aperta. Ricordava bene. Fermi è stato a Varenna per parlare della polarizzazione dei protoni. Segue un lungo pezzo con una sua intervista sui calcolatori elettronici e sulla loro utilità. Alla fine, in basso a destra, la foto.

La osserva con più attenzione di quanto non avesse fatto la volta precedente. Il Papa è molto cambiato da quando lei lo ha visto l'ultima volta. Anche qui indossa una camicia bianca, come faceva spesso allora, ma i capelli già radi sono quasi spariti e il viso è molto più scarno. Sotto la foto quello che cerca. In un breve trafiletto sulla sua vita c'è una foto dell'istituto di fisica dell'università di Chicago dove ora insegna.

Si dirige verso il telefono di bachelite nera e dopo una lunga conversazione con il centralino, soddisfatta, ha finalmente l'indirizzo che cerca.

Va allo scrittoio, apre il primo cassetto. Prende la carta da lettere con le sue iniziali e butta giù veloce e con una grafia ordinata il suo messaggio:

Chiarissimo Professor Fermi,

sono Ida Clementi, la bibliotecaria di via Panisperna. Sono anni che non ci vediamo, dal dicembre 1938, quando lei e sua moglie Laura siete partiti per Stoccolma. Ricordo ancora la mia gioia quando le hanno conferito il Nobel. Molte cose sono cambiate da allora, ma non l'affetto che nutro per lei. Qualche giorno fa sulla rivista «Oggi» ho letto del convegno a Varenna. Mi sarebbe piaciuto venire a salutarla, ma per il momento mi trovo in Sicilia.

La disturbo perché due mesi fa ho appreso, non senza sorpresa, nuove sul nostro comune amico Ettore Majorana. Sembrerebbe che un fisico cileno, Carlos Rivera, abbia avuto sue notizie quattro anni fa a Buenos Aires. Desidererei tanto scrivere a questo illustre professore, ma sono sprovvista del suo indirizzo.

Così, nella speranza che lei mi possa aiutare, le mando questa lettera.

Spero vivamente che lei e la signora Laura stiate bene. E mi piacerebbe un giorno rincontrarvi. Gli anni passati nel suo Istituto a Roma sono stati per me i più belli della vita, né mai dimenticherò la sua gentilezza e il garbo a me da lei riservato.

Firma, poggia la penna e guarda di nuovo verso il giardino. Sotto la vite la madre e Flora hanno ripreso a parlare. Chiude la busta e scrive sopra il nome di Enrico Fermi. Le sembra incredibile che lei sia stata a lavorare per tanti anni accanto a quell'uomo, e un ricordo le ruba un sorriso.

38.

Roma, giugno 1934

È strano come non importi più di nulla, quando non si ha voglia di vivere. Quando si pensa di avere perso tutto quello in cui si è creduto e per cui si è amato. E così anche quel matrimonio che tanto l'aveva indignata fino a un anno prima – quando sembrava ancora un piano perverso da cui dover fuggire – le è apparso il male minore se paragonato all'idea di rimanere a casa con il padre. Almeno è potuta tornare a Roma, se pure da signora Braschi.

Ida guarda l'orologio e riprende a picchiettare sui tasti della macchina da scrivere per catalogare l'articolo di Fermi sul decadimento beta che tanto scalpore ha suscitato nella comunità degli studiosi di fisica. L'occhio le cade sull'anello di zaffiro che Dora le ha tanto ammirato, ma che per lei non brilla. Si blocca e pensa che nulla nella vita va come deve andare. Riprende a battere a macchina. Almeno è a Roma ed è di nuovo nella sua amata biblioteca di via Panisperna. Se è potuta rientrare lo deve solo a suo marito.

Raffaele è un uomo ragionevole e molto diverso dal padre. Ha capito quanto per lei fosse importante riprendere quel lavoro. Così l'avvocato Clementi, non potendo negare al genero quel che avrebbe certo voluto rifiutare alla figlia, si è visto costretto a richiamare il suo amico Corbino, che è stato ben felice di farla tornare.

E lei ci è tornata, contenta di farlo, dopo avere saputo da Ettore che Alberto, ora che si è laureato, vive a Viterbo.

Quando ha finito di compilare la scheda, stira la schiena e sfila dalla borsa di coccodrillo il sacchetto di tulle rosa che le ha regalato Dora per la nascita della figlia. Dal suo rientro in città si sono riviste, ma con meno frequenza di un tempo, perché l'amica durante la sua assenza ha sposato il ragazzo sovrappeso che le aveva presentato il padre e soprattutto perché è diventata madre. Ma non è il tempo a loro disposizione ad avere alterato l'amicizia. Ida ha la sensazione che tra loro si sia sollevato un muro di imbarazzo e ne è molto dispiaciuta, perché mai come ora avrebbe bisogno di un'amica con cui confidarsi.

Mogia, si alza dalla scrivania e spalanca la finestra per fare uscire il fumo spesso delle sigarette che riempie la biblioteca. Poi va verso la libreria. Apre le ante con le grate di ferro, fa scorrere l'indice sui dorsi dei libri e tira fuori una pubblicazione di Lise Meitner del 1927. Ripensa alla discussione di Ettore sulle donne e la fisica, così la sfoglia.

Sospira irritata. Ha da poco sentito che Lise Meitner ha dovuto abbandonare l'insegnamento perché ebrea, se pure convertita al protestantesimo, e così ora è in un istituto non statale. Da quando Hitler ha disposto l'allontanamento dei docenti e degli studenti ebrei dalle aule universitarie, il provvedimento ha coinvolto numerosi fisici.

Un brivido lungo la schiena. Un pensiero la preoccupa e volge lo sguardo intorno a sé. Se una simile barbarie arrivasse anche in Italia, cosa ne sarebbe del gruppo? Segrè è ebreo, e anche la moglie di Fermi, la signora Laura Capon, lo è. L'attività dell'istituto risulterebbe certo compromessa.

Un pensiero accorre a consolarla. Da poco al gruppo si sono uniti un chimico, Oscar D'Agostino, e un giovane fisico di famiglia ebraica, Bruno Pontecorvo. E certo Fermi, attraverso Orso Mario Corbino, è ben informato ed è quindi sicuro che qui, nell'oasi di via Panisperna, non accadrà nulla di brutto.

Prima di tornare al lavoro, appoggiata alla grata dello scaffale, con il fascicolo ancora in mano presta l'orecchio ai discorsi intorno a lei. Gli studiosi parlano della scoperta dei coniugi Irène Curie e Frédéric Joliot: alcuni elementi, se colpiti dalla cosiddetta particella alfa, diventavano radioattivi.

Per quanto la fisica nucleare non sia una materia facile, si impone di seguire le parole di Fermi, fino a che non comprende la sua idea: se la particella alfa, che ha carica positiva, rende alcuni elementi radioattivi, i neutroni, che non hanno carica elettrica, offriranno ancora migliori possibilità.

Le ore quel giorno trascorrono monotone, o forse è il suo animo a essersi spento. Teme la fine del suo turno. Non vuole andare via per tornare in una casa vuota ad attendere un marito che per lei è un estraneo. Ma c'è anche dell'altro. Da quando ha rivisto Dora non riesce a cancellare dalla sua memoria l'idea che, se gli eventi non l'avessero travolta, anche lei ora sarebbe madre come l'amica.

Se solo potessi tornare indietro.

I polpastrelli le sudano e il dolore feroce per non avere avuto la forza di opporsi alla volontà del padre le blocca il respiro. Per distrarsi prende la copia dei *Miserabili* di Victor Hugo dalla cartella da lavoro e con il tagliacarte dorato separa alcune pagine. Legge qualche riga, poi, incapace di stare seduta, si alza e in silenzio si aggira per l'istituto.

Vuole sbirciare come faceva un tempo, quando era la ragazza spensierata e felice che non è più. Così raggiunge il laboratorio e curiosa dentro. Amaldi, Rasetti, Segrè, Fermi e D'Agostino conducono l'analisi degli effetti provocati dai neutroni su elementi chimici che scelgono secondo un ordine di peso crescente. Dopo un po' che i fisici armeggiano con una lunga provetta di vetro e un contatore Geiger avviene l'atteso inverosimile. Bombardando l'uranio con i neutroni si creano due nuovi elementi transuranici.

Le settimane seguenti l'istituto è preso d'assalto dalla stampa. In tanti vogliono sapere della nuova scoperta e di questi nuovi elementi, ai quali è stato dato il nome di ausonio e di esperio.

Ida trascorre le sue giornate a parlare con giornalisti per negare appuntamenti con il professore. Fermi non vuole ancora rilasciare dichiarazioni.

Quella mattina tra una telefonata e l'altra c'è anche il

postino che tira fuori dalla sua grossa borsa di pelle logora una busta gialla inviata a Fermi da una studiosa tedesca. Quando Ida rimane sola, la tasta con le dita. Sembra ci sia una rivista. Così decide di aprirla, attirata anche dal nome: Ida Noddack. È incuriosita all'idea di vedere il lavoro di questa studiosa che ha il suo stesso nome. Dentro c'è un fascicolo. Prova a leggere le pagine dattilografate, ma sono in tedesco. Si sforza di tradurre, con le sue conoscenze ancora incerte, ma non comprende altro se non che, secondo questa fisica, ausonio ed esperio non esistono e che Fermi ha scoperto altro: una scissione del nucleo di uranio.

Può una donna mettersi a tu per tu con uno studioso del calibro di Fermi? Che fare? Decide di mostrare il lavoro al professore.

Richiude la busta e con garbo la porta nella stanza del Papa. Si limita a porgergliela ed esce.

Quando è fuori, origlia.

Ci sarà una reazione?

Chiamerà altri docenti del gruppo?

Nulla.

Solo silenzio.

L'articolo evidentemente non ha suscitato alcun interesse e lei torna al lavoro, soddisfatta di avere compreso che si tratta di farneticazioni.

La gioia svanisce in un battito d'ali non appena lo rivede.

Non sono pronta.

Alberto è lì, con la mano appoggiata allo stipite della porta, la camicia bianca con le maniche rimboccate, che consulta un libro.

Non era a Viterbo?

Ida ha la sensazione che il mondo, e tutto quello a cui si era fino a ora aggrappata, si sgretoli all'improvviso, lasciando nel suo cuore solo macerie.

La gola le si secca, il respiro accelera e la rabbia monta veloce quando pensa a come è sparito da un giorno all'altro.

Deve calmarsi. Deve solo pensare che lui l'ha rimpiazzata senza perdere tempo. Per scelta e non per necessità come invece ha dovuto fare lei con Raffaele. Ma a farle davvero male è la consapevolezza che, nonostante tutto, nonostante lui le abbia preferito Giulia, lei ancora lo ama. E forse lo ama più di prima.

Alberto si gira e la osserva.

Il suo sguardo è lungo e indagatore e racchiude una nota stonata. Inaspettatamente il giovane si discosta dalla parete e la saluta. «Mi hanno detto del tuo rientro. Spero tu stia bene.» Le sue parole suonano vuote e finte. Non hanno più il calore di un tempo.

Ida serra i pugni. Vorrebbe chiedergli perché. Perché sia scomparso dalla sua vita e soprattutto perché, se già sapeva che lei era tornata al lavoro, è venuto in biblioteca. Ma non riesce.

Come si fa a confessare a qualcuno che ti ha abbandonato che hai pianto per lui per settimane e che se solo si fosse fatto sentire ora sarebbe il padre di tuo figlio?

Arrabbiata, senza neanche rispondergli, si gira e si infila nel bagno.

Ha bisogno di stare sola con il suo dolore.

39.

Catania, novembre 1954

Da quando ha scritto a Fermi le giornate si sono susseguite sempre identiche a sé stesse. In Sicilia il tempo scorre lento e a lei mancano l'attività al volontariato e la velocità della gente del Nord. Se pure sta cominciando ad abituarsi a quei nuovi ritmi, capisce che deve trovare qualcosa che la faccia tornare a sentirsi viva, soprattutto ora che ha saputo da Raffaele che il bambino è nato. È un bel maschietto e si chiama Tommaso Braschi.

La comunicazione, per quanto attesa, è stata difficile da accettare. Si era preparata, sapeva che sarebbe successo, eppure c'era stato fino a quel momento ancora il pensiero che non accadesse davvero. Che si rivelasse tutto un terribile incubo. L'immagine del marito ricurvo sul letto a sorridere al bimbo non suo e con gli occhi pieni di gioia le spezza il respiro.

Il passato ritorna presente. Ida rivede quegli stessi occhi che anni prima l'avevano guardata con sgomento e dolore, quando, usciti dalla visita dal ginecologo romano, Raffaele si era fermato sul marciapiede con le spalle al muro e le mani in tasca a fissarla senza dire nulla. In quel momento non c'era stata nel suo sguardo ombra di giudizio, ma solo di rammarico e di tristezza. Una tristezza infinita. Da allora in lui qualcosa si era spezzato. Per sempre. Ma questo lei sul momento non lo aveva capito, o almeno non ne aveva capito la gravità.

L'immagine si dissolve. Nervosa inizia a spostarsi da un posto all'altro con la leggerezza di un fantasma. Prima passeggia in giardino tra l'aranceto e il grande carrubo carico di foglie verdi, dopo va in cucina e pulisce il forno a legna. Quando ha finito apre il salotto sempre chiuso che odora di naftalina e lascia che l'aria fresca entri a ridargli vita, a seguire si reca in soggiorno, passa a setaccio tutti i centrini all'uncinetto, mettendo da parte quelli che pensa impolverati. Solo alla fine si avvicina al televisore comprato da poco dalla madre. Non ne ha mai visto uno da vicino. Si tratta di una grande scatola di legno, con un bordo bianco e, rientrato di qualche centimetro, un vetro grigio-opaco leggermente convesso.

È tanto assorta nei suoi pensieri che non si accorge di avere il fratello alle spalle.

«Ida.» Lei quasi spicca un salto e si volta. Fabrizio ha in mano una cartella di cuoio e una lettera. «Ti cercavo. Ho accompagnato Flora dalla mamma, ma in verità ne volevo approfittare per parlarti.» E davanti all'espressione assente della sorella le domanda: «Stai bene? Che fai lì assorta?».

«Sapevi di questo acquisto della mamma?» Ida risponde automaticamente poggiando la mano sul televisore.

Il fratello annuisce. «Sì, l'ho anche aiutata per i moduli dell'abbonamento. A dire il vero sono stato io a insistere. Ha settant'anni. La televisione la può aiutare a passare del tempo, magari la sera, o quando tu sarai di nuovo a Torino.»

«A Torino andrò molto meno ora che...» Non completa la frase.

Fabrizio la guarda a lungo e questo le basta per ritrovare la voce. Adesso che il bambino è nato, sente che è pronta per confessarlo. Vuole cominciare proprio dal fratello. «C'è qualcosa che non ti ho detto.» Abbassa gli occhi e inizia a giocherellare con il Trinity. «Raffaele è diventato papà. La sua amante...» Avrebbe voglia di confidargli anche del vuoto interiore che alberga in lei da mesi e dello stordimento provato quando ha saputo della gravidanza, ma non riesce ad arrivare a tanto.

Fabrizio rimane in silenzio, poi si avvicina e l'abbraccia. Ida rimane ferma con la testa sulla sua spalla. In fondo da sempre non chiedeva che questo. Di essere amata e compresa. Ma ogni volta che aveva voluto bene a qualcuno, quello l'aveva tradita: il padre che da piccola considerava il suo eroe, Alberto e più recentemente Raffaele. L'unico uomo che l'ha sempre protetta è stato lui, suo fratello. E di questo lei gli è grata. Perché se lui forse non l'ha sempre capita e qualche volta l'ha pure giudicata, l'ha sempre aiutata.

«Ora comprendo perché sei qui», afferma Fabrizio dopo un lungo intervallo, con affetto. «Ma perché non lo hai detto prima?»

«Qualche volta non parlarne è un modo per non affrontare la verità.» Ida si scioglie dall'abbraccio. A fatica.

«E cosa vuoi fare?» Il fratello non nasconde la sua preoccupazione.

«Non posso fare nulla, se non rintanarmi in Sicilia.»

«Ci siamo noi. Non sei sola né mai lo sarai.» Una smorfia. «Certo che tuo marito...»

«Non voglio parlare male di Raffaele.» Ida cerca di ritrovare la sua compostezza e torna a guardare il televisore: «Allora spiegami un po', se ho capito bene si gira questa manopola nera».

«Fino a che non senti uno scatto.» Il tono è ancora turbato. «Poi devi aspettare qualche minuto che si riscaldi. Vuoi provare?»

«Sì, dai.»

Fabrizio ruota la manopola. Un rumore di sottofondo. «Ida, ho trovato qualcosa», dice intanto. «Ma non credo sia il momento.»

«Se è qualcosa che mi distrae, è il momento», e gli sorride.

«Sono giorni che ci penso. Ma non riuscivo a ritrovarlo. Ho dovuto mettere a soqquadro la soffitta. Ma alla fine ce l'ho fatta.»

«Cosa non trovavi?» Ida ora è curiosa.

«Un vecchio numero di una rivista quindicinale che avevo avuto fra le mani all'università, quando studiavo diritto canonico.» Apre la cartella di cuoio e tira fuori dei fogli in bianco e nero ingialliti e rilegati.

Lei glieli sfila via. Sopra sono raffigurate tre monache disposte a semicerchio che parlano con un signore con una cesta sulle spalle. Da dietro sbucano due bambini. Legge il titolo: "Le missioni della compagnia di Gesù".

Sullo schermo del televisore intanto appaiono prima dei punti, poi l'immagine in grigio del cielo, su cui si stagliano le lettere T e V. Sotto, la scritta Rai - Radiotelevisione italiana.

«Funziona!»

Dopo poco si materializza una signorina a mezzo busto con un bel sorriso, che augura una buona visione e annuncia l'inizio del telegiornale.

Lei guarda divertita per un po'. Alla fine gira la manopola e spegne. «Tornerò a occuparmene dopo. Prima raccontami.» E indica la rivista. «Perché pensi mi possa interessare?»

Si siedono sul divano e Fabrizio apre il fascicolo. «Questo è il numero del 3 novembre 1939.» Sfoglia qualche pagina, fino a che non trova quello che cerca. Si ferma e legge: «Nel 1939 "è stata fondata una Borsa di Studio per l'educazione di un missionario al nome dello scomparso Ettore Majorana..." Guarda qui». E spiega: «La famiglia ha fatto una cospicua donazione».

«Ettore era uno studioso. Abbastanza religioso. Perché ti meravigli?»

«Non si istituisce una borsa di studio per una persona viva. I gesuiti hanno accolto la richiesta della famiglia perché Ettore doveva essere già morto in quella data. I Majorana, o almeno qualcuno di loro, dovevano avere la ragionevole certezza che non sarebbe mai potuto tornare. E a settembre dello stesso anno», dice porgendole l'ultimo foglio, «Ettore è stato addirittura destituito dall'incarico all'università.»[6]

«Vuoi dire che qualcuno ha scoperto che è morto nel '39? Perché non renderlo allora pubblico?»

«Per decoro. Per proteggere la famiglia da qualche fatto scomodo.»

«Scomodo?»

[6] L'idea di Fabrizio, fino a questo punto, ripercorre la ricostruzione di Stefano Roncoroni, *Ettore Majorana, lo scomparso*. Le informazioni fornite dall'autore sono state qui riportate in chiave narrativa e non documentaristica.

«Qualcosa che poteva non essere accettato. Eravamo negli anni Trenta. In Germania, forse...»

«Non dirmi che credi anche tu che sia stato rapito dai tedeschi per la costruzione di un ordigno nucleare. Ti prego.»

«No, veramente penso a qualcosa di più personale. Che lo abbia scosso nel profondo, che gli abbia reso insopportabile vivere in un ambiente... dai, Ida. Tu hai vissuto sulla tua pelle cosa vuol dire salvare il buon nome della famiglia.»

Ida annuisce e senza rendersene conto si tocca il ventre.

Fabrizio fa finta di non accorgersi del gesto e riprende: «Non so, ho anche pensato al caso di Alan Turing».

«Turing, il matematico?»

«Quanti mesi fa si è tolto la vita per la disperazione delle accuse di omosessualità che gli hanno mosso? Credo fosse giugno.»

«Fossero state solo accuse. Lo hanno arrestato. Indecente.» Ida cambia tono: «In ogni caso non c'entra nulla. La tua è una ipotesi assurda».

Fabrizio annuisce: «Probabilmente hai ragione tu. Allora mettiamola così. Se c'era qualche cosa che lo faceva soffrire, la ragione a noi non interessa. Ma che era tornato cambiato lo hai detto anche tu».

«Sì, da quando era rientrato da Lipsia. Ma le cause potrebbero essere svariate. Anche un amore con una donna finito male, una profonda crisi religiosa, la paura della scienza», e intanto pensa di nuovo al maestro di Racalmuto e alla sua ipotesi sulla scomparsa.

«Certo anche quello. Ti ho detto che non importa. Ma pensa a quelle lettere inviate prima di sparire. Tanto contraddittorie. Forse davvero voleva togliersi la vita come Turing o quell'altro fisico di cui mi hai parlato anni fa, Ehrenfest.»

«Anche quello è un caso diverso. Lì c'era un motivo oggettivo. Aveva un figlio che non era accettato dalla peggiore Germania di Hitler.» Entrambi rimangono in silenzio a ricordare il dramma di quel professore, lasciato dalla moglie, che ha sparato al figlio minore, affetto da sindrome di Down, e poi si è tolto la vita. Per quanto in molti sostenessero che l'uomo soffrisse di disturbi dell'anima, Ida aveva sempre creduto che non fosse un caso che la Germania pochi mesi prima del suicidio di Ehrenfest avesse portato in parlamento una legge sulla prevenzione della nascita di persone affette da malattie ereditarie e che avesse cominciato a parlare di un programma di eugenetica.

Fabrizio riprende a parlare: «D'accordo. Ma immaginiamo per un attimo che nel marzo del '38 volesse farla finita e non sia riuscito nel proposito, potrebbe comunque averci riprovato più tardi. Perché guarda», e le passa un'altra carta. «È una copia della Direzione generale della pubblica sicurezza, indirizzata il 17 giugno 1938 ai questori del Regno. Si sospetta che Majorana sia in qualche casa di cura per una malattia nervosa, forse causata da troppe "applicazioni mentali".»

Ida lo guarda stupita: «Come hai avuto questo documento?».

Le prende la mano. «Ero preoccupato per te. E da quando ho visto la parete nella tua stanza e ho capito quanto ci tieni, ho fatto le mie ricerche. Sono risalito direttamente a uno dei parenti di Ettore. Quando ho visto questa lettera, ho pensato che mancasse alla tua collezione di documenti e l'ho trascritta per te. Mi è sembrata significativa.» Lo sguardo si addolcisce: «Come vedi Flora non è l'unica che va a chiedere in giro».

Ida sorride. Guarda prima la rivista poi le carte. «Dici che è morto nel '39? Questo spiegherebbe perché la Cometta Manzoni dice di non conoscerlo. Non era lui a Buenos Aires.» La mano sulla guancia a riflettere: «Ma la madre e la sorella ancora lo aspettano, da quanto ne so, e inoltre non si comprenderebbero ancora le parole del fisico cileno Carlos Rivera».

«Potrebbe non trattarsi di Ettore. Ma di qualcuno che è stato confuso con lui.»

«Dovrei lasciare perdere, vero?» Ida è avvilita. «Il caso Majorana è un rebus impossibile da risolvere e Alberto... sono trascorsi ormai tanti anni.»

«Da molto tempo ritengo che dovresti buttarti il passato

alle spalle. Non credo ti abbia mai fatto bene tenerlo in vita. Ma ormai siamo qua e vale la pena leggere almeno questa.» Fabrizio le sorride con affetto e le porge una lettera perfettamente sigillata. «Quando sono entrato il postino mi ha fermato.»

Lei allunga il collo e sente un brivido correre lungo la schiena. Fermi, il Nobel per la fisica, le ha risposto.

Apre la busta bianca, curiosa, e legge in silenzio:

Carissima Signora Braschi,

sono molto lieto di ricevere sue notizie. Ricordo anche io con piacere gli anni trascorsi a dirigere il Regio Istituto di Roma. Se la situazione politica non si fosse complicata, non escludo sarei rimasto. Per quanto, le confesso, gli ultimi anni di ricerca sono stati per me davvero importanti e ricchi di soddisfazioni.

Mi stupisce quel che sento. Ettore era davvero un ragazzo unico. Uno di quei geni che la Storia riserva al mondo di rado. Non esito a paragonarlo a Galileo e Newton. Un genio a cui temo mancasse solo un poco di buon senso.[7]

Mi piacerebbe aiutarla fattivamente. Ma dal mio ritorno a Chicago accuso problemi di salute. Temo non facilmente risolvibili. A giorni mi opererò. Spero pertanto che mi comprenderà se mi limito a darle informazioni sul professor Carlos Rivera e a non adoperarmi per la ricerca di Majorana. Rivera è un giovane fisico che da quattro anni studia con Heisenberg in Germania. So che attualmente è in Cile, dove rimarrà ancora per alcuni mesi.

Le lascio l'indirizzo.

Carlos Rivera Cruchaga,
Director, Instituto de Física,
Avda Vicuña Mackenna 4860
Santiago - Chile

Se ha notizie la prego di tenermi informato.
Cordiali saluti
Enrico Fermi

[7] Per le parole di Fermi su Majorana cfr. G. Borello, L. Giroffi, A. Sceresini, *La seconda vita di Majorana*. Per il resto la lettera è frutto di fantasia.

Un pensiero: cosa avrà Fermi? Ida storce la bocca.

Soddisfatta comunque di avere l'indirizzo di Carlos Rivera sventola la lettera davanti a Fabrizio, che gliela sfila dalle mani per leggerla.

Lei intanto rimane imbambolata e si ritrova a pensare a quando anche lei, per qualche minuto, ha fatto parte della Storia.

40.

Roma, ottobre 1934

La giornata è tiepida e Ida, avvolta nella sua giacca verde di pura lana, con la sciarpa di visone, è seduta a un tavolino esterno dei Tre Scalini. Raffaele come sempre è uscito presto e tornerà la sera tardi. Lui è un uomo estremamente ordinato, mai un libro o una cravatta fuori posto, e ora che ha insistito per prendere una donna di servizio, Ida ha l'impressione che in casa la sua presenza sia del tutto inutile.

A quell'ora il locale è ancora deserto e lei ne approfitta per bere con calma una cedrata e aspettare Dora. È stata lei a proporle di incontrarsi nella speranza di ritrovare l'intesa di un tempo.

Intanto legge avidamente *Giacinta.* Le sembra che la protagonista del romanzo di Capuana per certi aspetti condivida con lei una uguale sorte ed è curiosa di vedere dove porterà quella storia di amori non corrisposti e di tristi verità.

Mentre è intenta a seguire le vicende di chi, uscita da un'infanzia difficile, sfida le convenzioni del tempo, qualcuno le tocca la spalla.

Spicca quasi un salto dalla sedia.

«Non volevo spaventarti.»

Ida sorride e si alza a dare un bacio a Dora, poi si piega verso il passeggino grigio perla con le grandi ruote di ferro e, scostando la trapunta rosa, saluta la bambina. «Ma quanto è cresciuta!»

«Ha ormai cinque mesi e tre giorni», dice con orgoglio Dora, sistemandosi prima il cappello blu, e assicurandosi dopo che Ida abbia ricoperto con cura la figlia.

Lei l'osserva stranita. Chissà perché le giovani madri tengano tanto al senso del tempo da contare anche i giorni.

Le due amiche si accomodano al tavolo quadrato di legno. Ordinano una seconda cedrata e, mentre la bimba è intenta a succhiare un ciuccio, Dora inizia a raccontarle le emozioni della maternità, ignara del dolore che provoca a Ida.

Ti prego, Dora, smettila.

Alla fine le domanda: «E tu? Non vuoi figli?».

Ida beve un lungo sorso di succo, mentre la mano le suda leggermente.

Io?

Non ha il coraggio di dire che, in quei dieci mesi di matrimonio, quando ha potuto ha evitato Raffaele e che ha ancora bisogno di tempo per superare il trauma dell'anno prima. Ma non vuole neanche mentirle, così le confessa una parte della verità: «Raffaele è un marito meraviglioso. Un dottore stimato, ma io ancora qualche volta penso a... ad Alberto. Prima di avere un figlio da mio marito lo devo e lo voglio dimenticare».

Dora diventa rossa e le prende la mano. «Cosa dici!» Un occhio disallineato.

«Eravamo come ferro e calamita.» Ida avverte un irrimediabile senso di vuoto e il pensiero che lui ora condivida la vita con Giulia la fa impazzire.

«Ida, per favore, non sono cose che devi dire neanche quando sei sola davanti allo specchio. Ora sei una donna sposata. Non ci pensare più.» La voce è tagliente. Poi di colpo Dora abbassa lo sguardo: «Scusami».

«E di cosa? Fai bene a dirmi ciò che pensi. Le amiche servono anche a questo. A fare capire quello che noi non vogliamo vedere.»

«No, ti chiedo scusa per avere assecondato i miei genitori quando mi hai chiesto aiuto per rintracciare Alberto. Non avevo capito che per te fosse così importante.»

Ida annuisce e fa un lungo respiro. Dora non immagina affatto che di mezzo c'era stata la vita di suo figlio. Ma in fondo cosa sarebbe cambiato? Alberto era già, come lo è ora, tra le braccia di Giulia Berni. L'amica ha proprio ragione. È tempo di voltare pagina e provarci davvero. Deve assolutamente riuscire a farsi piacere suo marito. Così le sorride. «Non importa più. Ma sono felice che ora tra noi sia tutto chiarito.»

La bambina perde il ciuccio e inizia a muoversi nervosa sul passeggino.

«Mi sa che devo proprio andare.» Dora si alza, le dà un lungo bacio e fa un cenno al cameriere, ma Ida la ferma. «Ci penso io. Vai.»

Quando arriva in via Panisperna l'istituto è stranamente deserto. Non ne è meravigliata. Quel giorno sono tutti impegnati nelle sessioni di esami. Ma mentre sta per andare in bagno a rinfrescare il trucco si blocca davanti al laboratorio.

La porta è socchiusa e lei scorge Fermi, con il camice grigio, curvo sul tavolo. In mano la lunga provetta di vetro. Tra la pipetta di vetro e l'elemento da bombardare il solito cuneo di piombo che lei ha visto altre volte.

Il professore si volta e la vede.

«Vuole entrare?»

Lei non sa dire di no, né vuole.

«Chiuda la porta, per favore, e si sieda pure.»

Ida ubbidisce in silenzio e rimane a guardare.

La procedura richiede del tempo.

«Ora vediamo cosa accade se sostituiamo al piombo un blocco di paraffina.»

«Perché?» chiede Ida timorosa.

Fermi, concentrato, intanto armeggia con la provetta. «Ha mai avuto un'intuizione? La semplice curiosità di vedere cosa accade?» e avvicina la provetta al contatore Geiger. «Strano.» La fronte aggrottata.

Ora prova a mettere al posto della paraffina altre sostanze.

Prova una volta, due volte. E altre ancora.

«Niente», afferma alla fine. Un sorriso gli si apre sul volto. A Ida il fisico ricorda un bambino che guarda incredulo Babbo Natale intento a nascondere un regalo sotto l'albero.

Fermi allarga le braccia e tira su la schiena: «Signora Braschi, è solo con la paraffina che la radioattività, invece di diminuire come dovrebbe, aumenta. Immagina perché?». E senza aspettare risposta le spiega: «Perché la paraffina è ricca di idrogeno. E i nuclei di idrogeno rallentano i neutroni». Si muove su e giù per la stanza, concentrato. «Potrei verificare sfruttando l'acqua della fontana dei pesci rossi», considera. Poi la guarda negli occhi: «Ha idea di cosa ho appena rilevato?».

Ida nega con la testa. Non ha allora idea di avere assistito alla scoperta dei neutroni lenti. Ma soprattutto non ha ancora la minima idea del meccanismo di reazione a catena che si innesca bombardando un nucleo atomico con un neutrone. Se un neutrone spezza un nucleo atomico si liberano, oltre all'energia, anche due neutroni, che a loro volta possono colpire altri due nuclei atomici. Questo significa ulteriore energia e ben quattro neutroni, liberi di colpire quattro nuclei atomici, e così via.[8]

[8] Per la scoperta di Fermi e per le ultime parole da lui pronunciate alla fine di questo capitolo, e qui solo sintetizzate, cfr. *Giuseppe Bruzzaniti racconta. Enrico Fermi. L'atomo e la bomba atomica*, pp. 18-22.

41.

Catania, novembre 1954

Il ricordo di Fermi è bruscamente interrotto dall'arrivo della madre: «Alfio mi ha appena portato il mosto per il vincotto. Vedrete questo inverno. La baronessa Masini si deve *stuiare u musso* appena ne sente l'odore». Mara entra in compagnia di Flora.

Ida è ancora frastornata ma nessuno sembra accorgersene.

«Un poco ce lo portiamo noi a casa», interviene la cognata, e nel vedere il marito con la lettera in mano chiede: «Cos'è?».

«L'indirizzo del professore di Santiago.»

Mara guarda la figlia, cupa in volto.

«Che c'è, mamma?»

«Perché non ti metti il cuore in pace?» Mara è visibilmente turbata.

«Fabrizio te lo ha già detto», dice rivolta al fratello. «Voglio trovare Alberto. Voglio scoprire perché nel '33 non si è più fatto sentire. Insomma... ero certa di lui. Sai cosa ha dovuto sopportare il mio fisico.» Da quando ha ripreso a ricordare cosa è accaduto in quella grigia giornata di marzo, non trova pace. Scaccia il pensiero e dopo un attimo di esitazione confida del piccolo Tommaso Braschi. Flora e Mara si guardano a bocca aperta senza trovare parole.

Mara si siede con le mani sul volto pallido.

Ida riprende pacata: «È arrivato il momento per me di capire perché Alberto dopo avermi regalato un anello non mi ha mai scritto».

«Ma perché ora?» La madre non sembra darsi pace.

«Sono giorni che le parole della governante di casa Majorana mi tornano in mente a insinuare un dubbio», racconta. «E poi perché è sparito se Giulia sentiva che era ancora legato a me?» La domanda di Ida rimane sospesa nell'aria come una bolla di sapone pronta a scoppiare.

È Flora la prima ad abbassare lo sguardo.

«Flora, che c'è?»

«E che c'è...» dice e lancia un'occhiataccia al marito.

La madre si intromette: «Ancora questa Giulia! Ora santa è diventata».

La cognata si innervosisce, sbatte la punta del piede sul pavimento e di nuovo sprona Fabrizio.

«Devo sapere qualcosa?» Ida non può fare a meno di chiedere al fratello.

Lui annuisce e si rivolge alla madre: «Credo che sia arrivato il momento, mamma. Sai bene come la pensavo e come la penso. Ida ha il diritto di conoscere la verità».

«Quale verità?»

«Tuo padre. Un brutto carattere aveva. Era convinto che Raffaele Braschi fosse per te il migliore partito. A Roma avevamo intuito che c'era qualcosa con quell'Alberto, anche se tu lo nascondevi. Per tuo padre era troppo *caruso* e poi, dopo che seppe che eri incinta... per lui eri la svergognata... Di Alberto diceva che era un uomo privo di onore che non aveva avuto neanche il coraggio di venire a casa a chiedere la tua mano, dopo che...» e non conclude. «Pensava questo. Lui. Così si mise d'accordo con il padre di Dora, che come sai era dirigente alle poste.»

Ida sgrana gli occhi.

Con il padre di Dora?

«Le lettere di Alberto neanche arrivavano a Catania. E quelle tue si fermavano a Roma Centrale.» Mara si arrende e si siede. Sembra che gli anni le gravino ora tutti sulle spalle. «Allora non lo sapevo e niente ci potevo fare, Ida. Quando l'ho scoperto mi diede pure un colpo in faccia. Ricordi quell'estate che eri qui in vacanza e ti dissi che avevo sbattuto? Un occhio tanto avevo. Ma sbagliai. Lo so.»

«E mi avete fatto...» Si ferma come se la parola le bruciasse in bocca. Ha paura di pronunciarla. Ma sente che deve farlo. Per la prima volta non vuole usare alcuna perifrasi. Vuole dare una forma concreta a quello che è realmente accaduto. Così si sforza e riprova: «Mi avete fatto... abortire. In quel tugurio della *civita*».

Scende un pesante silenzio.

È Mara a riprendersi per prima. «Ida, ora smettila. Non sono cose da dire per una cristiana.»

Flora strabuzza gli occhi: «*Aboortiireeee?* Ma non lo aveva perso?». E si fa il segno della croce. Più volte.

Sembra che il pavimento le bruci ora sotto i piedi e che non desideri altro se non lasciare al più presto quella casa, ma Fabrizio le mormora qualcosa all'orecchio e lei si ferma. I suoi occhi però lo fulminano.

Mara continua: «Quando lo seppi era ormai troppo tardi. Tardi per tutto. Era già accaduto. Eri sposata. Non gli parlai più. E sai perché da allora mi vesto di nero? Perché ogni volta che mi vedeva tutta *niura* doveva pensare al male che aveva fatto».

«Ma come avete potuto! Se a Catania si venisse mai a sapere una cosa del genere saremmo rovinati. Rovinati», la voce di Flora è tesa come un arco di violino.

Ida è distratta, non fa neanche caso all'attacco isterico della cognata. Pensa solo ad Alberto.

Alberto.

Immagina la sua desolazione quando, dopo non avere mai ricevuto le sue lettere, viene a sapere che è stata promessa in sposa a Braschi. Allo stesso uomo di cui a Roma era geloso. Finalmente comprende perché Ettore era dispiaciuto per lui.

Qualcosa le si rompe dentro. Si scaglia contro Fabrizio, sottraendolo al fiume di domande di Flora, che spaventata dalla sua irruenza, arretra di un passo lasciandole la scena.

«E tu? Di te mi sono sempre fidata. Perché non me lo hai detto?»

«Ida, era tardi», la voce un poco incrinata.

«Lui niente sapeva.» Interviene ancora la madre. «Lo ha

scoperto molto dopo. Papà era morto, e mentre sistemavamo le carte trovò una delle lettere di Alberto.»

«Alberto mi scriveva... le lettere... dove sono?» Ida ha la sensazione che la testa le giri.

«Gliele consegnarono in un sacco. Tutte insieme. E tuo padre le distrusse. Ma una cadde dietro un mobile e io la trovai. Molto dopo, spostandolo dalla parete per *puliziare*. L'ho scoperto così.» La voce di Mara è ormai flebile. «La rimisi fra le sue carte. Di proposito.»

Ida si avvicina a Flora, ma indietreggia di un passo: «Anche tu ne eri a conoscenza!».

«Da poche settimane. Me lo ha detto tua madre, un pomeriggio sotto il pergolato. Non sapevo come dirtelo. Avrei dovuto tradire il silenzio di mio marito! E proprio ora che stai finalmente un po' meglio? Mi servivano solo del tempo e l'occasione.»

Ida volta lo sguardo intorno. Le sembra che il mondo le stia crollando addosso. Anche coloro che aveva sempre creduto le volessero bene, come la madre e Fabrizio, l'avevano in modi diversi tradita. E Alberto, scopre ora, è stato solo la vittima di una macabra cospirazione, proprio come lo era stata lei.

Così, con la lettera di Fermi ancora in mano, prende le chiavi della macchina, la borsetta ed esce di casa.

«Fabrizio, fermala, ti prego.» Mara si rivolge al figlio che però rimane immobile, scuro in viso.

Ida intanto torna indietro, va di corsa nella sua stanza, prende dal cassetto tutti i suoi risparmi e il libretto degli assegni. Risale in macchina, con gli occhi umidi e rossi, e si dirige all'ufficio postale. Deve inviare con urgenza il telegramma a Rivera e raggiungere dopo l'agenzia viaggi di piazza Borgo.

42.

Roma-Buenos Aires, novembre 1954

Le mani attaccate ai braccioli di pelle verde.

È terrorizzata.

Come le è venuto in mente di prendere un'automobile che vola? Ma in nave ci avrebbe messo troppo e il telegramma dal Cile era già arrivato. Rivera l'avrebbe attesa all'aeroporto di Buenos Aires, prima di rimettersi in viaggio per raggiungere la Germania e Heisenberg.

Gli ultimi giorni sono stati per lei nuovamente difficili. Ha lasciato la Sicilia, incapace di trascorrere una notte in più sotto lo stesso tetto della madre. Ha raggiunto in treno Roma e lì, in attesa del volo per l'Argentina, ha alloggiato in una pensione in via Panisperna, non lontano dalla latteria che frequentava con Ettore.

Ora respira.

Una volta.

Due volte.

Tenta di controllare la paura, ma le istruzioni che vengono dispensate per la sicurezza in caso di guasto dell'aeromobile o di atterraggio di emergenza riescono solo ad aumentare il suo malessere.

Poi i motori si accendono.

L'aereo inizia la sua corsa sulla pista fino a che le ruote non si staccano dal suolo. Ida avverte un peso sullo stomaco che le blocca il respiro.

Inizia a sudare. Si sposta l'anello su e giù per il dito.

Dopo un poco qualcosa cambia e quando l'aereo si riallinea, il terrore si dissipa. A quel punto, per distrarsi, inizia a fare la settimana enigmistica.

Una hostess magra e alta, con un vestito azzurro e una giacca con le maniche a tre quarti, le si avvicina sorridente e le porge una coppa di spumante: «Benvenuta a bordo del volo Alitalia per Buenos Aires», le dice sorridendo e con tono stupito le chiede: «Viaggia sola? Per l'Argentina?».

Lei annuisce e sul volto della donna appare una nota di preoccupazione. «Se ha bisogno non esiti a chiedere», dice poi.

Ida ringrazia, beve il liquido dorato e chiude gli occhi.

Quando li riapre è spaventata. Ha sognato un disastro nucleare. Era nella stanza di Fermi e lui le porgeva una provetta. Quella esplodeva lasciando un grosso buco al posto dell'istituto di via Panisperna. Intorno a lei solo macerie e due donne vestite di bianco. La prima, con i capelli ispidi biondi e le guance arrossate, si presenta: «Ida Noddack». L'altra la segue a ruota: «Lise Meitner». Guardano in silenzio la voragine che sembra non avere fine. Lei gli parla, ma loro non la sentono più. È allora che arriva Ettore. Ha i capelli ancora più lunghi che nell'ultimo periodo ed è terribilmente pallido: «Non andava», le mormora piano. «Era tutto molto pericoloso. Tu potevi immaginare? La fisica non andava e il mondo ancora non va. Lo avevo capito subito, quando avevo letto quella pagina e mezza di Ida Noddack. L'avevi tu sul tavolo. La dovevi ancora catalogare e io l'ho presa. L'ho tradotta velocemente. Mi è bastato poco per vedere lì dove gli altri non vedevano. La Noddack aveva ragione. Era una scissione nucleare.» Si passa la mano tra i capelli neri: «I fisici tedeschi sono stati più saggi degli americani. Guarda», le dice. A quel punto spunta anche Leonardo Sciascia con una sigaretta tra le dita. Ha l'aria pensierosa, fuma e le indica la voragine: «Guardi cosa accade a prestare la teoria alla pratica, la scienza alla morte». «Già», gli fa eco Majorana. «Abbiamo liberato l'energia atomica», e con un salto si butta in quelle che a lei sembrano le bolge dell'inferno dantesco.

Stropiccia gli occhi. Incredula.

La hostess ricompare con un vassoio di ceramica bianca. Sopra, dei piatti con del riso allo zafferano, polpettine in agrodolce e una fetta di torta.

«Da bere?» La ragazza le mostra un carrello pieno di bottiglie.

«Solo dell'acqua, grazie», risponde ancora turbata dal sogno.

Quando si riprende si volta a guardare i passeggeri.

Chissà dove stanno andando, si chiede, e poi come farà a ritrovare Ettore e Alberto? E intanto pensa alla madre e al fratello. È un pensiero carico di rancore. È incredula che anche loro l'abbiano potuta pugnalare alle spalle rimanendo inermi a osservarla mentre sanguinava. Perché questa è la sensazione che ha. Per la prima volta comprende che se l'avessero davvero sostenuta, lei avrebbe potuto tenere il figlio. Invece hanno da subito scelto la via del silenzio, la via più semplice e meno coraggiosa. Anche loro, in fondo, incapaci di opporsi al dispotismo del padre, avevano caldeggiato le nozze con Braschi.

E se ancora riesce a comprendere con la ragione che entrambi, come lei, sono stati vittime di quell'uomo che ha strappato a tutti la serenità, quello che hanno fatto dopo avere scoperto l'esistenza delle lettere non ha scusanti. Anche quando hanno conosciuto la verità hanno continuato sulla strada della menzogna.

Sarebbe cambiato qualcosa?

Forse no, perché allora era ormai tardi per tornare indietro. Eppure non era tardi per andare avanti.

Incuranti dei suoi sentimenti si erano limitati a nascondere la polvere sotto il tappeto, senza rendersi neanche conto delle conseguenze delle loro azioni. Sua madre aveva fatto di più. Negli ultimi mesi le aveva offerto tutto il suo sostegno, ma anche quando in salotto lei le aveva confidato la forza del suo amore per Alberto, aveva continuato a tenere il segreto per sé.

Si chiede se ora, dopo quanto accaduto, i suoi familiari vorrebbero tornare indietro, ma, anche volendo, non potranno, perché cancellare il male fatto non è mai possibile. Dostoevskij lo ha insegnato al mondo, ma il mondo sembra averlo dimenticato.

Il tempo scorre lento e lei osserva incantata dal finestrino il cielo azzurro e le nuvole che scorrono veloci sotto l'aereo. Dove è arrivata la scienza e dove porterà l'umanità?

Non ha più paura, pensa. Ha solo desiderio di arrivare. Sa che sta per compiere un passo quasi folle. Ma sente che deve andare avanti. Le ritorna in mente Fermi che mette la paraffina tra la sorgente di neutroni e l'uranio. Quando lei gli aveva chiesto perché lo facesse, lui aveva risposto che era solo un'intuizione. E questo viaggio è ora per lei una uguale intuizione. Solo così, ha visto, avvengono le vere scoperte. Quelle inaspettate.

L'hostess riappare per servirle il caffè lungo. Lei prende la tazza e la osserva. C'è qualcosa nella donna che le ricorda Giulia Berni da giovane. Forse il taglio di capelli biondi che racchiude un volto dai delineamenti delicati.

Ricorda bene l'ultima volta che guardandola aveva pensato di avere davanti una giovane promessa della fisica nucleare.

Ricorda bene che per anni aveva addossato a lei, ingiustamente, ogni colpa.

43.

Buenos Aires, fine novembre 1954

Quando l'aereo si ferma, Ida tira un sospiro di sollievo. Non vuole neanche pensare che dovrà nuovamente salire su un altro uccello di ferro per tornare a casa.

Guarda l'orologio.

Rivera dovrebbe già essere fuori dall'aerostazione ad attenderla, sempre che tutto sia andato bene.

Prima di uscire passa dalla toletta. Ha l'aria pallida, così rinfresca il trucco. Poi sistema il foulard verde mela e si passa un pettine tra i capelli.

Con la valigia in mano muove i primi passi in quel mondo a lei sconosciuto che la terrorizza. Il timore per la sua vita scolora davanti alla sfida di ritrovare la parte più bella di lei, quella che aveva smesso di esistere venti anni prima, nel tugurio della *civita.*

Appena fuori è colpita da un'ondata di calore. Toglie il maglioncino di cotone e indossa gli occhiali. Aveva letto che a novembre in Argentina il clima era molto diverso dall'Italia, ma non immaginava di trovarsi in piena estate. Un grande autobus rosso e argento dalle forme arrotondate le sfreccia davanti, incurante delle strisce pedonali.

Per il resto alla luce di quel meraviglioso sole non le sembra ci sia nulla di strano, se non che lei conosce molto poco lo spagnolo.

Un giovane di circa trent'anni, con la faccia ovale e la pelle liscia, le va incontro. «Signorina Clementi.» Parla italiano con uno stranissimo accento. Si guarda intorno. «Ma è venuta sola dall'Italia?», il volto incredulo.

Lei annuisce e si limita a porgergli la mano: «Professor Rivera, sono molto contenta di conoscerla e soprattutto che lei parli la mia lingua».

«Italiano e anche tedesco. Per via dei miei viaggi di studio.» L'uomo riprende: «Quando nel telegramma mi ha scritto che cerca Ettore Majorana, non ho potuto fare a meno di risponderle e di venire fin qui. Come le dicevo, posso aiutarla. Prego, mi segua, ho procurato una macchina». E intanto le prende la valigia e le fa strada verso il posteggio. Da lontano indica una grande macchina blu, con le ruote bianche e nere e il tettuccio grigio.

«È quella.»

«Che bella!» esordisce Ida.

«È una Studebaker.»

«Ma è sua?»

«No, magari. Di un amico che lavora qui», ride Rivera. Poi le chiede: «Dove alloggia?».

«Al Bahía del Sol, in calle del Sol.»

«Diciamo che il proprietario non brilla per originalità», scherza l'uomo.

Lei sorride e aggiunge: «L'ha prenotato l'agenzia viaggi di Catania. Non so bene cosa mi aspetti».

Il professore storce le labbra: «Se posso permettermi, le suggerisco di cambiare prenotazione e andare al Continental».

«Perché?» Ida lo osserva meglio. Rivera è un uomo dai modi gentili, vestito con un completo di lino beige.

«Per due ragioni. La prima è la sua incolumità personale. Ho alloggiato lì la notte scorsa e ne ho avuto un'ottima impressione. Mi sembra un posto sicuro. Anche per una turista che è sola. Conosce la storia di questo paese, vero?»

«Ho letto che sta attraversando un periodo difficile.»

«Difficile è dire poco, direi disastroso. C'è molta criminalità per la crisi economica e per l'inflazione, salita negli ultimi anni vertiginosamente. E da quanto Evita Perón è morta, la situazione politica è fortemente instabile. Da circa due anni si è registrata una preoccupante perdita di consenso di

Perón, e le misure che limitano la libertà personale non aiutano. Sembra che il governo non sia più capace di trovare una soluzione economica soddisfacente, né di conciliare i diversi interessi del paese. Come non aiuta l'allontanamento della chiesa dalla Casa Rosada. E mentre i partiti antiperonisti hanno visto in tutto questo l'occasione per risorgere, la polizia peronista, decisa a non perdere terreno, fa purtroppo il resto. Capita che qualcuno sparisca nel nulla. Le consiglio allora di non girare mai da sola e di alloggiare in un albergo sicuro, come il Continental.»

«Diceva che c'erano due ragioni? La sicurezza mi sembra sia solo una.»

«L'altra gliela dico a fine giornata. Vediamo prima dove porta la nostra ricerca. Ma ora salga», la invita il professore, dopo avere messo la valigia nel portabagagli. Intanto le apre lo sportello e sposta una grande cartina stradale lasciata aperta sul sedile. Lei ubbidisce come una scolaretta al primo giorno di scuola.

Il cileno le passa la mappa stradale: «Questa è preziosa, se non vogliamo perderci. Ho segnato il percorso con la penna rossa», spiega.

Quando finalmente mette in moto, Ida lo ringrazia. «È stato molto gentile a venire qui da Santiago.»

«A esserle grato sono io. Quattro anni fa partivo con mia moglie proprio da questa città per andare a studiare a Gottinga.» Poi aggiunge sorridendo: «Mi ero sposato da poco. Dovevamo imbarcarci la mattina presto e così mio padre mi diede l'indirizzo di una signora presso cui alloggiare, una certa signora Frances Talbert. Comunque», riprende Rivera, «la signora era in ansia per la situazione politica, visto che era una antiperonista, e da giorni non aveva più notizie del figlio. Con me fu molto cortese. Appena arrivati ci diede la stanza e io che non volevo perdere tempo mi misi subito a studiare. Lei lo vide e mi chiese cosa andassi a fare in Germania. Le spiegai che mi ero da poco laureato in fisica e che andavo a migliorare la mia formazione. Poi le mostrai il libro che avevo in mano, le dissi che mi occupavo in quel momento delle leggi statistiche di

Majorana. A quel nome lei ha cambiato espressione e mi ha chiesto: "Ettore Majorana?". Meravigliato che lo conoscesse, nella lontana Argentina, mi informai e lei mi confermò di sapere chi fosse perché era amico del figlio. Mi disse anche che ora non si occupava più di fisica, ma di ingegneria».

«Ah…»

«Deve anche sapere che nel libro che avevo con me c'era una foto di Majorana e così gliela mostrai. A lei sembrava la stessa persona, se pure nell'immagine appariva molto più giovane dell'ultima volta che lo aveva visto.»

«A quando risaliva la foto?»

«A vent'anni prima, al 1930. Lo so perché a quel punto ho verificato.»

«E il figlio della signora Talbert?»

«So che si chiama Tullio Magliotti. Anche lui ingegnere. Ma è qui che è accaduto il fatto singolare. Il telefono di casa ha squillato e la signora è andata a rispondere. Era proprio il figlio. Lei ha raccontato di me e che conoscevo Majorana, se non altro la sua storia. L'interlocutore deve avere detto qualcosa, perché da quel momento la signora non si è più fatta vedere. La mattina seguente prima di partire l'ho cercata, ma non l'ho trovata. Mi sono così imbarcato senza sapere altro. Da quando sono tornato, il mese scorso, mi ripromettevo di andare a controllare.[9] Quando ho ricevuto il suo telegramma l'ho preso come un segno del destino.» E pronuncia con enfasi: «La bibliotecaria di via Panisperna. Sa, per noi fisici quel nome... Insomma, eccoci qui. A cercare il professor Majorana».

La Studebaker corre veloce lungo la strada a serpentina tra alti edifici per attraversare poi un rigoglioso parco e continuare attraverso una campagna brulla costellata di rocce rosse come il fuoco.

Rivera riprende a raccontare: «La signora Talbert mi confidò che Majorana era andato via dall'Italia a causa di Fermi. Non gli piaceva che avesse contribuito alla costruzione della bomba atomica».

[9] Per la storia della signora Talbert e Tullio Magliotti cfr. E. Recami, *Il caso Majorana*, p. 109 e ss.

«Non può essere andato via per questo», considera Ida. «Quando Ettore è scomparso, Fermi era ancora in Italia e nessuno poteva immaginare che avrebbe preso parte al progetto Manhattan.»

«Ma quattro anni fa, quando lo disse, lo scempio provocato dall'atomica era tristemente noto. Un fondo di vero potrebbe esserci.»

Ida arriccia il naso. «Fra i due credo ci fosse qualche frizione, ma è solo una mia supposizione. Non so se si può definire semplice competizione tra geni. Intendiamoci, Fermi fu molto toccato dalla sparizione di Ettore. Scrisse lui stesso a Mussolini e io per prima quando ho pensato a chi chiedere il suo indirizzo ho scritto a lui. Eppure...» Racconta così quanto già detto a Leonardo Sciascia mesi prima: del telegramma per congratularsi con Heisenberg per il Nobel a nome di tutto l'istituto, ma senza la firma di Majorana, e del possibile disappunto per come si era conclusa la vicenda del concorso a cattedra che lo aveva portato a Napoli.

«Il concorso?»

«Era l'ottobre del '37, e ricordo che vennero alcuni professori da fuori a Roma. Tra questi Carrelli. Ettore, per quella che era la mia impressione, presentandosi al concorso a cattedra aveva colto Fermi in contropiede. Per anni quasi non si era fatto vedere in istituto. Nessuno si aspettava partecipasse più. I candidati iniziali erano cinque, se non ricordo male, con Ettore divennero sei. Oltre a Majorana, tre studiosi erano molto forti e ben visti: Giulio Racah, Gian Carlo Wick, e il figlio del ministro, Giovannino Gentile. E i posti messi a bando erano proprio tre. Era chiaro che la presenza di Ettore complicava le cose. Così sul momento non vinse nessuno.»

«Non la seguo.»

«La commissione si è riunita, ha rinviato la procedura e ha chiesto al ministro della Pubblica Istruzione di nominare Majorana professore di fisica teorica in una università del Regno. Fuori concorso.»

«Con che motivazione?»

«Perché godeva di alta e meritata fama. Credo ci fosse scritto proprio così sul verbale. Si riuscì così a non escludere nessuno degli altri tre candidati "forti".»

«Napoli», considera Rivera.

«Già, non credo fra l'altro che fosse la facoltà che preferiva.»

«Le sembra poco per non avercela con Fermi?»

«Non possiamo che fare supposizioni. Di certo c'è che prese l'incarico.» Ida non confida che prima che Ettore partisse per l'ateneo partenopeo lei gli aveva chiesto se fosse intenzionato ad accettare la cattedra, e lui con la sua solita ironia le aveva risposto che per merito avrebbe accettato anche di diventare papa, considerato che il pontefice di allora era piuttosto anziano e visto che lui aveva una discreta educazione cristiana.[10]

Il ricordo le strappa un sorriso.

Lentamente la tensione accumulata durante il viaggio si scioglie e in quella terra lontana il peso portato nel cuore per tanti anni finalmente si allontana. Così chiude gli occhi e con il vento tra i capelli e il sole che le riscalda il viso si sente rincuorata e assapora quel viaggio che comincia ad avere il gusto della libertà. La sua libertà.

[10] Cfr. E. Recami, *Il caso Majorana*, pp. 194-195, lettera di Majorana a Giovannino Gentile. Qui liberamente romanzato.

44.

Buenos Aires, fine novembre 1954

La Studebaker imbocca una lunga strada sterrata, circondata da campi fioriti, e supera una schiera di case bianche.

«Arrivati», dice dopo poco Rivera.

L'edificio che hanno davanti, per quanto nascosto da un albero e dai fiori lilla delle jacarande, ha un aspetto trascurato.

«Direi che non è più una pensione», considera Ida.

«Già, la ricordavo molto diversa. Il giardino era ben tenuto.» Una ruga sulla fronte.

Ida scende e viene investita dal profumo intenso del gelsomino. Si avvicina al cancello. Sulla cassetta della posta il nome: *Frances Talbert.* Chiude gli occhi, deglutisce e tocca l'anello con le tre fedi. Presto conoscerà finalmente la verità su Majorana e forse ne saprà di più su Alberto.

Il professore chiude l'autovettura e la raggiunge.

«Entriamo?» domanda curiosa.

Rivera annuisce e scosta il cancelletto bianco. Insieme percorrono il vialetto di pietre che porta all'abitazione. Ma mentre avanzano le loro preoccupazioni aumentano. Vedono che le finestre del piano terra sono chiuse e la porta è inchiodata con due spesse assi di legno.

Ida sgrana gli occhi: «Ma non c'è nessuno! Tanta strada per nulla».

«Proviamo a chiedere ai vicini», propone Rivera dopo poco e indica la casa oltre la siepe. Un cane abbaia e una signora è indaffarata a stendere i panni al sole. «Mi aspetti qui.»

Lei rimane ferma a guardare l'edificio. Possibile che Ettore sia stato lì? Che sia amico di questo signor Magliotti?

In lontananza intanto vede Rivera parlare con la donna sul prato. Lei annuisce. Non sembra volere dire molto. È guardinga.

Quando il professore ritorna, Ida non sta nella pelle.

«Mi ha solo detto che sono andati via all'improvviso, senza avvisare nessuno.»

«Spariti?»

«Già.»

«E perché mai?»

L'altro storce la bocca. «Mi viene solo un motivo in mente. Le ho già detto che madre e figlio erano antiperonisti e le ho spiegato la difficile situazione che il paese sta attraversando.»

«Sono stati uccisi?»

«Oppure sono scappati, temendo il peggio.»

«Questo significa che non li troveremo più e con loro abbiamo perso anche la seconda traccia su di Ettore, dopo quella delle sorelle Cometta Manzoni.»

L'uomo le sorride. «Veramente un'altra traccia c'è.»

«Quale?»

«Ricorda che le ho parlato dell'hotel Continental dove ho alloggiato ieri sera?»

«Certo.»

«Salga in macchina, appena usciamo da questo dedalo di vicoli e raggiungiamo la strada a scorrimento veloce le racconto.»

Quando sono di nuovo sulla via asfaltata Rivera riprende: «Ieri sono arrivato nel pomeriggio e ho preso una stanza al Continental, come mi aveva consigliato l'amico che mi ha prestato oggi la macchina. La sera sono andato al ristorante del pianoterra, dove mi ha servito un cameriere di mezza età. Pensi un po', italiano. Ora, deve sapere che sono giorni che studio un'equazione. È una vera ossessione. Così, nell'attesa che l'*asado* fosse pronto, ho iniziato a riportare i miei calcoli su un tovagliolo di carta. Quando il cameriere è tornato per servire il mio piatto di carne, ha visto quello che avevo scritto e mi ha raccontato che conosce qualcun altro che come me scrive sempre formule sui tovaglioli di carta. Un fisico molto importante scappato dall'Italia».[11]

«Ettore?»

«Majorana. Questo il nome che mi ha fatto.»

Ida sgrana gli occhi: «Non le sembra una coincidenza inquietante?».

«Forse, ma ho controllato sulla mappa che ha tra le mani. Guardi bene. Troverà dei cerchi blu.» Rivera allunga l'indice.

Ida non perde tempo e apre meglio la mappa.

«Ascolti: Magliotti conosceva Ettore, sulle sorelle Cometta abbiamo dei dubbi, ma tenga presente che in questo clima politico non c'è da meravigliarsi che preferiscano essere prudenti e negare. Ora, che un cameriere lo abbia visto più volte prendere un caffè al Continental non mi meraviglia per nulla. Sa perché? Perché l'albergo è assai vicino sia all'avenida Santa Fe, dove abitano le sorelle, sia alla Facultad de Ciencias Exactas, Físicas y Naturales. È da lì che, a Buenos Aires, escono gli ingegneri come Magliotti. E lì si studia anche fisica. Secondo me è quella la zona che frequenta.»[12]

Lei osserva Rivera con attenzione. «Vuole dire che se io prendo una stanza al Continental rischio di imbattermi in Ettore?»

«Chi meglio di lei potrebbe riconoscerlo?»

«Be'... a questo punto non ho altra scelta che pernottare lì.»

«Troverà sicuramente disponibilità. Proprio ieri sera mi dicevano che hanno la metà delle camere libere.» Rivera fa un lungo respiro: «Sono contento che a questo punto voglia continuare a cercare. Io purtroppo devo tornare a Santiago. Devo organizzare tutto per la nuova partenza mia e della mia famiglia per Gottinga. Già sottrarre questi due giorni per me è stata una forzatura, ma ci tenevo davvero».

La Studebaker raggiunge intanto il centro.

[11] E. Recami, *Il caso Majorana*, p. 111. L'episodio è del 1960. Qui anticipato e liberamente romanzato.

[12] Così in G. Borello, L. Giroffi, A. Sceresini, *La seconda vita di Majorana*.

Le macchine intorno a loro corrono veloci.

Superano il museo Cabildo e poi raggiungono avenida Roque Sáenz Peña.

Ida scorge l'alto edificio del Continental, un'imponente struttura di colore chiaro con delle grandi colonne a segnare il centro della facciata.

Davanti all'albergo il professore ferma la Studebaker, smonta dalla vettura, apre il bagagliaio e le porge la valigia.

«Mi raccomando, stia attenta. Eviti chi l'avvicina. Spesso le offriranno cocaina o altro. E occhio alla borsetta», dice. Poi guarda l'orologio. «Mi spiace non poterla accompagnare dentro, ma devo scappare.»

«Non si preoccupi. Ma prima di salutarla vorrei sapere se al cameriere ha chiesto altro.»

«Certo, ma non mi ha saputo dire niente di significativo. Solo che Majorana, o chi per lui, va lì ogni tanto. O chi per lui, perché a dire il vero non si può escludere che sia un malfattore che si spacci per Majorana. Un altro fuggitivo italiano che vuole mantenere l'anonimato. O qualcosa del genere. Dimenticavo una cosa importante. Il cameriere si chiama Belmonte.»

«Gli ha mostrato una foto?» domanda allora Ida.

«Non avevo con me il libro che studiavo quattro anni prima. Anzi, credo di averlo lasciato a Gottinga. Dove potevo trovarne lì per lì un'altra?»

Ida ringrazia il giovane professore, lo saluta e, mentre si dirige verso l'ingresso dell'albergo, mette la mano libera nella sua borsetta e tira fuori la foto in bianco e nero della laurea di Majorana. A sinistra Ettore, a destra Alberto.

Si infila nella porta girevole in vetro e spinge la sbarra dorata che ha davanti. Fatto un passo si ritrova nella grande hall con il pavimento di marmo bianco. Alla sua sinistra un lungo banco di legno. Subito le si avvicina un uomo in livrea per prenderle la valigia. Lei raggiunge la reception e, quando l'inserviente la saluta, mostra il passaporto. Poi apre il piccolo vocabolario che ha portato con sé e indica la parola «camera».

Quello annuisce e segna una cifra sul foglio con accanto la scritta *centavos.*

Ida fa un rapido calcolo e acconsente. Arrivata a quel punto deve andare fino in fondo.

L'uomo prende il documento, registra il suo nome e il numero del passaporto su un grande registro e glielo restituisce, poi le consegna una lunga chiave con un pomello d'ottone e fa cenno al facchino di accompagnarla.

Quando Ida rimane sola in camera, si butta sul letto e toglie le scarpe. È esausta.

Riprende tra le dita la foto di Ettore e Alberto. Non dimenticherà mai come l'ha avuta.

Erano trascorsi pochi giorni dal funerale di suo padre.

45.

Catania, primi di marzo 1938

Ida segue a passo lento la madre, lo sguardo rivolto a terra nascosto dagli occhiali scuri, un foulard nero a contornarle il volto e un altrettanto nero tailleur con i bottoni dorati. La mano di Raffaele è nella sua. Il marito ci ha tenuto ad accompagnarla e, con l'aspetto calmo e composto di sempre, procede con il passo sicuro di chi abbia tutto sotto controllo. Durante il viaggio non le ha chiesto come stia, né si è detto sorpreso che lei non abbia fatto accenno alcuno al padre o non abbia versato una lacrima. Ma lei non ne è stupita. Sa bene quale sia il suo rapporto con la morte. Mentre tutti gli esseri umani ne sono terrorizzati e ne allontanano l'idea, lui la affronta come un normale accidente con il quale i vivi devono fare i conti, prima o dopo. Nulla più, nulla meno. E per questo è sempre capace di chiudere il suo cuore, quando è il momento, riuscendo a non cedere mai all'emozione.

Ma per lei è diverso. La notizia arrivata la sera prima l'ha colta impreparata. Un brutto ascesso al molare, con la conseguente setticemia, era stato fatale. Ancora adesso, davanti alla lunga bara di legno scuro, ai parenti e agli amici raccolti sul sagrato della chiesa barocca di San Francesco Borgia di via Crociferi – la stessa, per ironia della sorte, in cui lei si è sposata –, è incredula che sia veramente accaduto e che a breve dovrà dare l'ultimo saluto a suo padre. Un padre che da piccola ha molto amato, con il quale condivideva la passione per i libri, ma che da ragazza l'ha delusa tanto da scatenare in lei un astio feroce cancellando tutto ciò che di bello c'era stato. Quello che le dispiace di più, mentre entra in chiesa, è che non ha avuto il tempo di perdonarlo. Teme che quel risentimento rimarrà ormai cristallizzato nella sua vita perché non ci potrà più essere occasione per mitigarlo, né la morte è sufficiente a dimenticarlo. E non che la sua ragione non vorrebbe farlo. È il suo cuore, pietrificato, che proprio non riesce. Da troppi anni il padre è diventato per lei solo "l'avvocato Clementi". L'unica speranza che accorre a consolarla è che forse nei prossimi giorni qualcosa cambierà.

Mara procede davanti a lei, poggiandosi a Fabrizio. Accanto c'è Flora con un gran pancione e gli occhi gonfi. Prima di entrare nel tempio del Signore, la madre tira su con il naso e si gira a cercarla con gli occhi. Quando la vede fa un passo indietro, la tira per la gonna e le mormora qualcosa all'orecchio: «Ida, per favore, almeno piangi che le persone ci *taliano*». Poi si porta il fazzoletto agli occhi e li strofina tanto che alla fine le diventano rossi.

Solo quando la messa sta finendo Ida sente le lacrime farsi strada. Ma non è tanto per la perdita del genitore, quanto per il dolore universale di chi pensa che ogni cosa ha una fine e per la paura che una sorte uguale potrebbe capitare da un momento all'altro a lei, a sua madre, a suo fratello o a Raffaele. Ed è anche la consapevolezza di chi avverte la caducità del tutto e del tempo che scorre inesorabile e veloce.

Prima di allora solo una volta aveva pianto a un funerale, a quello di Orso Mario Corbino, l'anno prima. Anche lui scomparso all'improvviso, a causa di una polmonite. I due amici, pensa ora Ida, si ritroveranno, ancora una volta insieme, come da ragazzi. E questo è l'unico pensiero di pace che concede al padre.

Alla fine dell'orazione funebre, una lunga fila di persone si dispone in ordine per le condoglianze. In testa la baronessa Masini con le figlie.

Quando tutto è finito, infastidita dal tanfo dell'incenso e dei fiori, sente di avere bisogno di respirare una boccata d'aria fresca, così a passo svelto, lasciandosi la famiglia alle spalle, attraversa la navata centrale e raggiunge l'ingresso. Si ferma alla sommità della ripida scalinata e alza gli occhi verso il cielo quel giorno turchese. Prima lascia correre lo sguardo sopra i tetti e le cupole, poi lungo via Crociferi con le sue case dalle facciate decadenti accanto alle belle chiese barocche che rifrangono la luce coi loro giochi di concavi e convessi e le alte colonne. È solo allora che con sua sorpresa vede Dora venirle incontro per le scale, i capelli ramati e ribelli raccolti in un cappellino nero e un cappotto lungo stretto in vita.

«Che ci fai qui?»

«Mio padre ci teneva a esserci e io l'ho pregato a lungo di portarmi con sé», dice Dora piano indicando un uomo alto e magro vestito di scuro che a Ida sembra un becchino. «Siamo arrivati in treno questa mattina. Volevo starti vicino. Ma dentro c'era troppa folla. Non sono riuscita ad avvicinarmi.»

Ida le sorride. In fondo la vita talvolta sa regalarti delle dolci sorprese. Così l'abbraccia a lungo, ignara che quella sarebbe stata l'ultima volta che l'avrebbe vista e che un destino più grande di loro si stava per abbattere sull'Europa e sulla vita della sua amica.

Ida entra per l'ultima volta in istituto. Non riesce a portare il lutto come vorrebbe la madre, così da alcuni giorni indossa solo abiti blu. Le sembra un buon compromesso e fortunatamente per Raffaele questo non è un problema.

In mano tiene una grossa scatola vuota perché quella mattina deve raccogliere le ultime cose. Presto seguirà il marito a Torino. Nessuno le ha chiesto se desidera partire o no, perché a nessuno viene in mente che una moglie non voglia seguire il marito. Semplicemente deve.

La biblioteca è silenziosa. Sul tavolo una lettera dalla Francia della dottoressa Berni per il professor Fermi. Ida la rigira tra le dita, tentata di buttarla nel cestino. Ma desiste dal proposito per rispetto a Fermi e per senso del dovere.

Ha la sensazione di essere osservata, così si gira.

Alberto è lì, con il suo maglione beige e le spalle larghe, il ciuffo nero che ricade sulla fronte, e le sorride. Il cuore accelera i battiti, per questo abbassa lo sguardo. Sono trascorsi già cinque anni, cinque lunghissimi anni, eppure quella sensazione di essere un ferro attratto dalla calamita, di appartenersi, non è ancora andata via.

«Sono tornato da Viterbo per farti le condoglianze. Ho saputo di tuo padre. Mi spiace. Perdere un genitore è terribile.» La voce è calda.

Lei si tormenta le mani, nervosa, ricambia il sorriso. E intanto prova emozioni contrastanti e altalenanti: la gioia di averlo finalmente vicino, il senso di colpa verso il marito e il risentimento verso di lui, forte, selvaggio, per averle preferito Giulia. Vorrebbe dirgli tutto. Fino a quel momento non ne hanno mai parlato. Quelle poche volte che si sono rivisti, lei si è sempre celata dietro il suo orgoglio. Allontanandolo. E anche ora tace. È meglio così, perché lei è ormai la signora Braschi e questo nessuno lo può più modificare. Parlarne servirebbe solo a riaprire una ferita mal cicatrizzata.

«Vuoi un caffè?» chiede per spezzare il silenzio e indica la macchinetta che tiene sul ripiano, sopra il fornello da campo.

«Con piacere.»

Ida prepara l'occorrente e accende il gas. Quando il liquido nero riempie la stanza del suo inconfondibile odore tostato gli chiede: «Anche tu senza zucchero, vero?».

«Ricordi bene.»

Gli porge la tazzina. Le mani si sfiorano e i loro sguardi, come anni prima, si ritrovano, uniti in un lungo silenzio carico di parole non dette e di una vita mai vissuta.

Lei non riesce a fare a meno di guardare le dita lunghe e sottili che un tempo scorrevano sul suo corpo, che l'abbracciavano di nascosto dietro un albero o vicino a un portone. Non ha mai provato quelle sensazioni con Raffaele.

Le sembra di impazzire e beve il caffè in un unico sorso, bruciandosi la gola.

Alberto le sorride e le fossette sulle sue guance sono per

lei il colpo mortale. Così afferra un foglio dalla scrivania e comincia a farsi vento.

«Hai caldo?» chiede sorpreso.

«No», risponde lei nervosa e posa immediatamente il foglio.

«Fra pochi giorni lascerò Roma», sbotta.

«Perché?» Lo sguardo di lui è sperduto.

«Raffaele... è stato chiamato all'ospedale di Torino.»

Sentendo il nome del marito Alberto si scosta e sta per andare via, ma lei lo trattiene con una mano. Istintivamente. Socchiude le palpebre e aspira a lungo il profumo di sandalo.

Lui allora altrettanto istintivamente le accarezza il volto.

Ida non riesce a smettere di perdersi nei suoi occhi verde muschio. Le sembra di essere diventata un'ape attratta dal polline. Anche se per poco, è bello ritrovare la vecchia complicità. Le loro labbra si sfiorano. Ma entrambi si ritraggono, sapendo che quello sarebbe stato solo l'inizio della fine. Della loro fine di persone rispettose del prossimo.

Alberto si riprende per primo, apre il portafogli di pelle scura e sfila una foto: «Mi piacerebbe l'avessi tu».

Lei guarda l'immagine sul cartoncino dal bordo ondulato.

«È stata scattata il giorno della laurea di Ettore, se guardi bene in fondo ci sei anche tu. Un piccolo puntino. Stavi per prendere la tesi dal tavolo dei relatori.»

«Non sapevo l'avessi.»

«L'ho trovata a casa di Ettore. La nostra unica foto insieme.»

«Io non ho qui una mia foto da darti», mormora lei. Soffre al pensiero di non rivederlo, ma spera che la lontananza la curerà della perdita.

«Se ci sarà un'altra occasione me la darai. Se non riesci fa nulla. Io ti porto sempre qui», dice e avvicina una mano al cuore.

Rimangono fermi a guardarsi.

Il tempo si dilata e i minuti diventano ore. Alla fine Alberto le cinge i fianchi in un abbraccio in cui è racchiusa tutta la vita che sanno di non potere più avere.

«Ida, perché hai sposato Braschi?» le sussurra poi. Lei si scosta di scatto come punta da una vespa, incredula che lui possa farle una domanda del genere.

L'incantesimo è spezzato per lasciare posto solo al risentimento e alla consapevolezza di quel che stava per fare. Lei è una donna sposata e Raffaele non merita tutto questo.

«E me lo chiedi ora? Ora che è troppo tardi e non posso più tornare indietro? Tu perché sei sparito? Perché ti sei buttato nelle braccia di Giulia non appena sono partita?»

Alberto, nell'ascoltare le sue parole, spalanca gli occhi meravigliato, cerca di dirle qualcosa, ma lei prende la borsa e lascia la biblioteca correndo, veloce, con il volto gonfio di pianto. Il pianto della delusione.

46.

Buenos Aires, fine novembre 1954

Lo sguardo fisso sul soffitto. Adesso conosce tutta la verità e intuisce il male che quel giorno gli ha fatto. Nella sua vita era stato quello forse il suo vero errore. Non avere mai parlato abbastanza. Da ragazza non aveva spiegato al padre quanto fosse per lei importante Alberto e in seguito non aveva provato a trovare parole per dirgli che non era una svergognata, ma solo una donna innamorata. E quel giorno in istituto? Non si era fermata ad ascoltare le ragioni dell'uomo che amava, così come, prima delle nozze, non aveva detto a Raffaele la verità. Ed era rimasta in silenzio davanti ai tanti tradimenti, fino a che non era stato troppo tardi.

Doloroso silenzio.

Medita sul comportamento della madre e del fratello. Verso Flora non ha più alcun astio. In fondo è stata lei a parlare. Lei che aveva saputo solo da poco. Ma verso Mara e Fabrizio prova ancora rancore. Entrambi hanno preferito fingere di non sapere e ancora una volta si chiede se riuscirà mai a perdonarli.

Guarda l'orologio da polso e ripone la foto nella borsetta. Prima di alzarsi si attarda ancora qualche minuto a ricordare Dora. Al funerale del padre l'aveva salutata certa che si sarebbero riviste, ma così non era stato. Ida era andata a Torino e poco dopo era scoppiata la guerra. Si erano ancora parlate al telefono, ma raramente, solo quando la linea era libera per le comunicazioni dei civili. Non si erano mai più riviste. Dora era morta durante il raid aereo su Roma nel luglio del '43 e di lei, considera ora Ida, non conserva neanche una fotografia.

Quando si riprende, va in bagno e si infila nella vasca. Ha bisogno di rilassarsi e di immergersi tra le bolle di sapone per ritrovare la calma.

Leggermente rincuorata esce dall'acqua profumata, si asciuga e indossa una camicetta di lino chiara e una gonna morbida che scende dritta fino a sotto il ginocchio.

Prima di lasciare la stanza prende il vocabolario, poi percorre le ampie scale e segue le indicazioni per il ristorante. Lo trova aperto, ma deserto.

Il maître le va incontro e lei si presenta.

«Cerco un mio amico», e mostra la foto di Majorana. «So che viene ogni tanto qui», dice nel suo stentato spagnolo.

L'uomo si rivolge a due camerieri che sono in sala a sistemare le tovaglie sui tavoli. Questi si avvicinano a vedere la fotografia. Poi negano di avere mai visto l'uomo ritratto.

Chiede allora se ci sia in quel ristorante un cameriere italiano, un certo signor Belmonte.

Questa volta la risposta è affermativa. «*Sí, pero no está aquí ahora*», aggiunge il maître.

Che fare?

Ida si accorge solo allora di avere una gran fame. Domanda se possa mangiare e l'uomo le fa cenno che può già scegliere un tavolo. Lei si dirige verso uno dei pochi apparecchiati e subito dopo le viene portato il menu.

Incerta davanti a tanti nomi sconosciuti, apre il vocabolario e con calma cerca di individuare qualcosa che le possa piacere.

Quando ha deciso fa un cenno di intesa al cameriere e indica con il dito: «*Chicarrones*». E aggiunge: «*Botella de agua*».

L'uomo sorride, scrive la comanda e si dirige verso la cucina.

Lentamente il ristorante si riempie. Ma nessuno dei clienti attira la sua attenzione. Si guarda intorno e di nuovo, lì, sola, in un ambiente a lei del tutto sconosciuto si sente sé stessa, come non le capitava da anni.

Mangia con calma e con gusto e quando ha finito, mentre segna sul conto il numero della camera, chiede quando può trovare il cameriere italiano.

«Belmonte?» domanda l'altro per capire se ha ben inteso.

Lei annuisce e l'uomo scompare di nuovo in cucina. Poco dopo torna con una lista di nomi e con gli orari dei servizi. Ne indica uno. «*A las siete de la mañana.*»

Ida sbuffa. Le toccherà aspettare il giorno seguente per poterci parlare. Così torna in stanza, disfa la valigia e apre il saggio *Pirandello e il pirandellismo* scritto da Sciascia che Flora le aveva consigliato prima della lite. La cognata ha ragione. La prosa è piacevole e scorrevole, ma lei ci vede di più. Una grande lettura della società del tempo, del valore della cultura e appunto della grandezza dell'autore di Girgenti.

Dopo poco però richiude il volumetto.

È nervosa.

Sa che deve fare una cosa che sta rimandando da troppo.

Così calza nuovamente le scarpe e va alla ricerca del centralino del Continental.

È arrivato il momento di telefonare a Raffaele per dirgli dove è. Perché di una cosa è ormai certa. Raffaele non è il mostro che ha voluto credere negli ultimi mesi.

Non è vero che nel loro matrimonio era tutto brutto come aveva voluto convincersi dopo che si era allontanata da Torino. Qualcosa di bello era stato vissuto. Eppure nel tentativo di salvare sé stessa, fino a ora non aveva trovato altra via che distruggere ogni cosa del loro rapporto. Invece c'era stato, deve ammettere a sé stessa, anche un momento in cui loro due erano stati complici. Nel periodo del conflitto mondiale, proprio come le ha ricordato Raffaele l'ultima volta che si sono parlati. Mentre l'Europa finiva nell'abisso, travolta dagli eventi bellici, mentre intorno a loro c'era solo l'insicurezza del domani, nei giorni in cui lei aveva perduto la sua più cara amica, Raffaele era lì a sostenerla, ad aiutarla e a consigliarle come comportarsi nei primi soccorsi come volontaria della Croce Rossa. Era il tempo in cui il loro matrimonio aveva davvero funzionato perché, forse solo allora, avevano guardato nella stessa direzione e condiviso un importante obiettivo: salvare quante più persone possibili dalle macerie, dalla distruzione, dalla morte, senza badare a ciò che mancava loro.

Prima di richiudere la porta pensa anche che Raffaele era stato un uomo che, se pure deluso, non aveva mai tradito il suo segreto. Avrebbe potuto rovinarla non solo davanti agli occhi della gente, come pensava Flora, ma anche di fronte alla legge. Perché lui da medico, quando l'aveva accompagnata dal ginecologo, aveva capito subito come lei aveva perso il figlio. Eppure non lo aveva mai raccontato a nessuno, neanche quando era andata via di casa senza dare spiegazione alcuna.

47.

Buenos Aires, fine novembre 1954

È scivolata in un sonno profondo con solo la sottoveste di seta rosa e il libro aperto sul petto.

Un suono insistente.

Ida apre gli occhi con difficoltà e guarda verso il comodino. La sveglia da viaggio l'avverte che è ora di alzarsi.

Sente il cuore battere veloce. Non credeva che avrebbe dormito tanto. Il cambio di fuso orario l'ha intontita.

Si solleva e si stropiccia il viso, consapevole che non ha tempo da perdere.

Così corre in bagno e si prepara. Si guarda ancora una volta allo specchio. Sul volto chiaro delle occhiaie leggere. Mette un po' di fard, la matita intorno agli occhi neri e un filo di rossetto. Dopo indossa un vestito di cotone leggero e lascia la camera.

Quando raggiunge il ristorante, c'è già un signore di mezz'età con la divisa bordeaux dell'albergo.

«Ida Clementi», si presenta.

«Sono Mario Belmonte. So che mi ha cercato.»

Ida butta fuori un sospiro di sollievo. Finalmente qualcuno in albergo che parli la sua lingua: «La ringrazio di essere qui. Ha qualche minuto?».

«Sì, prendo servizio solamente fra mezz'ora. Vengo sempre prima. Sa, Buenos Aires è grande e se la corriera ritarda sono guai. Appena arrivato mi hanno detto che mi ha cercato. Mi dica.» Fa cenno verso una zona appartata con delle sedie di velluto colorato intorno a un tavolo bianco.

«Mi hanno riferito che lei ha conosciuto un fisico italiano di nome Ettore Majorana.»

L'uomo drizza la schiena e inizia a rigirare i pollici. Non sembra voler collaborare. Ida decide così di prendere tempo e domanda: «Quando i suoi colleghi mi hanno detto che era italiano mi sono sentita sollevata, ma anche curiosa di sapere cosa l'abbia portata fino in Argentina».

Belmonte ora sembra punto da una vespa: «Perché lo chiede?».

«Curiosità. Lei è il primo italiano che incontro.»

«Ce ne sono molti, invece. Sono venuto qui come tanti.»

«Ho detto qualcosa che non dovevo?»

«No, ma in questo momento l'Argentina non è un paese in cui fare simili domande. Comunque, ero un docente di matematica. Vivevo in Piemonte. Ho preferito lasciare l'Italia visto quello che accadeva in Europa. Ora però mi dica, lei perché lo cerca?»

«Lavoravo con lui.»

«Si occupa anche lei di fisica?»

«No. Ero la bibliotecaria di via Panisperna.»

«Se lavorava nell'istituto di fisica di Roma immagino conoscesse il grande Enrico Fermi.»

«Certo. Molto bene», e sorride pensando al giorno della scoperta dei neutroni lenti.

«Mi dispiace molto.»

«Per cosa?»

«Per Fermi. Sarà su tutti i giornali italiani, anche se non viveva lì ormai da molti anni.»

Ida lo guarda e non comprende.

«Non lo ha letto?» Lui le fa un cenno con la mano. «Mi aspetti. Torno subito», e va verso una rastrelliera dove sono ripiegati diversi giornali. Dopo poco riemerge con un quotidiano fra le mani. Durante il tragitto lo apre e ne sfoglia alcune pagine. Poi si ferma. Ripiega il giornale e lo porge a Ida.

Davanti ai suoi occhi una foto, sopra un grosso titolo. Per quanto le sue conoscenze linguistiche siano limitate il significato le è subito chiaro: Fermi, uno dei fisici del progetto Manhattan, è morto.

Porta le mani al volto e intanto un ricordo che sembrava dimenticato riaffiora in superficie. Era il giorno in cui aveva appreso della fuga della famiglia Fermi dall'Italia.

48.

Torino, gennaio 1939

Ida si addentra nel mercato di Porta Palazzo e calca il cappello bombato per proteggersi dal freddo pungente di quella giornata grigia che sembra promettere pioggia.

È quello il momento della giornata che più le piace, quando di prima mattina cammina sui marciapiedi ricoperti dalla brina notturna, tra l'odore delle spezie, e osserva le bancarelle con la frutta e le verdure colorate.

Passa in rassegna gli espositori uno dopo l'altro, con calma. Una cosa certo non le manca più: il tempo. Da poche settimane ha lasciato il lavoro nella biblioteca comunale di Torino. Ha provato, ma si è annoiata. È come se dietro ogni scaffale, ogni libro, si aspettasse di trovare un volto amico, qualcuno che la facesse sentire parte di un gruppo, di un sogno, di un progetto. E invece c'era solo silenzio e qualche studioso che mal volentieri scambiava con lei le sue idee. Il Nord per una donna del Sud è anche questo. L'esclusione. O almeno è quello che aveva avvertito lì. Mentre in via Panisperna mai nessuno l'aveva fatta sentire estranea.

Davanti alla tettoia dell'Orologio un giovane con i giornali della mattina urla le ultime novità. Nell'ascoltare le notizie intorno a lei, tra i passanti, si diffonde una strana frenesia. Che Hitler e Mussolini fossero sempre più vicini non era una novità. Ma da qualche giorno è trapelata la notizia che il duce ha deciso di aderire a un vero e proprio patto con la Germania, spinto dall'alleanza militare tra Francia e Inghilterra e dall'avvicinamento a questi due paesi degli

Stati Uniti. E la corsa agli armamenti non fa che acuire la paura delle persone.

La guerra è davvero così vicina come sembra?

Scaccia la paura che alberga nel suo animo. Sono mesi che vive con la speranza che non accada, ma ogni volta si è verificato qualcosa che ha spazzato via la sua illusione. Intanto si ferma a guardare le zucche dalle forme più varie, poi ne prende una, con la scorza verde e ruvida, non troppo grande, la paga e la infila nella borsa della spesa.

Contemporaneamente pensa a Raffaele. Ormai è diventato un chirurgo stimato in tutta Italia. Non può che definirlo un marito premuroso e lei ha lasciato che il tempo lenisse le ferite. Ha chiuso il suo amore per Alberto nel suo più bel ricordo degli anni passati e, ora che il dolore per quanto accaduto è scemato, è rimasta solo la consapevolezza di avere conosciuto cosa sia il vero amore. Quello che toglie il respiro, che si imprime in ogni pensiero della giornata regalando una gioia immensa di vivere e facendo credere che niente sia impossibile. Si guarda intorno. Forse non a tutti è concesso questo privilegio. Deve considerarsi per questo fortunata. Molti, troppi, spinti anche dalle famiglie, si accontentano di cercare la serenità e la scambiano per amore. All'altra ferita, quella più profonda, l'aborto, evita di pensare. Cercare di dimenticare è l'unica via che abbia trovato per sopravvivere e accettare quanto è accaduto.

Da quando è a Torino ha provato ad avvicinarsi a Raffaele, a trovare il bello che la vita le può ancora riservare. Ma con sua sorpresa, quando finalmente si è sentita pronta, ha scoperto che lui non riesce più a essere spontaneo con lei. La cerca la notte, ma dopo il piacere si discosta veloce, quasi la sua presenza lo infastidisca. Mai una carezza, mai un bacio rubato in salotto o uno sguardo di vera intesa.

Una parte di lei attribuisce la ragione di questo comportamento al carattere stesso del marito. Raffaele è un uomo che affronta la vita per obiettivi, con la ragione, e non sembra mai farsi trasportare da una vera emozione. Ha sempre il controllo di sé stesso e di quello che gli capita intorno. Per carattere o per deformazione professionale. Ma Ida avverte che tra loro si è insinuato altro. È da quando ha saputo della sua gravidanza interrotta e che non potrà per questo diventare mai padre che si comporta come un ariete sicuro di sé che abbia messo incautamente la zampa in una tagliola.

Da qualche giorno le ha pure comunicato, con il garbo che lo contraddistingue, che preferisce dormire da solo. Non perché ci sia qualcosa che non vada, ma per semplice comodità, visti i suoi turni di lavoro che non hanno orario. Se deve correre in clinica o se la mattina deve alzarsi molto presto, preferisce non disturbarla. Lei lo ha capito. Ma non le piace affatto. Come desidererebbe che suo marito l'abbracciasse per una notte intera, che le accarezzasse i capelli, che la baciasse con trasporto e non solo quando è alla ricerca del piacere fisico. Ma non sa dirglielo. O forse comprende che lui non può essere diverso da come è. Ogni volta che lei ha tentato di fare un gesto di affetto gratuito, lui le è sembrato quasi imbarazzato. Negli ultimi giorni è ancora diverso, distratto e silenzioso e sempre in ritardo.

Il suo pensiero corre ad Alberto. Quanto era diverso il loro rapporto. Alberto che con un semplice sguardo sapeva capirla, amarla, rassicurarla.

Quando ha finito di fare la spesa, carica di buste, ritorna a casa, fino al lussuoso appartamento di via Garibaldi. Camminare per Torino le piace, la trova la città più elegante che abbia mai visto. Con le vie larghe, i palazzi ben curati, i portici chiari che la trasformano in un salotto.

«Signora, posso aiutarla?» chiede la domestica appena entra.

«Sì, grazie. Questi sacchetti pesano moltissimo.»

«Potevo venire con lei.»

«Non serviva», considera Ida mentre toglie il cappello e sfila il cappotto e i guanti. «Ha sistemato la tavola nella stanza da pranzo?»

«Certo. Con la tovaglia di lino ricamata e i bicchieri di cristallo come mi ha detto lei.» Nel frattempo la donna svuota le buste.

«Vado a cambiarmi, poi ritorno ad aiutarla.»

Andando verso la stanza da letto si ferma a guardarsi allo specchio: i folti capelli neri sono ora lunghi e lei sembra molto diversa dalla ragazza che lavorava in via Panisperna. Su una cosa suo padre non sbagliava. Essere la moglie di Raffaele Braschi le offre una vita piena di agi, bei negozi e amici importanti.

E adesso ha anche smesso di chiedersi se era quello che cercava dalla vita. Non ha più senso porsi scomode e inutili domande. Ciò che è accaduto non può più essere modificato. E come ha letto in Jane Austen, in *Orgoglio e pregiudizio,* del nostro passato occorre portare con noi solo ciò che ci ha dato gioia. Così non le rimane che guardare avanti per rendere il suo futuro almeno accettabile.

Quando è nella stanza da letto accende la radio.

Con sua sorpresa stanno parlando del Nobel dato il mese prima a Fermi a Stoccolma «per l'identificazione dei nuovi elementi radioattivi prodotti dal bombardamento di neutroni e per la scoperta delle reazioni nucleari causate dai neutroni lenti».

A dicembre era rimasta stupita di come la stampa non avesse dato il giusto risalto al Nobel di Fermi e, quando lo aveva fatto, era stato solo per esaltare il merito dell'Italia e in ultima analisi del regime. Aveva anche notato che spesso nelle notizie era presente, se pur di sfuggita, l'idea che la famiglia dello scienziato contenesse qualche imperfezione razziale per via della moglie.

I continui riferimenti alla razza l'avevano innervosita molto. Come poteva l'Italia accogliere dall'ideologia nazista una simile aberrazione?

Così, quando aveva appreso che i Fermi da Stoccolma si erano imbarcati per un viaggio oltreoceano invece di rientrare in patria, Ida aveva gioito. Di una gioia sincera.

Saperli salvi era per lei importante. Si era a lungo immedesimata nel dramma di una famiglia che deve spezzare ogni legame con la propria terra, abbandonando alle sue spalle quello che si è costruita nel tempo. Come in fondo avevano dovuto fare tanti altri del gruppo.

Gira la manopola e alza il volume. Arriccia il naso. Questa

volta non si parla della fuga per la salvezza, ma di qualcos'altro: Ida Noddack ci aveva visto giusto. Il gruppo di via Panisperna nel '34 non aveva creato due elementi transuranici, ma aveva spaccato il nucleo di uranio.

Si avvicina ancora alla radio. Interessatissima. Possibile che per quattro anni l'intero mondo della fisica abbia ipotizzato l'esistenza di esperio e di ausonio per non avere voluto credere a una donna?

Il cronista inizia ora un lungo elogio della Germania. La cosa non la meraviglia affatto, ora che Mussolini e Hitler sono più legati che mai. Ma è quello che sente successivamente a farle spalancare davvero gli occhi.

«Sono i nuovi risultati dei fisici Fritz Strassmann e Otto Hahn, interpretati da Lise Meitner e Otto Frisch, a confermare la scoperta della fissione nucleare.»

Lei scoppia a ridere. Incredula. Intanto immagina la faccia del professore da poco arrivato negli Stati Uniti, quando lo scoprirà.

Un dubbio. Ma il cronista sa che Lise Meitner è di origini ebraiche e che per questo ha lasciato la Germania e si è rifugiata in Svezia?

Ne dubita.

Quando qualcuno glielo farà notare, toglierà certo il suo nome dai prossimi notiziari.

49.

Buenos Aires, fine novembre 1954

«Signora, tutto bene?» chiede Belmonte a Ida riportandola al presente e alla drammatica notizia.

Lei annuisce. Anche se ha la sensazione che niente vada bene.

«È pallida», riprende Belmonte. «Vuole che le prenda un po' d'acqua?»

«No, grazie, sarà per il lungo viaggio. Non sono abituata a essere così lontana da casa. E sicuramente quello che apprendo su Fermi ora non aiuta.»

Belmonte attende a lungo, poi chiede: «Ancora non mi ha detto la vera ragione per cui cerca Majorana».

«Un conto in sospeso con il passato.» Liscia la gonna e domanda: «Lo ha visto davvero qui al Continental?».

«Sì. Ma non so dirle altro.»

«Come fa a sapere che era lui?»

«Me lo ha detto.» E riprende: «Viene qui ogni tanto. Si ferma al ristorante. Per lo più lo vedo quando ci sono ancora pochi clienti. All'apertura. Ordina del caffè, qualche volta anche un piatto. È sempre molto cortese. Sta lì fermo a pensare, a fumare e a scrivere formule sui tovaglioli. Come le ho detto ero un professore di matematica, così ho subito capito che non si trattava di calcoli normali». Socchiude gli occhi: «Glielo ha raccontato il professore cileno, vero? È per questo che è venuta qui e ha chiesto di me? Nessun altro lo sa».

«Sì», ammette Ida candidamente. Ha l'impressione che Belmonte voglia parlare, ma forse per quello che Rivera le ha raccontato della polizia peronista ha timore di dire tutto.

Ida allora apre la borsetta e tira fuori la foto ormai ingiallita che le ha dato Alberto tanti anni prima e gliela mostra. A quel punto non rimane che verificare chi sia l'uomo che viene in albergo.

«È sicuro che sia questo?»

L'altro prende la foto, la osserva con calma e annuisce.

«Sembra siano passati molti anni da quando è stata scattata.»

«Più di venti», lo interrompe lei. E pensa. Pensa che il tempo si ferma solo per chi muore e per chi scompare. Per lei Ettore e Alberto sono ancora giovani, proprio come li ha lasciati l'ultima volta che li ha visti. Lei stessa li riconoscerebbe?

«L'uomo che ho visto è certamente lui, Ettore Majorana», afferma intanto Belmonte.

«L'altro lo ha mai visto?»

Il cameriere sembra incerto. «Non credo. O forse sì... Non le so rispondere con certezza.» Poi le ridà la foto: «Se posso permettermi le consiglio di tornare in Italia. Lei è una donna molto bella e l'Argentina in questo momento storico è un paese difficile».

«A questo punto lo voglio vedere. Ho attraversato l'Atlantico.»

«Credo che se il professor Majorana avesse voluto, si sarebbe fatto vivo lui.» E riprende: «Mi perdoni se mi permetto ancora, ma non le sembra di invadere la sua vita?».

«Lei tornerebbe indietro a questo punto? Tutto il mondo si chiede dove sia. Era un genio. Uno che poteva dare ancora molto. Non sa l'amarezza che la sua scomparsa ha lasciato nei cuori di chi lo ha conosciuto.»

L'altro scuote la testa. «Lo immagino, invece, ma immagini lei di essere in pace dall'altra parte del mondo e che una persona del suo passato venga a stanarla.»

Ida annuisce poco convinta. «Non rappresento un pericolo per lui e se mi dirà che vuole che il suo rimanga un segreto, le prometto che lo farò. Non è mia intenzione creare confusione nella vita di nessuno. Ma almeno andrò via dopo avere salutato un amico.» Non dice a quello sconosciuto le vere ragioni del suo viaggio.

Belmonte le sorride. «D'accordo, se posso l'aiuto. Fino a quando starà qui?»

«Ho il volo di rientro fra quattro giorni.»

«E allora speriamo che Majorana si rifaccia vivo. Terrò gli occhi aperti e se mi capiterà di rivederlo l'avviserò. Ma non vada in giro con quella foto a farla vedere a tutti. Il clima politico non lo consente. Cerchi di non allontanarsi dall'albergo. Buenos Aires in questo momento non è una città sicura.»

Ida annuisce e tira un sospiro di sollievo. Non le rimane che aspettare e confidare nella fortuna. Se Ettore non dovesse riapparire, se ne farà finalmente una ragione. Vorrà dire che davvero non doveva essere trovato. Vorrà dire che è arrivato il momento di lasciare andare il ricordo di Alberto e il dolore della sua mancata maternità. Anche lei come Santiago nel *Vecchio e il mare* rientrerà a riva solo con lo scheletro del suo marlin. Ma sarà comunque soddisfatta di avere tentato.

50.

Buenos Aires, primi di dicembre 1954

I giorni sono passati e al Continental non si è visto nessuno che corrisponda alla descrizione di Ettore.

Così Ida ora ripiega i vestiti e li ripone nella grande valigia marrone. L'indomani tornerà in Italia. C'è sempre un momento per ritirarsi e rinunciare a lottare contro i mulini a vento.

Si guarda allo specchio e si sorride.

Anche se ha più di quarant'anni e qualche rughetta intorno agli occhi, grazie agli ultimi mesi è tornata a essere la Ida di un tempo, quella che camminava per strada con passo sicuro.

Il dolore che ha attraversato non è passato invano, le ha permesso di comprendere davvero cosa voglia fare del suo futuro, di scoprire di avere la forza per ripartire.

Va in bagno, raccoglie i trucchi e si osserva allo specchio.

Rimane lì ferma a pensare alla scena del salotto con suo marito i primi di settembre del '39, allo scoppio della guerra mondiale. Si erano entrambi sbagliati. Altro che tedeschi. Erano stati proprio gli Stati Uniti, con l'aiuto di Fermi e di altri illustri fisici, a creare e a lanciare la bomba atomica. A distruggere due intere zone del Giappone. Mentre Heisenberg e tanti altri erano rimasti nell'ombra, forse per scelta e non perché non avessero le capacità per impegnarsi nella costruzione di un ordigno nucleare.

C'è stato chi si è fermato e chi ha continuato.

Per la scienza?

Per stoltezza?

Perché necessario?

Non vuole darsi una risposta. Vuole ricordare il gruppo di via Panisperna esattamente come lo ha conosciuto lei. Su cosa sia accaduto dopo non ha elementi per giudicare. Perché in guerra, lo ha scoperto attraversandola, il confine tra giusto e sbagliato è spesso labile.

Respira profondamente e richiude la valigia. Prima di lasciare la stanza siede allo scrittoio. Svita la stilografica e con la sua grafia fitta e ordinata scrive una lunga lettera a don Paolo, per spiegargli la ragione del suo mancato rientro a Torino e per ringraziarlo per quanto ha fatto per lei. Prima di richiudere la busta, mette dentro una cartolina con l'immagine del Río de la Plata per Lucia. Non ha idea se lei la leggerà mai, ma qualora accadesse nutre la speranza che le sue parole le siano di aiuto e conforto.

Un rumore la distoglie.

Qualcuno da dietro la porta la chiama.

Belmonte, si dice, e apre.

Ma davanti a lei c'è un ragazzo trafelato. «*Está aquí.*»

«Qui? Chi sta qui?» Intanto deglutisce e porta la mano sull'anello con le tre fedi.

«*El señor Majorana. Belmonte me pidió que le advirtiera.*»

Ida afferra la borsetta ed esce di corsa. Segue il giovane argentino e intanto un dubbio l'assale. Forse non era stato Belmonte a mandarlo. Non le hanno raccomandato tutti di essere prudente?

E io che faccio? Seguo uno sconosciuto!

Quando arriva al ristorante, il ragazzo indica un tavolo. Sopra, due tazze di caffè ormai vuote e accanto un posacenere con delle cicche. Si avvicina. Sono marca Macedonia e sul pacchetto vuoto ci sono delle formule scritte fittamente. Il cuore comincia a pulsare veloce.

Dov'è?

Il giovane le tocca la spalla e le mostra l'uscita. Due uomini stanno per lasciare l'albergo. Uno indossa un abito grigio ferro, l'altro una semplice camicia bianca e un pantalone beige.

Quello in abito scuro potrebbe essere Majorana. E l'altro?

Ha l'impressione di riconoscerlo, ma forse è la sua memoria che l'inganna.

Senza pensarci esce in strada.

Dopo poco i due uomini si separano. Lei sta per raggiungere quello in abito scuro, ma qualcosa la ferma. Una mano, forte, le ha afferrato il braccio. Qualcun altro le strappa la borsetta.

Poi la spinta.

Ida finisce a terra. Sbatte il gomito sul marciapiede. E urla.

Per la paura.

Per la preoccupazione.

Per la rabbia.

È seccata con sé stessa. Come ha potuto essere tanto ingenua? Rivera e Belmonte l'avevano messa in guardia e lei si lancia all'inseguimento di due ombre?

Ma è allora che accade qualcosa di inaspettato. L'uomo con la camicia bianca torna sui suoi passi. Con lui un poliziotto che la squadra con aria dubbia.

Distante vede i due ladri che corrono veloci inseguiti da altre guardie che ormai gli sono alle calcagna.

Una voce sembra provenire dal suo passato.

Lei alza lo sguardo sul viso del signore che ha da poco lasciato il Continental.

E sorride.

Del sorriso più bello che abbia.

È incredula.

Finalmente l'ho trovato.

51.

Buenos Aires, dicembre 1954

Le tiene le mani in silenzio e osserva l'anello che lui stesso le ha regalato.

Sono seduti nella hall del Continental, sulle poltrone di velluto colorato.

«Come mai sei qui?» Gli occhi di Alberto brillano increduli e ricolmi di gioia.

«Cercavo il mio passato.» Con il cuore in subbuglio, per il vortice di emozioni che l'attraversa, gli racconta delle lettere nascoste dal padre.

Lui scuote la testa, poi le accarezza il volto, delicatamente, con il dorso della mano. «E io che credevo che avessi preferito Braschi a me.»

A Ida sembra che i tanti anni dal loro ultimo bacio non siano mai trascorsi e come un fiume in piena racconta dell'incontro con Giulia, della lettera alle sorelle Cometta Manzoni, del professor Rivera. «Era come se seguissi delle briciole, tante piccole briciole che mi indicavano la strada per trovare la tana.»

«E alla fine hai trovato l'orso bruno.»

Lei lo osserva. Non sembra che il tempo abbia scalfito il suo fascino. Anzi, se possibile, lo ha solo accentuato, spolverando i capelli un tempo neri di qualche filo bianco e riempiendo il suo sguardo color muschio di consapevolezza.

«Quando ci siamo rivisti a Roma dovevi dirmi che mi avevi scritto. Avremmo scoperto cosa era accaduto.» Socchiude le palpebre e aspira il profumo di sandalo che non ha mai dimenticato.

«Ho tentato di parlarti, di capire. Perché pensi sia tornato più volte in biblioteca? Ma quando ti ho rivista ho capito che ormai era troppo tardi. Ti eri sposata.»

Un sorriso.

«Ma perché sei partito nel '38 all'improvviso?»

«Ci riflettevo da un po'. L'Italia non mi piaceva più. Il regime mi opprimeva. Sentivo la burrasca che presto si sarebbe abbattuta su tutti noi. Come se non bastasse il lavoro non mi soddisfaceva e l'amore non andava. Ti avevo persa per sempre. Non potevamo più tornare indietro. Possono bastare come ragioni?»

«Ed Ettore? Non c'entra anche lui?»

«Non direttamente. Direi che le ore passate con lui a parlare di Pirandello hanno contribuito alla mia decisione. Con lui è nata l'idea che si possa uscire dalla gabbia in cui la vita talvolta ci rinchiude. E se ci si sente in trappola, una soluzione per evadere c'è.»

«E lui è qui?»

Alberto alza le spalle.

«Non capisco. Non eri oggi con Ettore? Ho visto le Macedonia.»

«Quelle le fumo io, raramente. Non è facile trovarle.»

«Ma con te c'era qualcuno. L'ho visto.»

«Qualcuno che come me vuole lasciare l'Argentina. Ora qui il clima politico è instabile. Voglio raggiungere il Venezuela prima di Natale.»[13]

«Il Venezuela?»

«Perché no?»

Un silenzio lungo un sospiro. Alberto si morde il labbro. Lei gli sorride. Si alza e con sguardo di intesa gli prende la mano. «Ora vieni. Sono anni che aspetto», dice e si dirige verso le scale.

Davanti alla porta della sua camera si ferma, lui le cinge la vita, e stringendola al petto le dà un lungo bacio.

[13] Così in G. Borello, L. Giroffi, A. Sceresini, *La seconda vita di Majorana.*

I raggi del sole penetrano attraverso le tende di cotone bianco e diffondono nella stanza una luce dorata. Se pure dalle finestre aperte risale il frastuono della città, per Ida in quella stanza c'è solo il rumore dei battiti dei loro cuori.

Le loro labbra si incontrano e quando si separano è solo per esplorare il resto del corpo con dolce passione.

In quel momento al mondo esistono solo loro e i loro respiri e ogni volta che lui le sfiora la pelle lei avverte un brivido di emozione, intenso, vivo, caldo.

E dopo la fame dell'altro, l'abbandono.

Sono avvolti dalle lenzuola candide. Lei, con la testa sul petto di lui, gli ha confidato del figlio mai nato, di Dora, degli anni della guerra e della sua vita a Torino.

Un lungo silenzio, necessario perché l'emozione si sedimenti.

«Li avevi sempre corti», afferma lui accarezzandole i capelli dopo un poco.

«Non ti piacciono?»

«Adoro ogni cosa di te.» Le alza il mento. «Mi sei sempre piaciuta. Dal luglio del 1929 nella mia testa non c'è mai stata nessun'altra», le sussurra, ma più delle parole è la luce dei loro occhi a parlare, testimoni silenziosi di un legame che mai, nonostante tutto, si è spezzato.

«Come ferro e calamita», mormora allora lei. È la prima volta, pensa, che glielo dice ad alta voce.

Lui annuisce e lei domanda: «E Giulia? Perché è entrata e uscita dalla tua vita?».

«Quando sei partita per Catania mi sono sentito perso. Era deliziosa, ma non eri tu. Le mancava quel particolare che è tutto. Ho provato, riprovato. Ma dentro di me c'era un muro.»

Alberto intanto guarda l'anello che le ha regalato anni prima e le dà un altro bacio: «Come hai fatto a venire fin qui? Intendo con tuo marito...». Lei dapprima abbassa lo sguardo, poi lo risolleva con aria di sfida: «Te lo dirò solo se mi dici dov'è Ettore. In Italia si ipotizza di tutto in proposito. Che si sia tolto la vita, che non abbia mai preso la nave di ritorno per Napoli, che si sia nascosto in qualche convento, che sia qui. Una volta ho sentito pure qualcuno affermare di averlo riconosciuto in un barbone. Mio fratello crede poi che sia morto, ma solo nel '39, un anno dopo la sua scomparsa».

Alberto annuisce e le accarezza la mano: «Ti dirò tutto quello che vuoi sapere, promesso».

Ida senza aspettare altro inizia a raccontare di lei e Raffaele Braschi.

Mentre Ida parla, lui si acciglia: «Speravo almeno tu fossi felice. Come ha fatto questo dottore a non amare una donna come te e amarne tante altre?». Le loro mani si intrecciano delicatamente.

«Oh, all'inizio credo fosse innamorato anche di me, ma poi, da quando ha saputo la ragione per cui non posso più avere figli, si è allontanato, ogni giorno un po' di più. Ci siamo ritrovati solo per poco, ma non era passione, più che altro buona volontà.» Sorride e racconta della paternità di Raffaele: «All'inizio ero frastornata e sofferente. Invidiavo lui e questa Adele. La notizia ha avuto su di me un effetto deflagrante. Ha rimesso in circolo tutto il dolore che tenevo serrato nel mio cuore. Ma da quando sono qui, dall'altra parte del mondo, vedo tutto con occhi diversi e comincio a credere che sia giusto così. Raffaele non ha mai voluto tutto questo. È stato ingannato anche lui da mio padre che gli ha fatto credere che io fossi felice di sposarlo e che fossi ancora illibata», e scuote la testa.

«Come è facile rubare inconsapevolmente il futuro a un figlio», considera lui.

Ida annuisce, poi un dubbio: «E tu? Ti sei sposato?».

Lui scuote la testa. «Sono un ambito scapolo. Confidavo ancora in un incontro fortuito come questo», dice con dolcezza.

Alberto le prende il volto fra le mani e lascia che le sue labbra si poggino lentamente su quelle di lei. Prima un bacio umido. Poi un secondo ancora più intenso del primo. La sua bocca sembra ora affamata e la sua lingua cerca quella di Ida fino a che i loro corpi non si perdono di nuovo nel piacere reciproco.

52.

Buenos Aires, dicembre 1954

Sono seduti in terrazza a contemplare il cielo che si tinge di rosa circondati dai folti grappoli di fiori lilla delle jacarande. Ida ha i capelli di nuovo corti e poggia le spalle sul cuscino dell'alta spalliera.

È rilassata. Si accorge che in tanti anni le è mancato proprio questo. Sentirsi amata e potere essere sé stessa con qualcuno che le faccia da specchio e che la capisca con un solo sguardo. Per quanti giorni e per quante notti aveva desiderato un abbraccio? Ne aveva perso il conto. Ora è quasi grata a Raffaele per averla spinta a lasciare una vita in cui non era altro che un manichino.

Si gira verso Alberto, che le accarezza la mano, poi prende il giornale dal tavolo vicino. Sfoglia alcune pagine, traducendo a fatica i titoli che legge. Di colpo si ferma e scoppia a ridere.

«Che c'è?» le chiede lui sorpreso.

«Ieri hanno conferito a Hemingway il Nobel per la letteratura per *Il vecchio e il mare.*»

«Lo trovi strano?»

«No, per nulla. Ma sono mesi che il vecchio pescatore Santiago vive nei miei pensieri», dice mentre chiude il quotidiano e contempla il cielo.

Un silenzio carico di attesa: «E ora cosa farai? Perché...». Alberto esita. «Perché non vieni in Venezuela con me?» Nei suoi occhi la luce della speranza.

Ida spalanca gli occhi. Una ruga sulla fronte. «Venezuela?» È interdetta. Sente di essere stata riportata bruscamente alla realtà. «Il passaporto!» riflette. «Pensi ci metteranno ancora molto a ridarmelo visto che hanno recuperato la mia borsa? Senza documento non ho un'identità e non posso andare da nessuna parte.»

«Anche tu come Mattia Pascal.» Poi la rassicura. «Te lo riporteranno. Più tardi richiamo l'ambasciata, ma stai tranquilla, in ogni caso ti aiuterò io.»

Si sorridono.

Ida si alza e si appoggia alla ringhiera: «Ora tocca a te raccontarmi di Ettore. Viene anche lui in Venezuela?». Si porta una mano alla tempia. «O Ettore non è mai stato qui e tu sei stato semplicemente scambiato per lui?» Si gira di colpo. «Sei tu l'amico ingegnere di Tullio Magliotti, il figlio della signora Talbert? Sei tu che sei stato agli incontri culturali qui a Buenos Aires?»

Alberto alza le mani con le palme aperte. «Non correre con la fantasia. Se vuoi ti racconto tutto, come promesso. Ma prima vorrei farti una sola domanda e vorrei che riflettessi bene su quello che dico prima di rispondermi.»

«D'accordo.»

«Sei sicura che sapere dove sia Ettore, dirlo al mondo, sia così importante? Non credi che a furia di occuparsi della sua scomparsa vi siate dimenticati del suo genio? Ettore ha compiuto una scelta. Razionale o irrazionale non importa. La sua decisione è stata di tagliare i ponti con il resto del mondo a lui conosciuto. Per questo non è tornato più in facoltà da Carrelli. Ha deciso di non avere più nome, come Vitangelo Moscarda in *Uno, nessuno e centomila.* Ricordi?» E cita a memoria: «*Non è altro che questo, epigrafe funeraria, un nome. Conviene ai morti. A chi ha concluso. Io sono vivo e non concludo. La vita non conclude. E non sa di nomi, la vita*».

«Quindi non si è tolto la vita la notte in cui è sparito. Ha solo lasciato il suo nome per vivere libero, intendi questo? Come sostiene anche il maestro di Racalmuto, Sciascia», e racconta del suo incontro con lui.

Un pensiero carico di pace e calma si diffonde nel suo cuore. Glielo ha detto sua madre, glielo ha ripetuto Belmonte, ma solo ora che lo sente da Alberto lo comprende davvero. Non è importante dove sia Ettore. È importante solo chi sia stato e che il mondo lo ricordi come grande e indiscusso fisico e per le sue ricerche e la sua comprensione della fisica teorica.

Ida annuisce soddisfatta. «Hai ragione, non ci si dovrebbe mai intromettere nella vita di nessuno. Facciamo allora al contrario. Se sai dove è, digli che se vuole lo rivedrei volentieri», e ride.

Lui annuisce, si alza dalla sedia e la raggiunge alla ringhiera. E dopo un lungo silenzio: «E per il Venezuela? Se vieni, come spero, mi devo muovere subito per assicurarmi un altro passaggio».

Lei lo guarda con i suoi occhi neri e profondi. È consapevole che l'idea di separarsi di nuovo è per entrambi un'ombra che incombe sulla loro attuale felicità.

Respira a fondo e risponde: «Mi piacerebbe molto. Ho sempre sognato di vivere accanto a te in tutti questi lunghi anni, eppure non voglio scomparire. Né scappare. Né perdere la mia identità. In questi giorni sono stata sola con me stessa e ho capito che devo tornare a Torino, parlare con Raffaele, forse anche vedere suo figlio. Dopo mi piacerebbe raggiungere la mia famiglia in Sicilia. Tentare di rappacificarmi con mia madre e con mio fratello. Nel senso più intimo del termine. Ma soprattutto vorrei che quello che è accaduto a me non si ripeta per altre ragazze. Che uomini, padri, mariti o fratelli non scelgano mai per loro». E gli racconta di Lucia, la giovane conosciuta mesi prima in comunità a Torino e che per qualche ragione le ha fatto da specchio, facendole riaffiorare gli spettri del suo passato. «Per questo al mio ritorno in Italia vorrei impegnarmi, giorno dopo giorno, passo dopo passo, per il miglioramento della condizione femminile. Le conquiste sono possibili, se qualcuno se ne fa carico.»

Alberto è allibito. «Vuoi darti alla politica?»

«Voglio rendermi utile. Ho ancora la possibilità di farlo. Ho la voglia di farlo. È qualcosa che ora mi brucia qui dentro, che nasce proprio dalla mia indignazione.» Si mette una mano sul petto.

La delusione sul volto dell'amato. «Pensavo...»

Ida gli prende le mani. «Non pensare che io desideri che le nostre strade si separino. Al contrario. Pensavo solo che potresti tornare indietro con me. Cosa ti lega qui? L'Italia non è più quella del regime fascista che hai lasciato.» E conclude: «Riprendiamo da lì, da Roma. Riprendiamo da via Panisperna. Insieme».

Alberto rimane in silenzio per un lungo minuto, indeciso, poi il volto si apre in uno splendido sorriso e l'abbraccia forte: «Insieme», mormora. «Ovunque tu vorrai.»

NOTA DELL'AUTRICE

Anche se questo non è un libro su Majorana, c'è in esso la volontà di ricordare il grande genio siciliano e il gruppo di via Panisperna. Creare dal nulla un personaggio di pura fantasia come Ida Clementi ha reso possibile camminare dentro la storia senza stravolgere pensieri e parole di chi ha realmente vissuto in quegli anni. Ha insomma consentito di lasciare che la storia rimanesse tale e che l'emozione della lettura nascesse solo dal verosimile e dall'invenzione del mio personaggio. Così per gli altri personaggi già indicati all'inizio del romanzo.

Inevitabilmente durante la stesura del romanzo mi sono trovata a dovermi confrontare con le diverse ipotesi sulla sua scomparsa. Alcune delle tesi lette nei mesi di ricerca sono state da me scartate, perché ritenute personalmente deboli o non verosimili e perché non funzionali al romanzo, che non vuole avere valore documentaristico o di ricostruzione storica.

Opera di pura fantasia sono le lettere scritte da Ida a Fermi e da Fermi a Ida.

Inserire nella narrazione Leonardo Sciascia, autore tra i miei preferiti e sul quale mi sono formata, mi ha permesso di fare esprimere direttamente a lui le affascinanti idee contenute nel suo libro, *La scomparsa di Majorana,* pubblicato solo nel 1975 e da me consultato nell'edizione Adelphi del 2012. Non ho alcuna prova che nel 1954 l'autore si fosse già interessato al caso.

Solo quando necessario per la trama si sono anticipati al 1954 singoli eventi o informazioni da me incontrati nella ricerca del materiale. Così, a titolo esemplificativo, la notizia relativa alla presenza di Majorana a casa delle sorelle Cometta Manzoni a Buenos Aires nella realtà è stata fornita solo nel 1978.

Per avvicinarmi al caso Majorana, alla fisica del nucleo – in una dimensione puramente storica – e per capire la vita di quegli anni nell'istituto di fisica di via Panisperna, punto di riferimento è stato, oltre al testo di Sciascia, quello di Erasmo Recami, *Il caso Majorana. Epistolario, documenti, testimonianze*, nell'edizione da me consultata del 2000, edito da Di Renzo Editore.

Già negli scritti dei due autori è più volte presente il collegamento tra la scomparsa di Majorana, *Il fu Mattia Pascal* e *Uno, nessuno e centomila.*

Per questo romanzo sono stati da me consultati, ovviamente, molti altri testi, come quello di Gabriella Greison, *Sei donne che hanno cambiato il mondo*, Bollati Boringhieri, Torino 2017.

Molte le pubblicazioni su Majorana da me lette. In particolare quelle elencate di seguito (in ordine cronologico), che costituiscono solo una parte delle pubblicazioni sul grande scienziato.

Edoardo Amaldi, *Ricordo di Ettore Majorana*, «Giornale di Fisica», vol. 9, 1968; *Giuseppe Bruzzaniti racconta Enrico Fermi. L'atomo e la bomba atomica*, La biblioteca di Repubblica, 2012; *Majorana - OPINIONI* Online First 29 Febbraio 2012 Francesco Guerra, Dipartimento di Fisica, Università di Roma La Sapienza, e INFN, Sezione di Roma - Nadia Robotti, Dipartimento di Fisica, Università di Genova e INFN, Sezione di Genova; Giorgio Colangelo - Massimo Temporelli, *La banda di via Panisperna. Fermi, Majorana e i fisici che hanno cambiato la storia*, Hoepli 2013; Stefano Roncoroni, *Ettore Majorana, lo scomparso*, Editori Internazionali Riuniti 2013; Étienne Klein, *Cercando Majorana*, Carocci 2014; Giuseppe Borello, Lorenzo Giroffi, Andrea Sceresini, *La seconda vita di Majorana*, Chiarelettere 2016; Giovanni Forte, *Ettore Majorana, malato non immaginario. Indagini di un medico*, La Rondine Edizioni 2017; Gabriella Congiu Marchese, *L'arte della variazione: il moralista imperfetto*, Algra editore 2023.

RINGRAZIAMENTI

L'unica vera responsabile di quanto scritto in questo romanzo sono solo io. Eppure, quando si termina un libro, il pensiero corre sempre a chi ti è stato vicino durante la stesura e a chi ti ha sostenuto.

Per questo libro devo certo ringraziare tanti.

Silvia Donzelli, l'agente letterario che qualsiasi scrittore vorrebbe avere e che considero ormai un'amica per come mi ha aiutata, spronata e sostenuta.

Rosa Maria Di Natale, scrittrice e giornalista, che mi ha aiutata a calibrare il tiro e con la quale mi sono confrontata per averne sempre e solo utili consigli.

Irene Giardina, la mia più cara amica tra i banchi di scuola e oggi professore ordinario presso il dipartimento di Fisica dell'Università di Roma La Sapienza e membro associato dell'Istituto per i Sistemi Complessi del Consiglio Nazionale delle Ricerche (ISC-CNR). A lei mi sono affidata per una prima lettura di questo libro che, se pure non entra nel merito, presenta inevitabilmente argomenti di fisica, fino a poco tempo fa per me misteriosi e sconosciuti.

Roberta Lo Menzo, mia cognata, Adriano Di Gregorio, amico e collega, Teresa Spina, amica dagli anni dell'adolescenza, che anche questa volta sono stati tra i miei primi preziosi lettori.

Nunzio Platania, che crede tanto in me da avere riletto ogni stesura di questo romanzo, e di averlo fatto spesso quando, al suo rientro a casa, era sfinito dai lunghi interventi in clinica.

Luigi Spagnol, ovunque sia, per quello che mi ha insegnato sulla scrittura.

E di cuore ringrazio tutta la Garzanti. Stefano Mauri per la fiducia; Elisabetta Migliavada per avermi voluta tra i suoi autori; l'insostituibile Adriana Salvatori per il paziente lavoro di editing, Alessandro Mola per la meticolosa rilettura del testo. «Armonia» è la parola che mi viene in mente quando penso a loro e al lavoro svolto insieme.

Finito di stampare
nel mese di agosto 2024 presso
Grafica Veneta – via Malcanton 2, Trebaseleghe (PD)

Questo libro è stampato col sole

Azienda carbon-free

Certificato PEFC
Questo prodotto è realizzato con materia prima da foreste gestite in maniera sostenibile e da fonti controllate
PEFC/18-31-226
www.pefc.it

Tessloffs

SUPERLEXIKON DER NATURWISSENSCHAFTEN

Physik · Chemie · Biologie

von
Corinne Stockley, Chris Oxlade
und Jane Wertheim

Inhalt

1 **Teil 1: PHYSIK**
115 **Teil 2: CHEMIE**
229 **Teil 3: BIOLOGIE**
344 **Glossar**
358 **Register**

1988 veröffentlicht von Usborne Publishing Ltd.,
20 Garrick Street, London WC2E 9BJ, England.

Übersetzung und Redaktion Physik: Dr. David E. Portner
Übersetzung und Redaktion Chemie: Otto F. Horns
Übersetzung und Redaktion Biologie: Marcus Würmli

ISBN 3-7886-0960-5

Druck in Großbritannien